周月亮文集

《儒林外史》士文化研究

周月亮　著

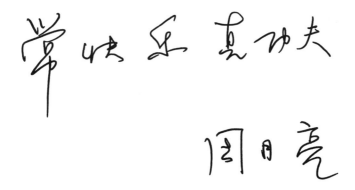

常快乐真功夫

周月亮

中国科学技术出版社

·北　京·

图书在版编目（CIP）数据

《儒林外史》士文化研究 / 周月亮著. -- 北京：
中国科学技术出版社, 2024.1
（周月亮文集）
ISBN 978-7-5236-0414-4

Ⅰ.①儒… Ⅱ.①周… Ⅲ.①《儒林外史》—小说研
究 ②知识分子—研究—中国—古代 Ⅳ.①I207.419
②D691.71

中国国家版本馆CIP数据核字（2024）第003925号

总　策　划	秦德继
策划编辑	周少敏　胡　怡
责任编辑	胡　怡　赵　耀
封面设计	余　微
正文设计	王　丹
责任校对	吕传新　焦　宁　邓雪梅　张晓莉
责任印制	马宇晨

出　　版	中国科学技术出版社
发　　行	中国科学技术出版社有限公司发行部
地　　址	北京市海淀区中关村南大街16号
邮　　编	100081
发行电话	010-62173865
传　　真	010-62173081
网　　址	http://www.cspbooks.com.cn

开　　本	880mm×1230mm　1/32
字　　数	1936千字
印　　张	86.25
版　　次	2024年1月第1版
印　　次	2024年1月第1次印刷
印　　刷	北京世纪恒宇印刷有限公司
书　　号	ISBN 978-7-5236-0414-4/I·83
定　　价	498.00元（全11册）

周月亮

河北涞源人，中国传媒大学学术委员会委员，阳明书院院长、教授、博士生导师。

另有心学、智术系列著作分别汇刊。

自序：误解与希望

世代如落叶。代代人大多乱七八糟地活、稀里糊涂地死，少数坚持明白地活、尊严地死。反思其中的滋味，留下悲欣交集的辞章，后人的解读不过拾几片落叶。后之视今如今之视昔，这条精神链扭结着误解与希望。误解如秋风中的落叶，希望如落叶中的秋风；误解如烦恼，希望如菩提；误解如无明，希望如净土。谁能转烦恼成菩提？谁的误解即希望？恐怕差不多的人的希望却是误解吧。尽管如此，留下的落叶，好生看取也有雪泥鸿爪。

《孔学儒术》中，儒术的精要可用"中而因通"来简括："中"是"执两用中"的"中"，儒家的中庸与释家的中观目的不同，道理相通。"而"是"奇而正、虚而实"的"而"，其哲学要义在"一与不一"，是对付悖论的最好的智慧，不"而"则不能"中"。"因导果"是世间出世间的总账，"因"字诀最普适的妙用是引进落空。不通不是道，通道必简。化而通之概括了"因"的意义，通则久。

《〈水浒〉智局》透析了《水浒传》中智慧、权力、暴力的关系：函三为一、一分为三，合则为局、析则为爻。水浒人此处放火、彼处杀人之朴刀杆棒生意串成江湖版的《孙子兵法》。宋江能够统豺虎是"阴制阳"，梁山好汉被朝廷赚了也是"阴制阳"。阴为何物？直教一百零八好汉生死相许！

《性命之学》以性命作为重估文人价值的标准和依据。穿透了虚文世界曲折的遮蔽，才能探讨人自身的性命下落。性命之学由心性谱写。近世让人心酸眼亮的"心性"有王阳明、李卓吾、唐伯虎、曹雪芹、龚自珍、鲁迅等，他们是塔尖。他们提得住心，所以他们的心性剧有声有色。

《〈儒林外史〉士文化研究》提取了《儒林外史》展示出的贤人困境、奇人歧路、名士风流、八股士的愚痴等士子型范；在封建时代，士文化的根被教育败坏了。用教育来反教育，是古代中国士文化传统的一部分。

《儒林外史》中每一张脸都是一座碉堡，文学人物是现实人格的象征，《〈儒林外史〉人物品鉴》透视封建时期士人"没出息"的活法、自己骗自己的文化姿态，以及他们无路可走的"不在乎"的无奈。最窝囊的是，当时的文人说不出一句明心见性的话。

《王阳明传》呼吁善良出能力来：对人仁从而鉴空衡平、爱"爱心"而天良发现。良知顿现，难事易办。心学是意术，是感觉化的思想、哲学化的艺术，是修炼心之行动力的功夫学、成功学。致良知教世人柔心成真人。

现象即本体，影视通巫术，方法须直觉，效果靠博弈：《电影现象学》旨在使影视艺术能有自己的本体论、方法论。

文化即传播，只要一"化"就有传播在焉。我几千年文明古国，锦绣江山，传播玉成。《文化传播》写的是文化的传播即传播的文化。

《揉心学词条》想总结误解发生的思维机制（意向三歧性）、误解发生的心理机制（欲望三重化）、误解发生的语言机制（言语的三不性）、误解发生的行为机制（互动反馈误差扩大），想建立"误解诊疗术"，但只是沙上涂鸦，更似煮沙成饭。

家，是移情的作品。院子是境，也是景。情景交融，在美学上值得夸耀，在生活中是不得不做的事情。"我"寄寓于别人家院子，像小件寄存一样。《在别人家的院子里》是我印象深刻的生活经历。

刺刺不休十一卷，诚不足称之为著作，只是我造句几十年的一个坟丘（另有百万虚构类文字已被风吹）。其中包着误解，也含着希望。误解，是人自我活埋的本能。希望，是人自我生成的器官。"我"因对希望心不诚而自我活埋着。

最后，我满怀深情却文不对题地抄几则卡夫卡的箴言：

> 生的快乐不是生命本身的，而是我们向更高生活境界上升前的恐惧；生的痛苦不是生命本身的，而是那种恐惧引起的我们的自我折磨。

它（谦卑）是真正的祈祷语言……人际关系是祈祷关系，与自己的关系是进取关系。从祈祷中汲取进取的力量。

生命开端的两个任务：不断缩小你的圈子和再三检查你自己是否躲在你的圈子之外的什么地方。

2023 年秋

目　录

附 录

第一章　引　论

《儒林外史》是一部中国士文化的档案

　　《儒林外史》通篇写士，可以称得上是一部封建末世的"士的百科全书"。吴敬梓具有强烈的历史理性和真正的人文关怀，"士"的问题一直困扰着这位身在其中的天才作家，他笔下那形形色色的"士"——贤士、奇士、名士、八股士……作为研究中国士文化的"标本"，或许比那"涂抹太厚"（鲁迅语）的经史上记载的理想型的士要血肉丰满得多。

　　吴敬梓就是来为士人书写档案的：

　　第一，吴敬梓的出现，意味着文化人作为真正的叙事人（而不是代言人）第一次出现在中国小说史上。《儒林外史》是地道的有极高文言修养的文人写的白话而非已有平话之整理本，也就是说，它是真正的士子写士子的小说。

　　第二，《儒林外史》的取境与立意不再跟着正统的意识形态或民间市井心理走了，其出现是士人觉醒这个历史进程孕育出来的。我们只要稍做一下比较便一清二楚。《三国演义》《水浒传》《西游记》都是史诗性作品，却称不上是严格的个人的心灵之作，它们是集体合作，一人或数人定稿，多是平话整理本（只是加工程度不同而已）。《三国演义》中的士子问题倒很突出，写尽了文士、武士争取权力与荣誉的机遇和命运，然而其基本问题是士人如何与军阀相结合：能够"遇明主"，充分地为其所用便是成功，否则便是失败；它也写到士林中的败类如何只问利害不问是非，从而成为反复无常、卑鄙无耻的小人。价值坐标很简单：无非"忠、义"二字。《水浒传》中也有士子问题，只不过讲的是他们如何与草莽英雄相结合而已。《西游记》中的唐僧倒是个略略近乎现代意义上的知识分子，可惜他尽管有高尚的终极关怀，且九死不悔，但具有反讽意味的是唐僧在取经路上只是孙悟空的累赘。上述作品的写定者虽然也是读书人，但由于他们接受了主流的流行话语的传统，因而并没有写出士子的"切身处境"与"真际问题"。因为它们不是什么"知识分子小说"。

《儒林外史》不再歌颂忠义或描写才子佳人密约，它是要追问的，追问的是功名富贵的依据，追问的是人怎样生、路怎样行的依据。中国小说家中如陀思妥耶夫斯基那样的"追问式小说家"①，吴敬梓是第一人。封建统治者一直有意而且有效地用来诱惑、收拾士

---

① 关于追问式或曰拷问式小说家，是借沿用鲁迅先生《〈穷人〉小引》的说法："显示灵魂的深者，每要被人看作心理学家；尤其是陀思妥耶夫斯基那样的作者。他写人物，几乎无须描写外貌，只要以语气、声音，就不独将他们的思想和情感，便是面目和身体也表示着。又因为显示着灵魂的深，所以一读那作品，便令人发生精神的变化。灵魂的深处并不平安，敢于正视的本来就不多，更何况写出？……凡是人的灵魂的伟大的审问者，同时也一定是伟大的犯人。审问者在堂上举劾着他的恶，犯人在阶下陈述他自己的善；审问者在灵魂中揭发污秽，犯人在揭发的污秽中阐明那埋藏的光耀。这样，就显出灵魂的深。在甚深的灵魂中，无所谓'残酷'，无所谓慈悲；但将这灵魂显示于人的，是'在最高的意义上的写实主义者'……这也可以说：穿掘着灵魂的深处，使人受了精神的苦刑而得到创伤，又从这得伤和养伤和愈合中，得到苦的涤除，而上了苏生的路。"

人的科举制度、文字狱和司法制度，以及势利风习等，都无不受到吴敬梓从容不迫、透骨入髓地批评和拷问。中国传统小说还没有任何一部作品富有《儒林外史》这样的人性尊严、明白的理性和对生命终极意义的深刻思考。

以往所有的关于《儒林外史》是现实主义杰作的评论，实际上都可以成为这份"档案"合格的旁证：它尽管是小说，却具有"诗比历史更真实"（亚里士多德语）那种意义上的真实性。我们要讨论的是：仅依据经史上记载的那数不清的理想的士，以及依照儒家的士君子观念为证据体系的研究，描述的其实只是"士"这个类的最上限的精神世界，而吴敬梓所关注、所烛照的则是"士"这个类的实存状态，它是占大多数者普遍的境遇与心态，也差不多是这个群体的下限状态。就抽样的涵盖面而言，《儒林外史》显然就合格、典型得多。因为圣贤几稀，文雄亦是屈指可数；相对于浮出了水面的冰山尖来说，水面下的那个十之八九不更是不可忽视的实体所在，不更有具体研究的价值吗？

进而言之，《儒林外史》是当代人写当代事的"当代文学"，而非明朝人写三国的英雄、唐代的和尚或宋代的山大王，这不但容易在细节上真切起来，更容易准确地传达出"当下此在"的情绪。而这就从实和虚的两个层面大大提高了"证词"的力度。而且，众所周知，《儒林外史》的主要人物差不多都是有原型的，《儒林外史》的讽刺手法其实就是还原写实法（参见何泽翰《〈儒林外史〉本事考》）。人们所称道的《儒林外史》的"自然讽刺"，其魅力和力度就在于因写实而真实。

当然，《儒林外史》毕竟是小说，其论据作用毕竟也是象征性的，它是柏拉图所谓的"影子的影子"。这样，我们就既需要从影子追索原型，同时又需要深入地解读影子里所包含的"问题情境"。概括言之，本书的士文化研究最终的落脚点是古代士子的人生境况和精神状态。

凡是已成为经典性的伟大作品都有一个基本特征，即达到了对其叙述的那种生活的本体象征的高度，《红楼梦》如此，《儒林外史》亦然。《儒林外史》作为一流文学经典，其中的故事自19世纪以来早已被人当成信而可征的"掌故"来使用了。

需要特别注意的是，《儒林外史》对士子的追问式取向，确切地说，《儒林外史》正是一部士子漂泊的档案。吴敬梓着力写的是士子的"误解与失败"，以及哭笑不得的尴尬。

《儒林外史》的形象类型及本书的构架

所谓"文化"，落实到每个具体的人身上就是他的"态度"，用荣格的话说就是"一切文化全部运作的最终体现是人格"。吴敬梓的描述视角盯在了士人的"态度"上，我们的研究视角也应是盯在"态度"上说。而且语言就是世界观，人物的言语品质最能体现他的文化品格。《儒林外史》的主要叙述方式就是"客厅谈话式"（这一点曾朴早就指出过）。就像《围城》中的孙柔嘉用画红指甲的办法传神地为汪太太做的"提要"一样，吴敬梓用"提要"法透骨入髓地写出了书中人物的种种"聚谈"。如同《三国演义》中的人总在打仗、《水浒传》中的人总在杀人越货一样，《儒林外史》中的人只是在彼此聚谈。此起彼伏的"聚谈"勾勒出一个可称之为"精神遭遇"的大故事，而支撑这个故事的基本冲突是文化记忆与文化现状的矛盾。正是这个矛盾使士子群体分裂为四种类型：八股士、假名士、贤人、奇人。

八股士、假名士，以及全民皆般地趋炎附势的势利见识，在新闻媒体还靠口耳相传构成声气的古代社会，构成了令吴敬梓痛心疾首的文化现状。所谓"文化记忆"，则是指所谓"处则不失为真儒，出则可以为王佐"那种士人理想的追忆。之所以说这是记忆、是追忆，就是因为吴敬梓环顾士林，"到处讲究的是揣摩逢迎的考校、升迁调降的官场"，试看今日之域中，竟是纱帽之天下！八股文化之大昌于天下，即因为纱帽召唤着那些八股士们。他们舍生忘死地竞相奔走在这条钦定的"康庄大道"上，竞相比赛"揣摩"的功夫。吴敬梓认为当时的八股士是被八股吸魂器吸干了气血的空心人，如周进、范进；而所谓假名士，则是玩感觉的闲人。他们都是原始儒学的叛徒，是文化现状生长出来的恶性肿瘤。然而，由于这两派读书人成了在朝在野的最大群体，真正的文化传统在被大面积地遗忘，儒学教旨遭到了彻底的扭曲，"代圣贤立言"的科举考试已变成了即使圣贤本人复生也考不上的选拔"贤才"的考试。故而真正秉持着原始儒家教旨的贤人（如虞博士、庄绍光、迟衡山等），以及以强硬的个人主义姿态坚持原始儒家精神的奇人（杜少卿等），不是被目为呆便是被指为狂，他们只能做绝望的抗争，最后风流云散。

形成这样现状的基本原因，是国系体制及评价体系的问题。八股士虚己应试，钻过了举业的金针眼，成了大纱帽、大轿子的拥有者；"名士"们本人并没有建立话语权的雄心壮志，只想用话语加入权力网络，成为纱帽队伍中的秋风客、揩油士，"相与老爷"便是其"终焉之志"。《儒林外史》虽为小说，但比同时代的任何思想史著作都入微而深刻地写出了士人遂顺变形的历史，写出了文化现状怎样吞噬文化传统，并将高贵的文化记忆分派给了少数人（贤人、奇人），他们把古典文化精神生命化，用个性呵养着这个传统，使之薪尽火传，精神不灭。

文化记忆与文化现状的矛盾，事实上又变成了文化与社会现状的矛盾。社会现状的内容光怪陆离、变化无常、一言难尽。我们不妨这样概括：其硬件是制度，其软件是人的态度——尽管制度经济学家认为社会的细胞是制度，几乎无所不包。《儒林外史》这部描写社会风俗的喜剧长卷，也的确展示了许多"制度"和文化史细节，但其大端还是注目于八股取士制度及其辐射万户千家的魔力、限以资格的用人制度所造成的淘汰精英的悲剧，以及宗法血缘关系终于抵挡不住权、钱的攻击力等。这些也都是通过描述书中人物的"态度"表现出来的：凡是屈从于现状的人无不秉持着古怪的"热情原则"——他们充满激情地认同现实世界，从而步入现实的迷宫，在前途一片灿烂、"有想头"（《儒林外史》中潘三语）中迷失了自己的本性。他们义无反顾地追逐着实利、实用，却堕入了无聊、无价值的泥淖。他们迷乱至极，丧失了自知的可能，遂成为毫不自知的无耻之徒（如严贡生、王惠、牛玉圃、牛浦郎等）。

周进、马二、鲁翰林、高翰林这一组八股士"再接再厉"地宣说着"流行真理"："中"了就是一切，不"中"便什么也不是；景兰江、季苇萧等假名士则是这个号称"诗歌大国"的寄生虫。这个古国的语文传统供给了他们编织诗就是一切的幻觉资源，又不得不与现实产生能量与信息的转换。于是，诗会成了结伙的美称，作诗也只为了"相与老爷"，诗名于是可以抵得上"科名"（尤以扬州名士为典型）。与八股士走不同道路的假名士绝不是心魂相守的士君子，而只是反败为胜、曲线成名的自欺欺人者。总之，八股士与假名士殊途而同归，都在消解着真正的文化传统，瓦解着文化的内在标准。

"以俳优之道，抉圣贤之心"（钱锺书语）的八股文训练，其基本目标就是别人叫你怎样说你就怎样说，把"给定"的话语变成了自己的话语，从而彻底地将自我封闭起来，成为"振振有词的哑巴"。假名士们追求所谓诗性、才情，以貌似人文的东西冒充或遮蔽真正的人文精神。他们相当活跃，以诗会领袖的身份当起了文坛明星。然而，湖州名士只是仿古士，精确地追求仿古的"乡村文人";扬州名士则只是斗方文士;南京以杜慎卿为领袖的名士倒略有点名士气象,但也仍不过定花榜而已。究其实质,他们的诗性、浪漫性等说到底仍只是一种"玩"性,一种游戏人生的玩世把戏。

那么,士在何处?为什么"通古今,辨然否"的士在八股制度下会堕落到如此地步?说八股法让读书人看轻了文行出处还不是问题的全部。譬如,假名士仍并不追求八股举业,事实上他们比八股士还要不堪入目,所以作者"嫉时文士,尤嫉名士"。如果说八股士还与教育事业有点联系,那么,假名士便只是地道的"闲杂人员"了。因为那个停滞封闭的社会既没有给这类文化闲人保留什么惬意的高位,又缺乏淘汰他们的有效机制,他们只可能靠吹牛撒谎或当篾片过活。《儒林外史》从立意到结构都丝丝入扣地写出了中国士子经久不衰的天定"命运"。

贤人、奇人两组形象则是文化记忆抗拒文化现状、文化抗拒现实的一种体现。贤人们以孔子式"知其不可为而为之"的精神竭力保持古典文化的真脉(讲究文行出处、倡举礼乐兵农);而奇人则以"不在乎"的凛凛风姿竭力甩开把人异化的一切流行标准。他们的高言谠论,正是吴敬梓着意将自己对文化命运反思的观点转变成日常口语(若为之作索引,或许能勾画出一部形象的思想学术史来)。他们谴责举业至上的流行学风,憎恶假名士好名如好色、忧贫不忧道的习性;他们肩负着"道"与"势"相抵牾的焦虑与紧张,在南京兴礼乐、祭泰伯,在边城兴兵农、办学校,然而不是被世人遗忘,就是被朝廷清算(如萧云仙)。这些体现着真正文化精神的人物是现状中的失败者,他们活得沉重而又悲凉,内外交困,无路可走,而且宿命般地不了了之。

这四组形象在《儒林外史》中前仆后继地叠印出境况、构成系列，充分地"囊括"了现实中士子的不同归宿。《儒林外史》中那走马灯般变幻的人、事、景，大致的段落是八股儒在先，假名士继之，贤人崛起于一股颓风之中，最后以奇人的悲凉煞尾。这个自然的顺序正体现着吴敬梓深邃的洞见，展示了士子集团从"中心"走向"边缘"的必然趋势。吴敬梓以四奇人煞尾，表达出的正是士人甘当或无可奈何地当边缘人的心态。只有甘心于边缘境地，才能保全一点做人的真谛。应该说，全书最后所"添"的"四客"，是吴敬梓能展示的最好人生姿态了。分章研究这四类士人，便成为本书的基本架构。

谁之最

国家养士，士为国家"养气"，自古而然。然而，现状如此，谁之罪？如同苏联诗人帕斯卡尔对制度与人性同时绝望一样，吴敬梓对国家和士人同时投去了绝望而轻蔑的一瞥，一直在理性地反抗绝望。吴敬梓既没有以科举制度开脱士子的卑劣，也不以士子的卑劣宽恕制度。就连吴敬梓所敬重的贤人、所钟爱的奇人，也写出了他们属于"作废"的一群。八股士、假名士是如愿以偿地作废，贤人、奇人则是无可奈何地作废。吴敬梓深感士人作废的原因既在制度，又在士人本身。士人或媚俗，对功名富贵趋之若鹜；或逃逸，以虚化为高为逸。后一类作为一种"效果事件"是准作废，作为一种"心理事件"，则内涵不一。尽管生活的质量在于"心情"，但历史却并不相信心情。

吴敬梓不可能解决这场文化与现状、古典人文精神与现实世界的尖锐冲突，只能穷形尽相地讽刺了现状，同时也对那"文化"本身作了追问，产生了深层次的怀疑。一个极有说服力的典型便是杨执中这个标准的古拙之士。他不但不能指示什么文化前途，而且自身亦非什么高明角色。杨执中虽以虚化为高，却不可能真正虚起来，更高不到哪里去；他再耽于自己的读书嗜好，也不可能成为"社会的良心，人类的理性"（康德《道德形而上学原理》）。二娄是今不如昔、城不如乡、官不如民的清谈家。他们先期出场，正是纾解吴敬梓牢骚和愤懑的第一群人物，也体现着吴敬梓的部分情绪。只是，吴敬梓很快就舒缓地否定了那种情绪，用反讽的笔意来写他们了。"二娄追杨"的故事之所以成为《儒林外史》中最精妙的篇章之一，或许正是因为它契合了吴敬梓最深邃、最隐秘的文化情绪。二娄三访杨执中也堪称经典性的反讽文本。反讽，正是吴敬梓的"态度"，也是其对付现状扭曲文化、文化又扭曲自身的最有力的对抗武器。反讽也是全书的基本"语法"，显示着吴敬梓对存在境遇的根本判断：人，为什么总活在不自知的误会中？

夏总甲以为自己威福无比、风光无限，是误会；胡屠户以为举人老爷都是文曲星下凡，是误会；二娄以为杨执中是大贤，是误会；杨执中把自己的古怪脾性当成古典文化的真脉遗存，更是误会……一部《儒林外史》简直可以说是由误会组成的长镜头或"焦点"集锦：八股士生活在"舒服的误解"中，"发过""中了"的自然舒服透顶，就是不中、未发之士，或坐馆或当选家，都有献身于不朽之盛业的自我崇高感，马二先生起草八股选本的评语就如同起草导向性文件一样严肃认真。八股士以举业为生命的终极停泊点，是"不误的误会"；朝廷以周进、范进这样的人为"真才"，则是对题中应有之义的误会；朝廷以利导义，鼓舞、吸附着无数士献身于四书五经，本为钳制思想，却保证了传统文化的绵延不绝——尽管它必然杂俗化，但毕竟没有中断，是"误而不误"。如果说那帮假名士是卖假药的，那些贤人则是贩古丹的，他们误解了政治，上了中国古代"政治即教化""意识形态万能论"的当——贤人政治或"为帝王师"是中国士子一个地久天长的梦（直到 20 世纪中叶，主张全盘西化的胡适先生的救国方略还首先是要一个"好人政府"）。更耐人寻味的是贤人们那份痛苦的误解：他们误以为秉持自己的个性就可以辟出一方净土。比如，杜少卿为抗拒污浊的天长县而佯狂自弃，以为到了南京便可以找到"自我"。其实，按季苇萧的话，南京同样风俗浇漓，并是个"可以饿死人的地方"，他摆脱了俗人却又陷入词客的包围。他所坚持的原则固然与流行文化大异其趣，但是并非正确无误。他自己不是也终于发出"后悔不了了"这样的哀鸣？奇人的精神支柱是"心学"，除了向内转，能喊一声"不"外，从根本上说别无他能，无路可走。因为政治、思想上的大一统，个体自由探索没有前提，而没有自由就不可能真正开辟思想空间和精神出路。他们只能"向内转""反求诸己"，这在骨子里仍是一种精神胜利法，然而能筑起尊严精神的心力长堤。

第二章　士—仕通说

先哲所悬设的"士"的标准

从孔子开始，儒家先哲所悬设的"士"的标准就名目繁多，要言之，起码有这样三项：

其一，"士志于道"（《论语·学而》）；

其二，"辨然否，通古今之道"（《说苑·修文》）；

其三，"士无定主"（《日知录集释》卷十三）。

第一项是德的标准，即作为"社会的良心"这种意义上的道德标准，亦即康德在《启蒙》中所说的"有勇气在一切公共事务上运用理性"的那种勇气。没有这种勇气、这种境界，再学富五车、再有权势和地位都不是士——所谓即便有周公之才且美，亦不足观。但如果只片面强调这种德行——只"尊德行"、不"道问学"，出现"愧无半策济时难，只有一死报君恩"的义和团式的士，用张岱的话说，这种士是"死而无济"于天下的"自了汉"（张岱《四书遇·论语》）。

第二项也至关重要，这是智的标准、才的标准，不仅是专业技能，更关键的是在"人类的理性"这个高度上"运用理性"的能力。简言之，就是文化事务的专家，为了"全民"的福祉而立言、谋划的人。李贽把士的这一条看得特别重要(《藏书·名臣传》)。这就使他们在阶级属性上具备了超越性,从而有第三项——"士无定主"。

第三项"士无定主",绝不是说没有操守。没有特操恰是士之大耻。"士无定主",是说他在一定程度上能超越其所属阶级的狭隘利益及偏见,能"为民请命",能为天下公利牺牲一己之私利,这就与"志与道"联结起来,构成了所谓的"士道"。对中国封建社会来说,"士无定主"的更准确的含义是社会不可或缺的"多余的人"。

上列三项只是一种"理论抽取"。这个"道"的形成及确立有一个历史过程。且举一例:在先秦,"士无定主"主要表现为策士们的灵活多变,应该说,这在当时有其历史的必然性、合理性;秦大一统后的"士无定主",便成了依附藩镇、转换山头之类的买卖了。这还是参与了改变历史进程的雄杰之辈。再等而下之,便是朝秦暮楚、日无定则的投机拍马者,没有策士之功,却有策士之气。

上列三项是内涵定义法,所以不可避免地进行了价值定位,换言之,这是一种义理判断。这个"士"的定义,其实是个理想的"君子国"。从某种意义上来说,儒学只是"君子之学"。这种伦理化的士道,放入历史的长河中,便成了"何尝一日行于天地间"的永恒的历史遗憾。它是"理想主义的教育学",而不是历史本身,甚至也不是教育史本身。

德国哲学家李凯尔特把世界分为"实在性王国"与"价值王国",认为实在性拥有存在性,而价值不拥有现实性。价值既不属于物理的现实,也不属于心理的现实。价值的实质乃在于它的意义性或有效性,而不在于它的事实性。传统儒学及当代新儒学可以说是这种意义上的价值学,也具有这种价值,从理想的意义上说,是相当令人尊敬的。故而尽管存在着一个巨大的与士君子定义成反讽式的士的集合，我们还是有必要扼要地重述一下儒家士君子的标准。康德曾有言："道德律令的设定应是绝对的，但善却从来不能完全实现。"（《实践理性批判》）连朱熹也有过"尧舜三王、周公、孔子所传之道，未尝一日得行于天地之间也"的喟然浩叹。这是人类不可克服的二律背反现象。

有的文化学者主张传统文化是个立体结构，可区分为表层文化和深层文化。表层文化主要是指以理性形式表现出来的观念形态的文化，诸如哲学理论、伦理观念、政治观念、法律观念等。深层文化则是指以非理性形式表现出来的民间风俗、大众心理和行为方式之类。传统儒学关于士的观念，仍只是观念、主张、要求，尽管精微深邃，对风俗及行为方式有范导作用，但毕竟逃不出"心中想要如此"这种内倾化的局限。从孔子嗟叹"天下无道"，到历代君子仁人对士风颓废的批判诅咒，不难看出，大而化之的美丽观念，真是未尝一日得行于天地之间！深层文化即实存、实在、实有的真相世界。

夏志清曾说："《儒林外史》最伟大的一个方面是其展示了中国18世纪的风俗及深层文化。"（《中国古典小说史论》）我从《儒林外史》研究中国士子之所以采用"负方法"，就是依据它所揭示的深层文化。即使在吴敬梓心中，也存在着这种意义上的深层、表层文化的矛盾，这些都清楚地体现在小说的艺术形象中。

我认为，《儒林外史》中诸色士子，符合古训之典型的是王玉辉，具有士精神的是杜少卿。二人分别体现了先哲悬设的士精神的两大主要方面："士志于道"及"士无定主"。

微妙而又令人尴尬的是：多余（或游弋）的士，反而要志于道，此其一。其二，唯独他们能"通古今，辨然否"，而他们又偏偏不是拥有社会力量的"非阶级"。"游弋"或曰"多余",是社会结构使然,势所当然,能发挥作用的反而是个别的、偶然的。由士构成的文官系统,便多出一个自相缠绕的问题,也是更严峻的考验:士,能否真正地"志于道"?

这是由制度本身派生出的基本问题。士本身的问题就更像生活、人生一样杂乱多绪。就其已臻理性形式的观念来说,却有着先天不足。这个不足是致命的,使千百代士子陷于"自缚"之中,这就是孔子、孟子之道中的士理论。这种士理论是以义利之辨为焦点和中枢的,其取向是一以贯之的重义轻利。这种高尚的理论将士永恒而高尚地悬搁起来。"志于道"(孔)、"尚志"(孟)只切入意识形态这个形上问题,而未涉及占有权力和财产这两个更为根本的生存问题。将理论的应该化为当然,士便注定宿命般地要"待价而沽"。士虽强调以道事君,但"服务于人主"这个大伦又是坚定不移地要坚持的。《论语·子路》说:

> 子贡问曰:"何如斯可谓之士矣?"子曰:"行己有耻,使于四方,不辱君命,可谓士矣。"曰:"敢问其次。"曰:"宗族称孝焉,乡党称弟焉。"曰:"敢问其次。"曰:"言必信,行必果,硁硁然小人哉!抑亦可以为次矣。"曰:"今之从政者何如?"子曰:"噫!斗筲之人,何足算也?"

师徒二人在这里品评了四种人,前三种尽管有品第之分,但都可以称为士,后一种不可称为士。照朱熹的说法,第一种人是"其志有所为不为,而其材足以有为者也"(朱熹《四书集论·论语·子路》)。"行己有耻"必然也必须是有所为。廉静固然始终是儒门德行的要素，但儒不同于道，出发点是要有为于世的；而"不辱君命"，才是最上一层的标准，它的含义也很鲜明：效忠于君。这种形式上的规范后来终于演化成了后世各式儒者的口头禅："不成功，便成仁。"这种演化自有其内在根据。孔、孟都讲过许多"守死善道"的话，但效忠于君这一标准，一直是孔学传统的基本命脉之一。拥有绝对权力的大独裁者往往倡导别人信奉儒家礼教，就是因为儒学帮了他们的大忙，所以孔子被封为"素王"。他们只是将孔子的有耻尊君（有条件的）变成了无耻尊君（无条件的）。汤名未换，药性已改。这只要看看龚自珍的《觊耻》一文便可明白。灿烂的表层文化有时以污滥的深层文化为真实注解。造成这种情况的责任当然不全在儒家，但"忠君意会"的确销蚀了"证道"精神，这一点是无可置疑的。特别是当天下一统之后，"士"失去了"不治而议"的自由和权威，曲学阿世、俳优取容便是不期而然的大势了；个别以"理"抗"势"的硬骨头（如海瑞等），非但贪官，连清官都认为他不合时宜（《海瑞集》附录）。

至于第二种，朱熹解释说："此本立而材不足者，故为其次。"（同上）照孔子看来，能做到悌的人就可算是士了：有德，即使才不足观亦可（相反则不可）。德育为首，德育标第一，堪称传统中的传统。就孔子本人而言，德在智先，甚至以德代智的精神是一以贯之的。《论语·子路》又云：

> 子路问曰："何如斯可谓之士矣？"
> 子曰："切切偲偲，怡怡如也，可谓士矣。朋友切切偲偲，兄弟怡怡。"

切切，恳到也；偲偲，劝勉也；怡怡，和悦也。在朋友、兄弟间若能做到恳切、愉快，就可谓之士。孔子固然善于因材施教，有针对性地回答问题，但不难看出其对子路、子贡这两类人的回答，看似说法不一，在基本点上实是相通的。因为儒学本来是君子的"成德"之学（此即被新儒家们称为"内转"的特征）。《论语·宪问》云："子路问君子。子曰：'修己以敬。'"用"修己以敬"来界定"君子"的含义，以及以"克己复礼为仁""反求诸己"等作为原则性、纲领性的名言，都显示着儒学这种"内转"的理路。所以，我们不必惊讶于这种士子标准的过分道德化：士子标准或曰君子理想都只是儒学伦理观念的一种。

那么为什么不先"外推"然后"内转"？简言之，这是因为存在决定了意识。无权无勇的士，能高尚其志者，也只能自己"养吾浩然之气"。外在世界是不以"善"的意志为转移的。"天命"是"道"行得通与否的客观依据，同时也是行道的最大的障碍。所以孔子说："若不知天命而妄动，则非君子也。"说白了，这种道德至上论，其实是保守的、具有防御性的，不是为了改造世界，而是改造不了世界而反转过来改造自己罢了。将自己改造得畏天命、畏大人，而且心安理得，心甘如饴，"切切""偲偲""怡怡"——便"文质彬彬，然后君子"了。《儒林外史》中，周进、范进都大致符合这个标准；当然，马二、虞博士也符合。这也足见儒门之广大。

第三种是勉强可以算作士的。朱熹的解释也正是扣准了"自守"这一点："果，必行也。硁，小石之坚确者。小人，言其识量之浅狭也。此其本来皆无足观，然亦不失其为自守也，故圣人犹有取焉；下此则市井之人，不复可为士矣。"

朱熹之所说"从政者"是市井之人，因为根据孔子的说法，他们是计较微利之人："斗，量名，容十升。筲，竹器，容斗二升。斗筲之人，言鄙细也。"

前面已论及儒家关于士的标准肯綮在义利之间，而取向又旗帜鲜明地取义而舍利，但更深刻的原因还在于其价值观上的"内转"或"内倾"。不"外推"求利固然高尚，但高尚得寸步难行（因此而更加"内转"）。我们若仔细审视一下这种理想主义的大丈夫观，便不难发现，它漏掉了一个根本性的意涵——"利"。在高尚的超越利益的淡远追求中，放弃了为知识者争利的追求，事实上便把"士"彻底虚化了。理想固然必须具有其超越性，一旦将这种道德形上问题强化到虚幻的、不可操作的地步，其结果只能在"虚无缥缈间"，或成为机会主义。

儒学先哲悬想的士标榜"大公无私"，没有自己的利益实在性，没有自己的阶级属性（士，初为贵族最末一等，后为四民之首，但并没有自己的固定经济利益，只是四"民"中最易入仕途者而已）。谁有权，就遵谁的命，或者说，谁雇用即依附之。"士无定主"，实际上就成了"丧家的乏走狗"的别名。士命运的黄金期是春秋战国间"养士"成风之时，但那也只是被"养"而已。当然，"君子言义不言利"，只是"不言"，只是不主动去追求这一群体的合法的社会权益，但对每个具体的人来说，利则是"不可一日无此"的东西。所以，自古以来揭露假道学的文学都集中在道德与利益的悖反这个区域。道而有假，除了人是利益动物这个天然规定外，另一个原因便是那个道高不可及——连孔子都不敢自居已经得道。道的这种绝对崇高化，必然逼出假道学（关于真假道学问题，参看李光地《榕村语录》及《清实录·圣祖仁皇帝实录》康熙五十六、五十七年）。这又天然地决定了士传统表层灿烂而深层污滥之定则：在温情"人本主义"下，是最残酷的专制，在最高洁的理想主义下是最不干净的实用法则（关于这一点，可参看《大义觉迷录》及《御批通鉴辑览》等）。

按说隐士是士中绝不言利、不要功名富贵的"上上高人"，然而诚如鲁迅先生所说："隐士，历来算是一个美名，但有时也当作一个笑柄……登仕，是哂饭之道；归隐，也是哂饭之道。假使无法哂饭，那就连'隐'也隐不成了。'飞来飞去'，正是因为要'隐'，也是因为要哂饭……帮闲们或开锣，或喝道，那是因为自己还不配'隐'，所以只好揩一点'隐'油，其实也还不外乎哂饭之道。"

不"外推"去争取独立主权，单求独立人格，舍皮求毛，毛不可单得。士主体的基础在理想化、高尚化的教育原则中，"完士"便九牛一毛。以士导仕，原是士之福音，但义不可复得。趋利忘义，本是反驳了道德万能论，却偏偏刺激、讽刺了士本身。

综上所论，士的真正地位和特征是：

物质上——乞食；精神上——自食。

理想的士与实际的士

　　余英时先生在《士与中国文化》一书的自序中说："本书所刻画的'士'的性格是偏重在理想典型的一面。也许中国史上没有任何一个有血有肉的人物完全符合'士'的理想典型，但是这一理想典型的存在终是无可否认的客观事实；它曾对中国文化传统中无数真实的'士'发生过'虽不能至，心向往之'的鞭策作用。"余先生的弘道淑世之心是令人钦佩的。但余先生研究的是士之道，而非士本身，换言之，他所研究的是名理或观念层面的士，而非实存层面的士。

　　士，是一个集合。孔子和他所批评的不以道事君的学生，荀子和他的高足韩非、李斯等都是士。这要求任何对士文化问题的讨论都得将对象判断与元判断结合起来，否则必然要陷入不完全表达式中。我用的是"负方法"即证伪的方法，即通过《儒林外史》去追寻这样一个回答：什么不是士？

　　因为《儒林外史》提供的形象，天然地适应于"证伪"的方法。

　　儒而不儒，士而不士，遂有《儒林外史》之作。不管吴敬梓对读书人是同情悲悯，还是讽刺嘲弄，这本书都说明，中国封建社会到了明清朝代这样的绝对极权时代，读书人已处在极其尴尬悲惨的境遇中了。所谓《儒林外史》"悲喜交融的美学情调"，如深挖下去，其人生情境是令人啼笑皆非的。

明清的八股举业，以其强劲的"以利导义"的指令体系，将古代"学而优则仕"的公式实际兑换成了"八股优则仕"，二者虽貌同而质异。所谓八股士——以八股这种"文化技能"求职业的人，已根本不可能再负荷任何超越个人私利之上的"道"了。要说八股还有什么"道"的话，那便是"俳优之道"，即以"揣摩"八股举业为手段去干禄。固然，这种"道"术并不只是"封建"后期才特有的。汉初第一位以儒生为相的公孙弘，"正身之士"对他的谴责是"曲学阿世"。当荀子把士分为"正身之士"与"仰禄之士"（《尧问》）时，说明"仰禄之士"已为数颇众了。不过，这还不能与明清的八股士等量齐观。以"游"为"仰禄"的手段，使大家都来作八股，那状况与味道还是大不相同的。汉朝"曲学阿世"，可以博得高官厚禄，但汉朝通行的取士法是"选举"，顾炎武痛诋八股，主张恢复汉代的选举征辟，至少在他看来，"选举"法胜过"八股法"（参见《日知录》第十六卷"选举"条）。

闲斋老人序云，《儒林外史》"以功名富贵为一篇之骨"。功名富贵的魔力已遍及儒林，由来已久，于明清为烈。"有心艳功名富贵而媚人下人者；有倚仗功名富贵而骄人傲人者；有假托无意功名富贵自以为高，被人看破耻笑者；终乃以辞却功名富贵，品地最上一层，为中流砥柱。"因此，人若不以对功名富贵的态度为焦点来写儒林风貌，便文不对题。

功名富贵问题变得如此突出，如此令人触目惊心，并不是吴敬梓的偏见或自作多情，它所体现的正是"历史的脚步"本身的足音。

明清工商业的发展，已引起官府的畏惧（如康熙下令解散矿工）和思想界的重视。由"看重"起而为之代言，几乎凡进步的思想家皆呼吁发展工商业。商人成了市井中的重要角色，《儒林外史》中对徽州盐商多有讥刺，商品经济（钱）对士人的冲击是"唯物"的，从而也是致命的。而以经济克服道德意志主义这种唯心主义的古老说教，就大多数"得道"不深的读书人而言，是势如破竹的。唯有《儒林外史》中景兰江这样的"诗人"才"弃商经诗"，更多的却是弃儒为商，如蒲松龄的父亲蒲磐，以及《聊斋志异·黄英》所写的为了改变命运不得不反败为胜的读书人。

对求"权"无望的读书人来说，他们能够凭借什么来超越"钱"的压迫或诱惑？

然而，现实的绝不总是合理的。根据马克思及波普尔理性批判主义的原则，可正好倒过来读：合理的都是不可能完全变成现实的（即理想和现实的矛盾），因为现实的都是有待于改变、改进的。

我们并不能简单地回应钱和权（富贵功名）的压迫与诱惑，这也不纯是精神胜物质还是物质胜精神的哲学问题。

在从理论上简明地讨论了"士非士"的问题后，我们有必要对《儒林外史》中两个颇具典型意义的"士"作一番个案分析。通过对他们的研究，我们可以更进一步明白在八股制度下，"士"在利与义、在形上与形下之间进行选择的两难窘境。这两个人物就是王玉辉和匡超人。

个案分析之一：王玉辉

儒家的士子理论，严格来说是一种"准宗教"。

真正的宗教情怀的确是人这个自知有限的"类存在"的终极安慰，没有宗教情怀的固然未必都是"痛苦的苏格拉底"。中国的一些重大要件都有替代现象，但副品未必都是赝品，只不过不易区分。抵制赝品，则是不争的"道义"。由此也就引发了代复一代正统思想夺正宗的思想斗争史。

儒学的士君子理论的"内转"倾向，使真士、假士之辩成了良心账，成了得失寸心知式的"自诚明"。

在《儒林外史》中，堪称真诚之最者，是王玉辉。这个为纯观念而献身的人，所受的嘲弄，是形下嘲弄了形上，是人生现实开了人生现实的玩笑。他因为动作不准确而妄，但他不伪，名教则伪而不妄；当他真诚地面对那个世界时，世界便构成了一种古怪的既伪且妄。

以王玉辉为横剖面，来透视整个世界之立体三维的扭曲状况，是让人触目惊心的。卧评说："写烈妇祠一段，特与五河县对照。"而五河县与烈妇祠同是既伪且妄的。世界伪而不妄，礼教的目的就是要制造王玉辉这样的人，而且让你以为这才是"好题目""好名头"，拥抱着无限的光荣去做牺牲！其实庄周早就揭破过这种把戏，但王玉辉这样的"粹然淳儒"大约是不会去读《庄子》的，已成淳儒之后读了《庄子》，也不会相信它。旧评语特别点出王玉辉作为"古君子"的呆价值："天下不呆者性情必薄。"王玉辉是名教的"名优产品"，是与杜少卿之父一样的人：绝对"把教养里的辞藻当了（生活的）真"。如果杜少卿真是吴敬梓，那吴敬梓写王玉辉似乎是在写自己的父亲。至少是将他作为父辈一代的一个典型，凭借"代沟"，从而得以全面、客观、真切地来"审父"。不过，至少杜少卿以其强硬的个人主义特征来"证道"，显示出与父辈的不同特征。这两个人都是要"真名教"的。王玉辉则循规蹈矩地符合真名教；杜少卿因是"异端"，反而又发展了正统的那一路。在某种意义上可以说，"杜少卿们"是目睹了"王玉辉们"被异化、被愚弄之后才转换思路的。尽管在小说中王玉辉出现时，杜少卿已经退场，但王玉辉、杜少卿有一脉相承之处，那就是执着或曰"呆"：在巧人得手、世人竞相争巧之时，这样呆，"正是人所不能及处"。卧评说玉辉："观此人，知其临大节而不可夺。人之能于五伦中慷慨决断，做出一番事业者，必非天下之乖人也。"（《儒林外史》第四十八回回评）堪称的评。闲斋老人也是个名教中的人。有深长意味的是，激烈反传统的鲁迅先生，也与他们一样，最恨"巧人"，也是个小报记者所说的有倔脾气的"呆汉"或"左联元帅"心目中喜欢发脾气的"老头子"。只是他表现出的是盛赞珂勒惠支的那幅双手捧出儿子的名叫《母亲》的版画；对王玉辉献出女儿，则认同钱玄同"描写良心与礼教之冲突"的说法，"殊极刻深"。接着分析且评论："作者生清初，又束身名教之内，而能心有依违，托稗说以寄慨，殆亦深有意于此矣。"（鲁迅《中国小说史略》）我们若说鲁迅以"反抗绝望"、甘当牺牲的"心理形式"，与此献儿献女有着某种"同构"，或许太武断，但不少人认为传统中或多或少有价值的东西构成了鲁迅的"支援意识"，也并非全然无据（如林毓生《中国意识的危机》）。鲁迅在《十四年的"读经"》《现代中国的孔夫子》等文中对与教人怎样苟且、怎样偷生者相对立的"笨人""傻子"的悲悯、同情，似应包括王玉辉们在内的。

需要特别辨明的是：王玉辉周围的人还真没有"聪明人"和"奴才"。王玉辉送女儿上祭坛这件事，还不能说是哪一个巧人给撺掇的。余大先生绝没有用王三姑娘的血染红顶子的意思，他对王玉辉的敬重、温情是高尚感人的。这更显示了世界的客观有效性——没有偶然的人为因素，依然效果明显。马二劝匡二做举业，亦当作如是观。

王玉辉是"内转"的"铮铮者",几十年得不到社会承认,家贫无隔夜之粮,又没一碗"现成饭",连个馆也不坐,只是要不停地修那"三部书"。王玉辉居然能够爱他所爱,无怨无悔。这才是孔子标准下真诚的"士"。从余大先生的评价中可看出,王玉辉是与"干禄士"不可同日而语的"正身之士"。王玉辉去拜会余大、余二绝对是出于真心仰慕,标准的有"志于道"者和不耻恶衣恶食的不怀居者。孔子当年说:"三年学,不至于谷,不易得也。"朱熹解释道:"谷,禄也。至,疑当作志。为学之久,而不求禄,如此之人,不易得也。"王玉辉三十年不问"谷",这就更为难得了。或曰:他只不过是未"中"而已。其实大不然,王玉辉绝对是"笃信好学,守死善道"的正人,只可惜不幸而中了朱子的讥诮:"不守死,则不能善其道;然守死而不足以善其道,则亦徒死而已。"王玉辉以宗教般的意志和殉道的热情,费毕生精力写下布道之书,而且那三部书是否真有价值还很难说。不过,余大、余二评价是很高的:

> 王玉辉道:"不瞒世叔说,我生平立的有个志向,要纂三部书嘉惠来学。"余大先生道:"是哪三部?"王玉辉道:"一部礼书,一部字书,一部乡约书。"二先生道:"礼书是怎么样?"王玉辉道:"礼书是将三礼分起类来,如事亲之礼、敬长之礼等类。将经文大书,下面采诸经子史的话印证,教子弟们自细习学。"大先生道:"这一部书该颁于学官,通行天下。请问字书是怎么样?"王玉辉道:"字书是七年识字法。其书已成,就送来与老师细阅。"二先生道:"字学不讲久矣,有此一书,为功不浅。请问乡约

书怎样？"王玉辉道："乡约书不过是添些仪制，劝醒愚民的意思。"

——《儒林外史》第四十八回

　　二余对"乡约书"未加评论，大概因为它与教育、学术的关系不大，是代表宰相写给保正一级人物看的，让他们逢初一、十五时念给本村愚民听。那部礼书和字书，却似乎是第二个韩愈出来了，都有兴灭继绝的自信和现实意义。王玉辉内心至少有个民间韩愈的意识。在中国史上，似乎只有王安石这位宰相做过类似的工作。没学术、无心术的宰相绝不干这种吃力的苦事。我们至少可以这样说：若宰相如此用心，则衰代可以中兴。王玉辉一步一个脚印地沿着"修身齐家治国平天下"的路线执着地攀登着。

　　但无情的讽刺正来自现实。莫说太保公不这样用心，就连周学道、范学道、鲁翰林、高翰林这些专门分管文化工作的高官也无此用心。倒是荒村野店、炊舍无烟之王玉辉在孜孜不倦、不为名利、不求闻达地为"圣学"布道。肉食者鄙，难怪孔子早就宣言："先进于礼乐，野人也；后进于礼乐，君子也。如用之，则吾从先进。"王玉辉正是这种"先进""野人"。顾炎武反复将国家与天下区分开来，《日知录》中便屡屡提及"亡国""亡天下"与"保国""保天下"的区别。《日知录》卷十三"正始"条云："保国者，其君其臣，肉食者谋之；保天下者，匹夫之贱，与有责焉耳矣。"八股文是做官之文、享荣华富贵之文，肉食者重视之，是为保一姓之国。贫寒贱士王玉辉却在为"保天下"而工作。当然这种"保"仍然是在扩大旧的世界的影响力，这是任何人都在劫难逃的。极为难得的是王玉辉绝不是为个人私利、个人虚名才这样做的。尽管唯道德标准误了许多事、乱了许多判断，但是王玉辉还是令人敬重的。

王玉辉绝不是为求闻达而卖古丹、让别人守礼自己好跑马的那种官方宣传家。且再从《论语集注》卷六"颜渊第十二"引一段：

> 子张问："士何如斯可谓之达矣？"（朱注：达者，德孚于人而行无不得之谓。）子曰："何哉，尔所谓达者？"子张对曰："在邦必闻，在家必闻。"（朱注：言名誉著闻也。）子曰："是闻也，非达也。（朱注：闻与达相似而不同，乃诚伪之所以分，学者不可不审也。故夫子既明辨之，下文又详言也。）夫达也者，质直而好义，察言而观色，虑以下人。在邦必达，在家必达。（朱注：内主忠信，而所行合宜，审于接物而卑以自牧。皆自修于内，不求人知之事。然德修于己而人信之，则所行自无窒碍矣。）夫闻也者，色取仁而行违，居之不疑。在邦必闻，在家必闻。"（朱注：善其颜色以取于仁，而行实背之，又自以为是而无所忌惮。此不务实而专务求名者，故虚誉虽隆而实德则病矣。程子曰："学者须是务实，不要近名。有意近名，大本已失。更学何事？为名而学，则是伪也。今之学者，大抵为名。为名与为利，虽清浊不同，然其利心则一也。"）

如上所述，《儒林外史》这部长篇中的诸色人等可分为八股儒、假名士、贤人、奇人等几类，这几类人中谁是"审于接物而卑以自牧"者？从纯理论上说，应该是贤人；但时下评论者从未把王玉辉列入贤人一类，大概是因为他活得太卑微，更像牺牲品。其实，八股腐儒不算牺牲品，因为他们本来就没有什么东西可以牺牲，如果没有那个八股取士制度，他们连任保"品"也算不上。王玉辉与虞博士，一个是乡野自励的小人物，一个是名重江南的大名儒，但在理论逻辑上，王玉辉无疑更符合儒家理学的要求，是孔学教养成的、为奉圣教虽九死其犹未悔的人。皇家养的是能"以俳优之道"钻营拍马、满口仁义道德、满肚子男盗女娼的假道家学、真小人、真奴才，将国家的钱用于造殿修陵、选美杀人上去了。区区王玉辉，执着但太自作多情，自作多情到了痴呆的地步！

别人当敲门的东西，王玉辉用来安身立命；别人借教养里的辞藻干禄荣身，王玉辉信以为真，主动葬送女儿。王玉辉与那些挂羊头卖狗肉的钓誉之徒有着本质的不同：王玉辉是真道学。问题恰恰在于，如上节所论，"治者"很少有人像玉辉这样当过真。而且，无论治者当真与否，王三姑娘也是白死了。全国的贞节牌坊之多之隆盛，大概以徽州府为最（据统计，仅清代，休宁县的"节妇"就达2300余人），巍巍如林。无数个"王三姑娘"白白死去了，但养育了徽州人和朝廷大员的节烈观，造就了那个地区捍卫圣教的大气候。大儒戴震谓后儒"以理杀人"，王玉辉真诚、自觉地挤入"后儒"的行列，演示了这个"心理杀人"的心理及过程。

太平之世，上下一片享受活动，圣教及其真诚的卫道士王玉辉们被闲置冰封，而一到危亡之秋，平时备受冷落和侮辱损害的士人却都来慷慨死战，以报君"恩"。明代如此，清季亦然。而这些来"保天下"的人只能是以保了国而告终。而且不灭绝，子继父业，无怨无悔，甘心如愿地"为王前驱"（张岱语，见《张子文秕》）。王玉辉生不逢时，明代已过，清季未到，正值被遗忘之秋。闲斋老人毕竟是有见识的批评家，首肯于王的正是他那种"大节而不可夺"的品德，并有感慨地说："'做出一番事业者'正是这种人，而'必非天下之乖巧人'。"然而，中国历史正是乖巧人利用呆人的历史。

"所养非所用，所用非所养"已成权力绝对私有制之专制社会的结构性痼疾，已成了不以人的意志为转移的客观规律。多少志士仁人是以"多余人"的身份去"杀身成仁""舍生取义"的？那是乱世。至于治世，"多余"的贤人来呼吁危机，要自作多情地刷洗一下人们的道德感情，"颓波难挽挽颓心"（龚自珍），然而谁会承认自己有"颓心"？皇帝、太保公、周学道、范学道、鲁翰林、高翰林们认为天下升平、"莺歌燕舞"，他们整天都把心思放在了哪儿？方盐商们承认自己该被"洗脑筋"吗？王玉辉将女儿送上祭坛，来南京追随贤人，摊给他的是个"花落人亡两不知"。"泰伯祠遗贤感旧"一节，以《儒林外史》特有的冷峻给王玉辉唱了一曲挽歌。他那集毕生心血凝成的三部书终是不了而了之。顺便言及，"不了了之"是《儒林外史》写人写事的一大特色，这个特色体现了吴敬梓哲学层次的对人世的睿智洞见。

王玉辉那两行清泪，绝没有"泪添秦淮秦淮溢，恨压钟山钟山低"的效果。这位寒士一生的苦志、真诚、奉献，就像胡屠户不给范进盘缠时所说的那样：把钱撒在水里了。王玉辉的肩膀太瘦太弱，担不起"传统"留下的无限重负。

个案分析之二：匡超人

匡超人在功利与道德之间经历了一个两极对换的客观变化，尤有说明性的是他居然成功了。他算是由"选举"一路上去的。顾炎武希望恢复汉代的选举制（《日知录·选举》），匡超人的"奇遇记"是反讽式的回应。当然，清代的"选举"与"征辟"，只是"副道路",不算正途,但匡超人毕竟"上"去了。

匡超人"自小也上过几年学,因是家寒无力,读不成了"。从这里可看出,西方汉学家如马克斯·韦伯等所谓中国平民考八股具有"民主性"的说法是该打折扣的。但另一方面,这个平民子弟居然进入了"上流社会",倒也确比西方典型的"封建"社会中贵族与平民之间的鸿沟绝对不可跨越显得开通一些。当然,英国在这个时期早已完成了工业革命,由庄园经济走向资本主义了,而中国此时的庄园还是高人逸士安身养志的桃花源,王冕正是靠放牛、画荷花走出世俗尘寰的羁绊。且说匡超人,他读不起书,去学经商——"在柴行里记账,不想客人销折了本钱,不得回家",于是成了流落省城的乡村青年。相比去记账的周进,匡超人遭际的风光正成反衬。那帮商人"金有余"(谐音)毕竟给周进捐了个"准考证";这个客人却使匡超人有家难归。旧俗谓:什么人什么命。"上过几年学"的匡超人便凭着那点《持运》学识和乖巧天赋,靠拆字自食其力起来。这是走不成仕途、凭专业技能吃饭的小士、寒士们的"常规活法"。匡超人若就此定格,继续增长这方面的"专业知识",譬如再学会看相、算命及风水之类,他也许是个心魂相守的本分为"小士"那样,在他身上就演不出功利与道德的消长的戏剧,自然也就当不成"当然英雄"了。

精于计较、以营利为目的,是商人的职业特性。这样说并不含贬义。匡超人在商海风波中的经历,给了他不可磨灭的早期经验。他出场就懂得:利益对人生的沉浮是致命的。匡超人出外当伙计是经历了情感上的巨大折磨的,得知父病而不能回家,"几回自心里恨极,不如早寻一死处"。他的母亲见了他,叙述几番儿时的话,诚如天二评所云:"读此而不下泪者,无人心者也。"这时的匡超人所表现出来的道德水平是"原始孔孟"本意的真道德，不带任何功利色彩。但他此时是非功利不可的：贫病交加的家境使他不得不每天只睡一个更次，既操胡屠户的行当，又磨豆腐、念文章，还日夜侍候卧床不起的父亲。在与三叔办理还房交涉时，对方觉得匡超人又委婉又爽快，的确是谈判老手，但后儒的教条主义解决不了匡超人眼下的问题。"匡超人虽是忧患，读书还是不歇"。此时的匡超人完全担当得起评点家们所有的赞美，对匡超人既杀猪磨豆腐又念文章，天二评："不可及"。至于对匡超人肩负着父亲出恭，天一、天二都有评道："悲作者读者皆未必能。"知县鸣锣举火，仪仗而过，匡超人比管宁的境界还高："明知是本县知县过，他也不曾住声，由着他过去了。"此时的匡超人虽也有功利目的，但"道德律令"在他心上还是占主导地位的。而且，他那功利目的，即便是用古板的宋儒（当然不包括叶适、陈亮一派）的眼光看，也只是满足基本的生活要求，算不上贪。知县终于发现了这个"不是秀才，也不是个童生，只是个小本生意人"的自学青年。匡超人自然读的是八股，但接受这种教育，绝不是他主观上的刻意选择，大背景如此，谁能逃脱此劫？（王冕恐怕是少见的例外，他读的是《楚辞》，卖的是画）。早期的匡超人是个"能"者，却不是个"贤"者——尽管他此时的表现在道德上确乎是令人叹为观止的。他终于被知县简拔出来，算是"'高尚'是高尚者的通行证"。社会的不合理，其实匡超人早有观察，终于身受了。在坐船回乡时，听三个差人讲秀才的故事，匡超人便"自心里叹息：'有钱的不孝父母，像我这穷人，要孝父母又不能，真乃不平之事。'"好容易遇上了个"慧眼识英才"的知县，又偏偏"坏了"。他本清白无辜却被人诬告，犹乎匡太公一生忠厚反而受气挨打一样，这种现实教育能不战胜马二先生那种"德育为首，举业为上"的教育吗？语云，古今一辙。这种"一辙"的历史教育本身又怎能造就出真正的"清水芙蓉"式的处子呢？"匡秀才重游旧地"时的遽尔变质，看似偶然，其实正是一种由社会、由个人经验注定了的选择。

《儒林外史》一派的史笔写法，只直书其事，不下判断。不妨将柯林伍德"主观重现法"与波普尔"情境分析法"结合起来，聊代匡超人立言。

问题的提出：我才德兼备，何以如此遭逢不遇？

沿此受挫折后的心境，观察现实，印证现实：许多古圣大贤，生前均养不活自己，死后青史留名。我倒是听了"马盟兄"的话侍亲养老，刚有所得却全盘输光。不但成了漂泊者，还多了一层在逃犯的重罪。这世界还有准没准？现实与（八股）文章里的辞藻的反差为什么如此之大？

规划未来（其实只是调整心态）：我所能选择的路白茫茫一片、空空荡荡，并非我无所适从，而是本来就没有可以归依的正路。因得了个"案首"，反受此牵连，再走八股之路必然前途黯淡。

结果：跟着景兰江等斗方名士厮混，跟着潘三干些黑社会的营生。名利兼得，不但活了下来，还活着的感觉良好。

通过以上的分析，不是八股害了匡超人，恰恰相反，他若能顺利地通过考校之途，或许就不会走这人生的拐角了。匡超人即便不能成为李本瑛、向鼎那样怜才重情的好官，也不至于发展成"人性恶"的符号和象征。至多像王惠那样当个"能员"，也无须那么多卑劣下作。吴敬梓写匡超人的蜕变，好像在宣言式地印证善人"人之初，性本善；性相近，习相远"的儒家格言。确乎如此，正是社会现实扭曲、改变了匡超人，改变他的又正是封建统治者设定的那条现实之路。八股是以培养奴才为目的的，消解了匡超人式的"当代英雄"，把社会上的邪能化为无能，封建王朝才能平安无事。

匡超人的境遇使他不能"无能"，因为他无论怎样都得活下去。滞留省城回不了家，他还能拆字"挣小钱"，否则还得去干更卑贱、更受罪的活，甚至去偷去抢。给柴行商人做记账的，是一种没有任何契约关系的雇佣劳动，匡超人所区别于没有上过学的、没有精神能力的流浪者的地方是他爱读书（《三科程墨持运》之类）。这类文选是那个时代"地摊文学"的主干，匡超人此时也没有什么科考出头的野心，马二问他："长兄，你此时可还想着读书上进？还想着家去看看尊公吗？"匡超人闻言，又落下泪来，道："先生，我现今衣食缺少，还拿什么本钱读书上进？这是不能的了。只是父亲在家患病，我为人子的，不能回去奉伺，禽兽也不如，所以几回心里恨极，不如早寻一死处！"他绝望到了常常体验濒死的地步。

对匡超人来说，此时没什么严肃的"人怎样生，路怎样行"的问题，他只需要一两银子回家去见爹娘。

当然，这还不算士子的困境，这只是平民的一般境遇悲剧。当马二先生慷慨地给了匡超人十两银子，给他规定了最低纲领——读书进学、"显亲扬名"后，匡超人这个被社会甩出去的青年又找到了钻回来的门径。他斗志昂扬，精力充沛，因为各种压抑的潜能终于找到了一个"合法"的突破口。齐评说马二劝匡超人的一段话"实是秀才家切己功夫"。就马、匡二人的境遇而论，他们的选择可谓天经地义。马对匡的"拯救"，平心而论，也够感天动地了："也要些须有个本钱奉养父母，才得有功夫读书。""假如时运不济，终身不得中举，一个廪生是挣钱得来的，到后来做任教官，也替父母请一道封诰。"养亲的压力、前程的压力，不得已而求其次，一任教官成了终成正果的最高理想，可以入九品，能给父母讨道封诰，靠自己的苦斗加入那个权力系统。至于不成功之前，那只有靠精神胜利法："就是生意不好，奉养不周，也不必介意，总以做文章为主。那害病的父亲，睡在床上，没有东西吃，果然听见你念文章的声气，他心花开了，分明难过也好过，分明那里疼也不疼。这便是曾子的'养志'。"儒家以道自任、以理抗势等闪光的品格从根本上说是以精神胜利法为内在支撑的。进而言之，道德万能论，正是精神胜利法体系。

匡超人后来的彻底堕落，正是放弃了"养志"体系的精神目的论的缘故。他以一个半农半商的角色出现于社会，其侍候父母的孺慕之诚具有浓厚的乡村道德风光；追求成功，乃至无孔不入，最后不问道德损益，但求得手，这便是典型的商人习惯了。士与商的关系问题，是明清文化史上的大节目。这里只粗率地提出一个大分野：有道性即雅，如荆元；毫无道性的即俗，如那些盐商及求雅得俗的景兰江，匡超人基本上也在此范围内。他做小生意人时争做八股士，到杭州操选政后兼当斗方名士，基本上是以商人的方式加入所谓士流的。所以，在他身上流淌着的并不是传统士风的血脉。传统儒家士风的血脉，用孔子的话说叫"道"，用康德的术语叫"实践理性"，简略的解释是：当功利要求与道德律令发生矛盾时，毫不犹豫地听从道德律令的召唤。这种道德律令的正面意义尤其体现在士子"以道抗势""以理抗势"的骨气上。当然也有负面影响，那就是不能有效地解决手段与目的的矛盾，往往胶柱鼓瑟，难以"时中"。上节分析的王玉辉是个典型。

匡超人是绝对没有王玉辉那一套程序的。如前所述，匡超人所面临的境遇、他的早期经验、他受的现实教育，关键是他机敏的心情，都使他走上了另一历程。简言之，类似马克斯·韦伯总结资本主义伦理时所用的概念——"功用理性"，即人的理性中注意功利效果，以及关注如何运用手段去实现目的的一面。直接地说，"功用理性"就是彻底以功用标准去裁夺一切，也就是匡太公所担心的"后来日子略过的顺利些，就添出一肚子势利见识来"。从某种意义上来说，"功利理性"就是"势利见识"。历史与伦理的二律背反是人类面临的一个永恒的苦恼。近人王国维即因无力解决这一苦恼而陷入绝望。匡超人秉持功用标准得意了，与"士"那理想化的标准也就完全背道而驰了。

根据马克斯·韦伯分析，"功用理性"对近代资本主义萌芽起了巨大的作用。实际情形如何，当代学者颇有争议。不过，有一点在这里值得特别一提，即凡偏重于手段者往往终被手段异化，或达不到目的，或本来就无高尚的目的，或当初那高尚的目的经手段后改了味、变了质。所以，人们潜存着一种"做人"与"做事"难以两全的心理定式。

钱穆在《国史大纲》中将战国时期的士分为劳作派、不仕派、禄仕派、义仕派、退隐派五大类。他是以学派为主要的划分标准的。其实，秦统一后，士失去了选择自由、活动自由以后，就不敢乱标"主义"了。这种类型的区别并没有彻底改变，当然做别的区别也可以，因为生存境遇不同了，士的流品自然也就有了新的特色。但改朝换代不过是重复而已，士人的类型及特征并没有因为改朝换代而经历界限清晰的否定之否定的变化，至少在心理原则上是如此。"古今同慨""古今一辙"之类的浩叹正揭示着这种历史"再版"的关联。

匡超人的故事是发人深省的。八股举业这条仕途正路，既具有将平民变成"士"的功能,如匡超人由一个卖豆腐青年终成为国子监"教授";更有将"士"变成非士的功能,本书后面还要详加讨论。缠绕的问题是:八股正途主要目的是叫"有德"之人入仕,这种以德育为首的教育模式,从设计目标上说,并不要求人坏心术,周进、范进可为标本。坏心术的人可以赖"俳优之道"上去,只说明此法失败处,若说它本有叫人变坏的本意,那是偏激了,它宁肯将小人与才志之士一同摒弃而绝不会专收揽小人去坏自己的江山。匡超人商人化的"功用理性"是与圣经贤传相左的,然而他却是靠这种功用理性走上了国子监"教授"的宝座,而恪守圣经贤传的王玉辉连个"乡村教师"也未去当。以匡超人所持守的功用理性如何去进行"义理教育"?从身份上说,匡超人是标准士子——皇家学院的教习,这是实在论的看法;从实质论的立场来看,他卖豆腐讲道德求学时算是士,等他混成外观上的士时,内在本质已非士了。匡超人并非天生下流坏,只不过"乖觉"一些罢了。我们似乎已展现了他如此选择的"现实性",但必须申言,这绝不"合理"。首先是那制度不合理,那个制度把一个淳朴青年推入黑社会也不合理,把他提了优贡、当了国子监"教授"则更显荒谬。其次是势利风习与道德教化相反相成的不合理。世界上的各种要项都是倒错的。极端实用派与极端理想派均不能推动社会发展。匡超人与马二先生这样的士都蜷缩在一个莫名其妙的囚笼里。"宦途相见"化解了"以天下为己任"的士道。

"内转"与"外推"

读者或许觉得前文对王玉辉的分析太夸大其词了，其实，我并未小题大做。且看看儒学祖师、士的典范孔子的境遇：他跟王玉辉的境遇实际半斤八两，只是比王会收门徒、会中庸而已。当然二人最相像的也是最核心的特点是"志于道""不问谷""君子儒"。

闲斋老人说王玉辉的人所不及处在"临大节而不可夺"。儒学的本来目的就是要培养这种人格，这一点正是儒家"学问"的核心和精髓之所在。儒家之"内转"与"外推"的中枢也正在于此。

《论语·泰伯》（《论语集注》卷四）云：

> 曾子曰：可以托六尺之孤，可以寄百里之命，临大节而不可夺也。君子人与？君子人也。（朱注：设为问答，所以深著其必然也。程子曰：节操如是，可谓君子矣。）
>
> 曾子曰：士不可以不弘毅，任重而道远。（朱注：弘，宽广也。毅，强忍也。非弘不能胜其重，非毅无以致其远。）仁以为己任，不亦重乎？死而后已，不亦远乎？
>
> 子曰：兴于诗，立于礼，成于乐。

这三则语录，回答了怎样才叫作士的问题。王玉辉若说还不够士标准，就是差"成于乐"这条，显得黏滞、迟拙，没有高度贯通的情调。这似乎有点玄，但对人生态度的影响是致命的。譬如，孔子择侄女婿就会从小伙子的情调上看问题，而且也绝不会让女儿去殉夫。当然，王玉辉生活的世界是受宋儒精神主宰的，已非春秋时期了，王玉辉还违反了"君子重生"的古训，称为一介养不起许多女儿的寒士。王玉辉已是竭尽全力地"弘毅"了：箪食陋巷，死而后已。尽管他其实只是个"可使由之"的"民"，却要著书强化礼教、劝诱愚民，去做"使知之"的工作。其实，孔子比王玉辉还不合时宜，还不计成败得失，道不合即拒绝高官厚禄，而"天下无道"，他明知"我道不行"，还到处周游，颠沛流离，不但掌权的人不买他的账，那些不像他那么自作多情的"逸尼"，也当面嘲笑他太不切实际。请看《论语·微子》：

> 楚狂接舆歌而过孔子曰："凤兮！凤兮！何德之衰？往者不可谏，来者犹可追。已而，已而！今之从政者殆而！"孔子下，欲与之言。趋而辟之，不得与之言。

南怀瑾对这段文字的翻译可转录于此：

> 楚狂是用凤来比孔子，他说凤啊！凤啊！他倒霉了，在这个时代出来干什么？过去的错了，你就算了，未来的你还是可以改正。这两句话的含义是很深很深的，大而言之，也可以说是历史错了，是不能挽回的，但是你不要去怀念那过去的历史，应该开创未来。不过，楚狂把这话唱给孔子听，这个意义很深远，等于对孔子说，你老是想

把这个时代挽救过来,这是挽救不了的啊!算了吧!这个时候想出来挽救这个时代,是危险极了,你这时如想出来从政,你可免了。

——《论语别裁·微子第十八》

可惜没有人出来给王玉辉败败兴。王玉辉若撞上杜少卿或王冕,而不是余大、余二,会把女儿献给那颇具虚幻的观念吗?当然,余大那样的学官已是相当难得了,他绝不是间接杀害王三姑娘的凶手,但对王玉辉的慰问、鼓励,毫无疑问鼓舞得王玉辉越发"守死善道"了。

第二起给孔子唱反调的是长沮、桀溺。其要点是:现在全世界都是浊浪滔滔,谁能改变得了。你孔丘避开政治上糟乱的鲁国,为了实行自己的道,到处去看,其实只是个"辟(避)人之士",离开乱的国家,寻找好的环境。可是,人是避不开的,还是学我们做"辟世之士"吧,忘了这个世界、这个时代。孔子感叹自己丢不下,也深知自己是在明知其不可为而为之。接下来的一段便是那位丈人骂孔子"四体不勤,五谷不分"。对于这个"隐者"的一系列做法,子路做了如下评论(朱注:子路述夫子之意如此):

不仕无义。长幼之节,不可废也;君臣之义,如之何其废之?欲洁其身,而乱大伦。君子之仕也,行其义也。道之不行,已知之矣。

子路这段随感式的评论可谓一波三折,也的确符合孔子的一贯思想:先肯定隐者"不仕无义"的骨气,随之又出现了矛盾,那位丈人不废长幼之节，却废君臣大义。只为了保全自己，便不承担明道救世的责任。看了这些隐士，就知道"道之不行"了。因为世上的文人，多半只管自己。（孔子曾嗟叹："道之不行也，我知之矣，智者过之，愚者不及也。"）子路知道跟着夫子走的这条路线，永远都是自我牺牲。不过，子路是标准的儒生，领会了夫子的出处之道："君子之仕也，行其义也。"这是相当高超的境界，也是真正的知识分子情怀，当官不是做老爷、威福百姓，而是为了给社会作贡献——"行其义也"。这是中国士人的一个光辉传统，既不像隐者那样洁身自好而不敢跳浑水，也不像小人儒那样钻营私利、危害百姓，确确实实是为了"明道救世"、仁为己任、死而后已。问题在于这类志士仁人，往往被君臣这个大伦给缚足、绞死。

尽管如此，出而为行"义"，依然是到了20世纪仍有光彩的信念，是今日"知识分子"一词不可或缺的要素。用今天的说法是维护人类的基本价值，并努力推动这些基本价值的实现。

这当是从最形式化的理论结构上说的。古今知识分子实质性的不同，是所志之"道"的内容不同，譬如君臣之义就有了全新的景观。辛亥革命胜利后，有人倡议喊"孙中山万岁"，孙中山坚决反对说："为了打倒这个万岁，我们把胡子打白了。"其实，孙中山不同于孔子的正是这个：共和国代替了君主制。尽管众说纷纭，但"士"还是有历史性的变化。朱自清先生曾论及："士，变质是从清末开设学校，参加革新、革命运动开始。气重于节了。民国后，自由主义建筑在自由职业和社会分工的基础上，学生也可以选择多元的职业，不是只有做官一路。他们于是从统治阶级中独立出来，不再是'士'或所谓的'读书人'，而变成了'知识分子'，集体的社会的'知识阶级'。"（朱自清《诗文选集·论气节》）

德国社会学家曼海姆曾说，近代的自由知识分子不属于任何固定的经济阶级，知识和思想则成为他们的唯一的凭借，因此他们才能坚持自己的"思想上的信念"。余英时先生认为，"这个说法又几乎和孟子关于'士'的观察不谋而合：'无恒产而有恒心者，唯士为能'"（《士与中国文化·自序》）。精审的余英时的这个结论尚可商量，尤其余先生于此进一步推论"中国的'士'和西方的'知识分子'在基本精神上确有契合之处"，并为西方出现得迟、中国出现得早而有一些自豪感，更值得讨论。其实，孟子所观察的"有恒心"的士，是战国养士风气中的"士"，他们"无恒产"，但是有"主公"。尽管可以换主公，来回"游"，但还是属于"主公阶级"的。而且，好景不长，秦始皇统一中国后，士有了"恒主公"，并且都得"臣心一片似磁针"。孔子还可以周游列国，挑一挑可以"行其义"的主公，秦以后的士便只有被动地"守株待兔"了。王玉辉倒是凭其呆拙的精神和执着做到了"无恒产而有恒心"，但那恒心，绝不是自己的思想，而是封建统治阶级的意识形态。知识和思想倒是他的唯一凭借，然而只是精神上的凭借，而且所维护的人类基本价值，不是理性、自由、公平之类，而是"添点仪制""劝诱愚民"。更为泄气的是像这样"有恒心"的寒士，也成了稀有的人物。即便热衷当遗民者，也难说是什么"自由"品格，为老皇帝尽臣节而已。像顾炎武这样的有自己的思想和信念，也有恒心的人，却偏偏得力于他有产亦善于治产；其他，不管有自己的思想与否，能著学问书的，则不是官僚，便是地主，再等而下便是马二、匡二那样的"坊间选家"了。他们倒是自由，谁出钱就给谁辑、评、点。然而，"道"呢？马二倒是"志于道"的，但现实告诉他，当今只有八股之道。

士与仕

　　孔子、王玉辉一脉可视为有宗教承荷精神的君子儒。这种君子儒在漫长的历史岁月中，其实是极少数。如果这种士是多数，则积累到吴敬梓时，不是写《儒林外史》，而是写"儒林英烈传"了——当然是儒家君子之学语境中的英烈，或者社会早已合理，英烈无由产生也说不定。

　　其实早在先秦，荀子就在写"儒林外史"，当然，其时儒未独尊，他的《非十二子》应该被称为"士林外史"。不过，荀子的观察与吴敬梓的观察毫无二致：

　　　　今之所谓士仕者（士仕谓士之入仕。王念孙曰："士仕当为仕士，与下处士对文。"）污漫者也，贼乱者也，恣睢者也，贪利者也；触抵者也，无礼义而唯权势之嗜者也。古之所谓处士者，德盛者也，能静者也，修正者也，知命者也，著是者也。今之所谓处士者，无能而云能者也，无知而云知者也，利心无足而伴无欲者也，行伪险秽而强高言谨悫者也，以不俗为俗，离纵（离寻常踪迹）而跂訾者也……

　　　　酒食声色之中则瞒瞒然，瞑瞑然（好悦之甚，伴若

不视也）；礼节之中则疾疾然，訾訾然；劳苦事业之中则
偟偟然，离离然，偷儒而罔，无廉耻而忍謑詬，是学者之
嵬也。

弟佗其冠，神襢其辞，禹行而舜趋，是子张氏之贱儒
也。正其衣冠，齐其颜色，嗛然而终日不言，是子夏氏之
贱儒也。偷儒惮事，无廉耻而耆饮食，必曰"君子固不用
力"，是子游氏之贱儒也。

——《荀子集解》卷三

荀子胪举了仕士、处士、各种贱儒的特征，这真让《儒林外史》
中诸色士流羞惭且自豪。羞惭的是第一早已被人夺去，自豪的是居
然"直承古道"。各种贱儒在师骨未寒之秋，即如此不振，成为儒家
本门诟诋的对象，实在叫人悲叹。《论语集注·颜渊第十二》中的子
张问"何为达"一段，有尹氏一段评语："子张之学，病在乎不务实。
故孔子告之，皆笃实之事，充乎内而发乎外者也。当时门人亲受圣
人之教，而差失有如此者，况后世乎？"后世不过如此！翻翻李贽
的杂文，看看《聊斋志异》《儒林外史》及而后的谴责、狭邪小说，
非但不绝不如缕，而是符合增生律。

这类士终日在忙乎些什么呢？真是把口腹之欲、蝇头微利当成
上帝，变态自尊、不择手段、表里不一，拉大旗做虎皮。《儒林外史》
中的那些士有几个比鲍廷玺娶的那个王太太水平高？有钱就闹病，
没钱病自好。再看看胡屠户教训范进"进了学就该做起体统来"的
名言，就可察知士风与世风的关系了。

他们为什么"趋利"而不"就义"？他们为什么不"志于道"？

他们为什么不被使用时无聊透顶，一旦被使用时就无耻至极？

李斯的"哲学"精彩地回答了他们何以不能以"道"自任，而去"贪利""嗜势"的原因：

> 李斯者，楚上蔡人也。年少时，为郡小吏，见吏舍厕中鼠食不絜，近人犬，数惊恐之。斯入仓，观仓中鼠，食积粟，居大庑之下，不见人犬之忧。于是李斯乃叹曰："人之贤不肖譬如鼠矣，在所自处耳！"
>
> 乃从荀卿学帝王之术。学已成，度楚王不足事，而六国皆弱，无可为建功者，欲西入秦。辞于荀卿曰："斯闻得时无怠，今万乘方争时，游者主事。今秦王欲吞天下，称帝而治，此布衣驰骛之时而游说者之秋也。处卑贱之位而计不为者，此禽鹿视肉，人面而能强行者耳。故诟莫大于卑贱，而悲莫甚于穷困。久处卑贱之位、困苦之地，非世而恶利，自托于无为，此非士之情也。"
>
> ——《史记·李斯列传》

司马迁毕竟是大文豪，一代名流的传记竟以老鼠起笔。而且，李斯以此起，亦以此败，这种老鼠成了两种境遇的象征。更进一步，缺德无能的老鼠居米仓，有知有识的老鼠反而蹲厕坑，便是对那种"冠履倒施"的人治社会本身的最好说明了。李斯志在当仓中鼠，恰逢"万乘方争""游者主事"的大好时机，他陡然发迹，也的确有功于时。然而，李斯是以述事君，而不是以道事君，用司马迁的话说，李斯是贪图私利，"持爵禄之重，阿顺苟合"，终又成了"鼠目寸光"的牺牲品，被另一仓中鼠赵高给挤入大牢，而涉及他这个案子的证人恰巧被项梁杀了，赵高得以"皆妄为反辞"。这也是李斯为相，"不务明政"，遂使群乱蜂起自食恶果，像商鞅"为法自毙"一样，李斯被腰斩、夷三族，转眼赵高也被夷三族。在倾轧的链条上，没有胜利者，老鼠们最终同归于尽。

钱穆认为，这或为鄙斯者假造（《先秦诸子系年》）。余英时则认为，不论是否出于李斯之口，这番话所显示的时代通性则绝对可信，因为即使是假造，也是当时的社会心理的产物。我们可更进一步说：天不变道亦不变，那个"通性"与帝制并存而无疆。

抽象到理论层面来说，君子儒与小人儒，甚或儒家与法家的矛盾，说到底是个义理与功利之争，各有道理，各有陷阱。社会实行的是外儒内法（以儒家为意识形态，法家作行政的操作方式），貌似和谐，但绝不是正反之合，而是折中调和之和。所以，二派之争贯穿整部中国历史，像呆子与流氓在争论对错一样，其实都是误国者，就像王玉辉与匡超人均不能造福人民一样。

从道德论立场看，王玉辉固是上上，但从功利论（相应的道德上的快乐论）立场看，匡超人也"合情合理"。

"天理"永远也战胜不了"人欲"。不"志于道"的小人儒，或荀卿所列举的贱儒，永远是大多数！钱锺书在《管锥编》中谓荀卿门户太严，故说天下无好人了。蒲松龄、吴敬梓倒已无门户之见（因宋以后统治者严禁门户之见、朋党之争），却也都观察到士品之中下流居多，贤士几稀！简言之，是因为帝制有一万古不变的"家法"："黜佳士而进凡庸。"（蒲松龄语）后期帝制，为防止李斯、赵高这样的坏而能的老鼠窥窃神器，只有进凡庸无能的了。周进、范进及鲁、高二翰林等均是此机制的受惠者，但无法保证匡二这样的劣士混迹其中，"贪而能"者如王惠，依然无缘。主流永远是宁要忠心奴才，不要能才干才。混入坏人是题中应有之义，但并非本意。

而且，司马迁及其以前的文史学人对此问题的追问与讨议，在深邃和激烈等方面均大大超过后人，这绝不是后期帝制改良了这类现象，而恰恰是这种现象由"已然"而成了"当然"，积非成是，积重难返，抗议是找死，麻痹才是聪明，除了少数重义轻利的"说真话的傻子"，如顾、黄、王、蒲、吴、曹，绝大多数是以顺乎"天命"为得意的，更有奉行"狗道""老鼠哲学"的斗筲小人。考验依然是严峻的，要获得现世享乐、尊荣，就得走狗道；要证道殉道，就准备颠坎坷踬，甚或脑袋搬家。《儒林外史》就暗含着这份问卷。贤人、奇人选择了后者，八股士、假名士选择了前者。选择不同，"命运"遂判然有别。最标准的例子是牛浦郎问："当老爷好，还是还给老父端茶、走错路好？"假名士的"旗亭人生辩论"也是在回答这份问卷，终于找到了一条与自己个性资本相契、名利两全的道路。

历史和生活永远是杂色的：有李斯、魏阉及其干儿义子，也有司马迁、东林诸君子；有"景兰江""匡超人"们，也有张岱、吴敬梓和曹雪芹。

司马迁愤世嫉俗，因而入蚕室，也由于入了蚕室更激愤，犹如孙悟空出了太上老君的八卦炉，反而炼得火眼金睛一样。他那《伯夷列传》犹似屈原的《天问》，秉笔实录，论断自见，直抒胸臆，纵横议论，全文 800 余字，记伯夷事迹的竟只有 200 余字，加上那首颇有牢骚的《采薇歌》，亦不过 250 字，其余全是追问：人间果有天道否？士子缘何只是附属物？《史记》的列传，有个一以贯之的特点：通过历史人物来写一个时代，来揭示一个历史、人生的结构问题，如李斯的哲学、李广难封等。《伯夷列传》则是相当于《儒林外史》之中的大祭泰伯祠。

泰伯、伯夷、叔齐是孔子最敬佩的三位贤人。《论语》中屡屡赞言："泰伯，其可谓至德也已矣。三以天下让，民无得而称焉。"
（《论语·泰伯第八》）孔子最佩服伯夷、叔齐的是其"隐居以求其志，行义以达其道"（《论语·季氏第十六》）。幽默的孔子还作了对比："齐景公有马千驷，死之日，民无德而称焉。伯夷、叔齐饿于首阳之下，民到于今称之。其斯之谓与？"千里马的用武之地不是驰骋疆场而是去填充皇家的厩棚，这倒不是孔子要感叹的，他的感喟其实是入不了厩棚。伯夷、叔齐是饿死的，"民到于今称之"，关键在于是否"行义以达其道"。孔子固然是地道的追求形而上价值的人，但他对泰伯、伯夷、叔齐的钦敬，还是只停留于道德层次，佩服他们三人"薄帝王而不为"的难得的人格力量。吴敬梓的思想层次也只是孔子式的，大祭泰伯祠也是想象、希冀情操万能。若真这么万能，也就早到了"公天下"的大同世界，《儒林外史》既无由出，泰伯也无须祭了。

　　司马迁毕竟是历史学家兼历史哲学的大师，他在《伯夷列传》中追问的起点是：何以天下不能成为"公天下"，不能大同？有了公天下，才有人间正道，才能解决《窦娥冤》中"为善的受贫穷更命短，造恶的享富贵更寿延"这个大倒错的顽症。司马迁与关汉卿能"情往似赠，兴来如答"，感同心会。契合符节，真是历史同心圆、人性同结构！司马迁虽是以"意识流"手法精心此传，但取境依然是史学的。帝制之中首要的是皇权的传递："传天下若斯之难也！"尧传舜是"公天下"的体制，不是"家天下"的套数，重的是德能的长期综合考察。这种礼让为国是人道、合理的，比"以暴易暴"之暴行性互动的兼并倾轧要高级得多，也比家天下传给"生于深宫之中，长于妇人之手"的皇帝合理得多。这是司马迁未敢明言的中心思想，这是对于权力绝对私有制之合理性的怀疑。第二个要点钱锺书早已在《管锥编》中指出："天道莫凭，人间物论亦复无准矣。"钱氏远溯博索，足以为司马迁的史论增值，故多引几句：

> 按《庄子·骈拇》以"伯夷死名"与"盗跖死利"相提并论，《楚辞·天问》谓"天命反侧，何罚何佑？"司马迁兼之……陶潜《饮酒》诗之二："积善云有报，夷叔在西山，善恶敬不应，何事立空事！"正此传命意。司马迁唯不信"天道"，故好言"天道"，故好言"天命"；盖信有天命，即疑无天道，曰天命不可知者，乃谓天道无知尔。天道而有知，则报施不爽，人世之成亏荣悴，应各如其分，成得所当，无复不平则鸣或饮恨吞声矣。顾事乃大谬不然，理遂大惑不解。"善一恶均，而祸福异流"，刘峻《辩命论》所以问："荡荡上帝，岂若是乎？"利钝吉凶，每难入定，虽尽瘁殚精，辄似掷金虚牝、求马唐肆；然"不求而自得，不徼而自遇，不介而自亲"（李康《运命论》），又比比皆是焉。侥得侥失，俏成俏败，非得所喻，于心不择，若勿委诸天命，何以稍解肠结而聊平胸魄哉？

不能证明天道存在且有效，是儒家君子教育难奏效的根源之一。所处现实是无序的、倒错的，宁要人去追求、信仰一个形而上的秩序，除了宗教情怀外，别无他途。经验主义的中国人，除了"没奈何而诿诸莫须有"的命运，便是干脆"以享其利为有德"。制度与学说、命运与德能的反讽，是与儒家的君子学白头偕老的"冤家"。而对富贵的诱惑，孔子自己有时都打折扣了："富贵可求也，虽执鞭之士，吾亦为之，如不可求，从吾所好。"（《论语·述而》）

等而下之者，唯求实惠、私利，肆无忌惮之势更不可当。

司马迁的第三个要点便是结语："悲夫！闾巷之人，欲砥行立名者，非附青云之士，恶能施于后世哉！"可称之为"附属物的悲哀"。司马迁还是"有待"，要"立名"，这当然也是儒家思想"君子疾没世而名不称焉"。社会是很势利的，是以成败论英雄的，司马迁极度反感这种惯性，写项羽、李广即为矫此弊规，但他也无奈："伯夷、叔齐虽贤，得夫子而名益彰；颜渊虽笃学，附骥尾而行益显。"修善，不但不能得到实惠，而且连虚誉也很难得到。"烈士殉名"，但名在哪里？权力若不公有，则公平、公正、公道、公论，均是天方夜谭。

道德化的解决方法，便是吴敬梓设计的市井奇人之路，亦即自诚明、"反求诸己"的君子之路。人循此路走，只是改变自己，而不能改造社会。

儒家士子论的根本缺陷就是不以改造世界为焦点，只强调改造自己，结果"忠节至多造就一些失败的英雄，高节造就一些明哲保身的自了汉"（朱自清《诗文选集·论气节》）。他们用伦理学代替政治学、经济学（如孔子"去兵""去食"的名言），不强调改造世界（单独教化在人人皆为尧舜人性水平的社会才可能）、修己克己，便显得形迹可疑。它没有担当起"辨然否"的重任，发了一些议论，也多是迂阔不着边际的。它不能普遍有效已是"命中注定"，因为太唯心主义了。所以，事实上，每一代都有一部《儒林外史》。

因为不能很好地改造世界，事实上也改造不了自己。最后就只有坚持说一些教化的陈词滥调，以教训别人为志业了。钱锺书在《谈教训》一文中说：

真有道德的人来鼓吹道德，反会慢慢地丧失他原有的道德。拉罗斯福哥《删去的格言》第五八九条里说："道家学像寒纳卡之流，并未能以教训来减少人类的罪恶；只是由教训他人而增加自己的骄傲。"……反过来讲，假道学来提倡道德，倒往往弄假成真，习惯转化为自然，真正地改进了一点儿品行。调情可成恋爱，模效引进创造，附庸风雅会养成内行的鉴赏，世界上不少真货色都是从冒牌起的。所以假道学可以说是真道学的学习时期。不过，假也好，真也好，行善必有善报。真道学死后也许可以升天堂，假道学生前就上讲堂。这是多么令人欣慰的事！

士的"使命"

我们反过来追问：假若没有儒家这士君子理论和这种修身克己、敬德成业的理论导向，那么士这个群体将会怎样？

第一，假道学即纯小人；

第二，真小人更无忌惮；

第三，真君子失范；

第四，帝制的运行更无理想性，从而士子的命运更无凭借。

事实上，我们前面主要为矫正一种印象：用榜样代表其余，从而侧重展示儒家士君子理论之无效方面。但无效并不等于无理，正义倒常常败于邪恶。儒家士君子理论未能普救众士的原因，更多是在理论之外。儒家学说固然是几千年盛传下来的能够生存的"适者"，但与现实的反差也是无日无之。不过，与现实无反差即非理想，在一个反智的专制社会中，主智的儒学能够绵延不绝，堪称奇迹。除了其理论自身的适应性外，还因为它哺育出来的士种，使人能够真诚地信奉它，受冲击时捍卫它，使这种"道统"尽管只是作为"思想体系"而非社会实体，依然能够传承下来。儒家士君子理论与士种的关系是个精神变物质、物质变精神的关系。

庄周派的道家士人成为"多余人"，除了社会原因外，其自身的理论要负很大的责任。儒家士子成为"多余人"，则主要是社会造成的。其理论自身的缺陷事实上并不是关键。前文说它不谋取权力，其实只是说它不像农民起义那样去推翻现存政权，不像其他阴谋学派那样去篡权，其思路有点像"议会道路"，通过参政、议政而干预行政的运行。东林党人似乎得其真传。儒学是反对以暴易暴的，故孔子颂伯夷、叔齐为贤人。在内在理路上，儒家士君子理论的极致也只是塑造改造自己的圣贤，而非改造世界的英雄，旨在通过德位相符的教化过程，使在位者有德开明，以最小的代价取得社会进步、文明进化。这个理论，从理论上说是人道的，倘能借此实现德对势的征服，将是不留遗憾的征服，不会出现手段异化目的的恶性循环。但人们把手段本身给先行虚化，事实上等于取消了，所以反而成为另一种高尚却无能的异化。目的异化了手段，便使手段不成为手段了。孟子的"专家政治"的构想，其实只能胎死腹中。难怪法家、纵横家之流攻击"儒无益于国"了。这当然属于一部分士对于另一部分士的攻击。"九流"实际上就是九类"士"，关于这个问题，我们还会在后面专门讨论。

　　儒家的士君子理论是既浪漫又动人的，其明知不可为而为之的精神尤其崇高感人。趋利弃义之徒代代有之。然而，孔子硬是要走一种愈是艰难愈生动的路："不义而富且贵，于我如浮云。"这对他来说并不是虚伪标榜，而是身体力行之。他标示儒家士君子理论，始终贯穿着一条线：对道的高度弘扬和执着追求，出处辞受之际尤其要确保道的尊严与士的价值观。士君子的品质是怀义去利，甚至在生命和道义两难选择面前，杀身成仁，舍生取义；若追求利，也是天下为公的大利。以天下为己任的士君子绝不想做"多余人"。

　　这个价值取向已在思想史、伦理学领域受到了充分地考察，我们无须多说，当然是赞成这种伟大的道义的。事实上，我们对《儒林外史》中背弃了这种道义原则的士流的批评，在很大程度上正是依据着这个已成了传统的士子标准，吴敬梓则是完全依凭着这个标准。我们屡屡申言，不是这个标准本身错了，而是具体的人错了；不是这个人格理想该下坠，而是士流该上升。这种伟大的空话，从荀子以古之君子、今之小人作比较起，已成为传统，韩愈、程朱、顾炎武等，说了一代又一代，结果"今之小人"反而发展壮大，使得"厚古薄今"成了保持理想的唯一思路。

我们前面提出的两种定义法，于此可以换成另外一种表述方式，倒不是玩弄文字游戏，而是为了有助于深化对问题的探讨。所谓外延定义法，其实是用归纳方法概括了士的现实本质，可以说，顾炎武、吴敬梓事实上用的正是这种方法，侧重突出了历史实存和历时性的内容。所谓的内涵定义法，是用演绎方法推论士本质的应然性质，孔子事实上运用的也是这种方法，侧重突出了士种的理想本质。我们应该承认，士之本质的确存在着这种二重化，它当然不只是士君子理想与现实的反差问题，而是由士这个小系统与社会制度这个大系统的各种矛盾交互生成的。

按说，儒家的士君子理论，将士定格为"道统"的承荷者，历朝历代（除秦以吏为师外）都通过各种渠道选拔优秀的士充当行政人员，尤其是隋唐实行科举制后，政府的骨干官员皆是士，士又直接承担着"政统"的主要职能。表面看上去，古代中国是所谓的"士人政治"了，是以士为中介的政统、道统合一（天人合一的缺席形态）了。这是多么高的人文水平，既民主开明，又主智尚贤，这种社会结构不但能万世长存，还应该永立于不败之地。

事实却全然不是如此美妙！

且从"士无恒主"这个士定义的第三层切入，看看士之现实本质与士子是怎样成为废物的：有的是窝囊废、有的是英雄废、有的是自废，我们后面分章论述。现在，且专门谈谈士子不该也不想成为、也不全是废物的话题，就算是描述士之"理想本质"吧。主要的目的是给士之"现实本质"界定一个"形"，而这个形与其理想本质反差何其大。从理想的本质角度来说，士从贵族最末一等，降为四民之首之后，又无"恒产"，所以士既不代表特定的阶级，也为不同的阶级说话。这种因素保证了士精神可贵的超越性，可以"纵横议论"，既可以作为"处士"来"横议"，也可以在朝廷用"道统"来评判"政统"，干预朝政，如变法时的辩论，除了朋党因素外，在民间施行的各种经济政策并不直接影响自己的切身利益。但士依然据理以争，或为民请命，或为国争利。另外，士大夫之君子风也从来都是以清高为特色的。这种超越性只是一种状态，而不是"社会关系"中一种关系，所以这就要看"德"了。用现代术语来形容德，可谓之曰意识的纯粹性及精神的亮度，包括"明"和"诚"两个方面。从个人品质上说，德不足又不真去"自诚明"。"自诚明"，这种超越性却变得无可依凭，于是依附性及妾妇之道、俳优之道、揩油之道便应运而生。从集团的属性上说，德不属于任何阶级，又必须依附于权利阶级才可以行其道，文武艺总要"货与帝王家"，这便被判了无期徒刑。儒家之维护和建立理想的君父统治秩序及其利益关系的方略，起始就是矛盾互悖的。士所高举的道德理想主义旗帜，祖述尧舜、宪章文武，既不满于新兴地主阶级及其君父秩序和利益关系，又不能不追随和依靠它，士无定主在现实运作时便主要以依附性为特色了。

孔孟时代，这种依附性已使正儒、正身之士尝够了辛酸，孔子到处流浪，孟子到处与人论辩，以期"明道救世"。事实上，从功利角度说，他们必以失败而告终。当然，凝成的思想形式成了汉以后的官方意识形态。这可以叫作实践上的失败、政略上的成功。汉后大一统的体制，使正儒、正身之士失去了选择的自由、游动的自由，皇帝即便是昏虫，也必须效忠于他，或以忠谏的方式，或以服从的方式，总之士必须以帝王为归依，除非放弃"明道救世"的责任。这固然存在着这样一个区别：秦前是相对依附，秦后是绝对依附。

孔子在"沽之哉，沽之哉"的叫卖声中告别了尘寰，终身"待价而沽"。孔子认为"天下无道"，但又坚持"不仕无道"，就只能如此结局了。敢于去掉依附性，才能拥有超越性。所以，先秦儒家最想讲与君的关系是师，是友，还是臣。秦前还敢于讨价还价，如鲁穆公欲以子思为友，子思不悦，坚持居于师位（见《孟子·万章》）。"帝王师"在儒家是最高理想了，后来便多是当奴才而不可得的怨望。除了像龚自珍这样的怪特人物，便很少有人强调这个问题。龚自珍在《古史钩沉论》《明良论》《觊觎》诸文中倡呼君臣之间的"宾宾"关系，鼓舞了不少维新派人士。

简而言之，在君主制时代的漫长岁月中，士子的价值和作用越到后来越变成了一个如何摆脱依附性地位的问题。隐士的意义正在这里，明清进步思想者为工商者呼吁的历史背景也在这里，与唐宋以前看重如何去依附形成了有深味的对照。抽象地说，后期封建社会开始走下坡路了，而且没有再生性，只是在循环，也使有识之士看透了其中的把戏，士之"保天下"而非仅为"保国"的高贵的超越性再度大放光芒。尤其是明末清初、清末民初之际，职业革命家、隐居的思想家、社会批判家都以空前的规模发展起来，黄宗羲、唐甄等人对君主的批判达到难乎为继的高度，这里且引述一节顾炎武关于"国"与"天下"的分辨：

有亡国，有亡天下。亡国与亡天下奚辨？曰：易姓改号，谓之亡国；仁义充塞，而至于率兽食人，人将相食，谓之亡天下……是故知保天下，然后知保其国。保国者，其君其臣，肉食者谋之；保天下者，匹夫之贱，与有责焉耳矣。

——《日知录》卷十三

孟子区分"独夫"与君，激怒了备受"独夫"压迫其后又当上了"独夫"的朱元璋。朱元璋拆像毁位，闹得不亦乐乎。还是一位儒生舍生取义、冒死起谏，才得将《孟子》删改成《孟子节文》颁行。龚自珍屡屡说及"一姓"的问题，显示了他本人"著书不为稻粱谋"的勇气和超越性。龚自珍的深刻，首先是因为他未能依附上去，而不得不超越；也因为他有不为稻粱谋的浪漫，算是摆脱了以经济依附为主要动机。

儒家的士君子理论，真够"中庸"的：他们能在利与义之两端，"允厥执中"，且钢丝一走到底，真是奇迹。当然，功利需求与道德需求，都是人的基本需求，果能兼顾义利，诚为万全之策。问题是儒家这着棋一开始就陷在道德自足、政经依附的泥淖里，如何能平衡？所以，只有聊以自慰——"养吾浩然之气"，但还是有这么多人来养，还是有那么多正气、正身、忠节、高节之士，如果没有他们及他们表现出来的道性，漫长的封建时代就更"万古长如夜了"。

面对一个要求士去依附的客观世界，反而强化"尊德性而道问学"的主观世界，这真不失为一种"大丈夫气概"。难怪时人总觉得真儒迂阔，而且还认为儒家要求在位不在位的各类士去"修己以安百姓"（《论语·宪问》）。君子之道，以"内转"修己始，以"外推"

为结果，是儒学的两大命脉，兼具化己化天下的功能。仁道，本是保持一种各种利益集团相安无事以成为一个有秩序的共同体的原则，其意识形态性高于意识性，成为一种状态。礼教则以"节"为核心，制度性高于意识性。统治者真正受用的是后者，不是前者，这从刘邦由古仪制感叹"今日方为尊"即可得知。但是，仁道礼教毕竟是一把双刃剑，它对君者提出"止于仁"、为父者"止于慈"等一系列要求，也是为全社会认识、评价在位者提供思想标准。民人及奴才称天子为"圣上"，事实上是接受了儒家这个标准。"吾皇至圣至明"之类的用语，不管符合事实与否，都是在运用儒家的语言。在没有巨大的考验和牺牲的情况下，一般的士人还是听信和坚持，甚或恪守这套思想的。这从明清以降的反礼教作品中能感受到礼教控制社会的广度和深度。士人有个天职即"传言"，春秋时期的典籍中就有"士传言"的记载。后来，士成为四民之首，传言的渠道更为广阔了。"既读孔孟之书，必达周公之礼"的士即使在"三家村"中也是文化使者，被尊为先生。他们在这方面所做的工作是无法统计的。用顾炎武的话说，他们为"保天下"做出了怎样估计也不会过高的贡献。晚明有大量乡绅组织义民保土卫家亦可为佐证（参见李长祥《天问阁文集》）。

我们应该承认，这是儒家士君子理论的成绩。儒学的确负荷着宗教职能；不敢设想没有儒学历史会怎么样。用儒生的观念来解释这既有的糟糕，则是那些肉食者不行圣教之过。

根据孔子的逻辑，士应该是为"保天下"而去"保国"，皇权则要求士首先且绝对的使命是"保国"，他们认为其一姓之国即天下，而绝不允许"忠"的普遍性，只要求"忠"的专一性。事实上，绝不是每个士都能解决好"公利"与"私利"的关系的，前面已述"王玉辉"少见、"匡超人"独多，正说明此点。"天下"的状况之"美好"，与"匡超人们"大有关系。不过，吴敬梓揭发批判他们，就是在"保天下"了。

所以，要问《儒林外史》中谁是标准的士，首先是作者吴敬梓。果戈理说他作品中正面的主人公是"笑"，其实这个"笑"，是人类的价值与果氏的创作意图的复合。吴敬梓因秉有"正道"才来且能写出这样的杰作。看《儒林外史》，觉得儒家的士君子理论实已消亡了；但既然还有这个写《儒林外史》的人，证明君子之学还在作为强有力的"支援意识"广行于人间。没有这个东西，"天下"早已先于国而亡了。

胡适曾嘲笑《左传》中"三不朽"之说是"寡头的不朽论"，因为德、言、功的不朽只属于少数圣贤伟人。不过，孟子有言，"人人皆可成尧舜"，就看修炼得如何。孔子之"为仁由己"亦是此意，绝无垄断成德、成仁之路的意思。胡适为打破"寡头的不朽论"而特别标举"凡夫俗子的不朽论"。其实，在解释圣人教义中，李贽就挥发过这种意思。吴敬梓从"雅民"中寻找君子风，也是同一个"世界"暗示给他的。降格以求，不足以"立德"，"有德"即可。人人都是有德之士，"天下"就无须"保"了，人想不朽亦不可得，因为儒家的君子之学既太绝对又太灵活。

第三章　士与八股

八股取士法的弊端，是连承领过其恩惠的人也无法回避的。精彩而又为人熟知的是徐大椿的那篇《道情·时文叹》：

> 读书人，最不齐。烂时文，烂如泥。国家本为求才计，谁知道变作了欺人技。三句承题，两句破题，便道是圣门高第。可知道三经、四史是何等文章，汉祖、唐宗是哪一朝皇帝。案头放高头讲章，店里买新科利器。读得来肩臂高低，口角嘘唏。甘蔗渣儿嚼了又嚼，有何滋味？辜负光阴，白白昏迷一世。就教他骗得高官，也是百姓朝廷的晦气！

皇帝其实也做着亏本买卖："圣上"以俳优法训练之，士子用敲门砖法对付之，这出戏就这样循环地演下去。教育的功能几乎丧失殆尽，纯粹成为买卖双方的需要交换，教育运作变成了以攫取功名富贵为目标的竞赛。这不但背叛了圣贤原则，同时也败坏了皇家这一立法者自身的利益。总而言之，的确是"百姓朝廷晦气"。

从科场到官场

做好八股即可做官的制度至少是那个社会全方位溃疡的病根之一。八股出身为正途。清代有"科甲进士，高自位置，他途进者，依附从人"之说（见《皇朝经世文续编》卷二十五《吏政》卷八，何士祁《候补二十一则》）。科甲以翰林为重，其势在明代已然。《明史·选举志》论一代宰相出身云：

> 成祖初年，内阁七人，非翰林者居其半。翰林纂修，亦诸色胡用。自〔英宗〕天顺二年，李贤奏定纂修专选用进士。由是非进士不入翰林，非翰林不入内阁，南、北礼部尚书、侍郎及吏部右侍郎，非翰林不任。而庶吉士始进之时，已群目为储相。通计明一代宰辅一百七十余人，由翰林者十〔之〕九。盖科举视前代为盛，翰林之盛，则前代绝无也。

此风至清代不变，所以翰林的矜贵，遂为世所艳称。清人朱克敬《暝庵二识·翰林仪品记》云：

> 国朝仕路，以科目为正。科目尤重翰林，卜相非翰林不与；大臣逝终，必翰林及得谥文；他官叙资，亦必先

翰林。翰林入直两书房，及为讲官，迁詹事府者，人尤贵之。其次主考、督学。迁詹事必由左右春坊，谓之"开坊"，则不外用。其考御史及清秘堂办事者，年满则授知府，翰林常贱之，谓之"钻狗洞"。初入馆为庶吉士，三年更试高等者，授编修、检讨，谓之"留馆"。

自康、雍以来，名臣大儒多起于翰林。后面我们将细谈鲁编修、高翰林及"钻狗洞"的知府王惠。表1~表4是一位海外学者王德昭的统计，以显示八股人才在皇权中的分布情况（他自言是根据不完全的数字做的统计）。

表1　清代曾任高层官吏人数及其出身进士人数统计 *

官　职	总人数	出身进士人数
尚　书	744	339
左都御史	430	221
总　督	585	181
巡　督	989	390

* 据严懋功《清代征献类编》上册统计。

表2　清代进士累官至内外高层官吏人数统计 *

官　职	人　数	官　职	人　数
大学士	87	巡　抚	131
协办大学士	25	布政使	133
内阁大学士	81	都御史	32

官　职	人　数	官　职	人　数
尚　书	178	大理寺卿	17
侍　郎	481	总　督	96
巡　抚	131	布政使	133
按察使	76	顺天府尹	12

* 据严懋功《清代征献类编》下册统计。加衔未计，护署职未计。

表3　清代鼎甲累官至内外高层官吏统计 *

官　职	鼎　甲			
	状　元	榜　眼	探　花	小　计
军机大臣	2	0	1	3
大学士	11	3	2	16
协办大学士	8	2	1	11
内阁学士	34	24	23	81
尚　书	21	18	12	51
侍　郎	37	32	34	103
都御史	11	16	9	36
翰林院掌院学士	4	6	2	12
大理寺卿	0	1	4	5
总　督	7	2	8	17
巡　抚	11	4	10	25
布政使	10	3	9	22

官 职	鼎 甲			
	状 元	榜 眼	探 花	小 计
按察使	9	4	12	25
顺天府尹	4	3	5	12

* 据朱沛莲《清代鼎甲录》统计。

表4　清代侍郎出身统计 *

出 身	人 数	所占百分比
进 士	457	58.51%
举 人	62	7.94%
贡 生	16	2.05%
监 生	29	3.71%
荫 生	32	4.10%
其 他	185	23.69%
总 计	781	100.00%

* 据魏秀梅《清季职官表》乙编《人物录》统计，自乾隆晚期至清末。

　　上列数字，只是不完全的统计，因为资料本不十分齐全，尤其重要的是，满、蒙王公多无"功名"而居高位，在上列曾任高层职位的人数中应占颇大的比重。但即使就以此不完全的统计看来，科举入仕，在清代高层官吏中所占的比例之大，也是很惊人的（参见王昭德《清代科举制度研究》）。

　　这样一班人员渗入皇权行政系统中，竟被西方学者艳羡不已，称科举制是民主制度，连韦伯那样的社会学大师也认为这种由士而仕的人事体系对皇权形成了限制（参看马克斯·韦伯《文明的历史的脚步》）。其实，八股制"民主性"绝不像外国人估计的那么大。让我们看看"生活的反映"——《儒林外史》的描写。

鲁翰林是成功了的马二先生（事见《儒林外史》第十、第十一回），所以此公身上主要有两气：官气、八股气。他的官是考八股考出来的，但官气并不全来自八股，而是来于衙门生活。与他相比，马二便是侠气、八股气。不知马二先生入了衙门怎样，但范进这位八股先生，官气并不扑人。与马二作比较，鲁翰林的官气来自衙门；跟范进作比较，则又有衙门以外的因素。鲁翰林有点富贵气象，不像范进那样总是一副呆鸡的派头，在《儒林外史》这幅刻画伪妄的画卷中，他似乎没有多少"戏"。然而，正如娄家二公子对鲁翰林的评价："究竟是一个俗气不过的人。"其俗气的内容便是官气与八股气合一，而其不学无知的程度，绝不见得比范进好一些。

翰林生涯，本是清苦的，因为前途大，故为清选之品，但肥差也并不那么俯拾俱是。机会狭小是封建专制政体的特征。鲁翰林就是"中"了之后的失败者：

> 做穷翰林的人，只望着几回差事。现今肥美的差都
> 被别人钻谋去了，白白坐在京里，赔钱度日。

所以，他就"告假返舍"，退了下来。官虽无了，但官气犹存，也许更大些，所以再三对二娄坐小船之事表示兴趣。这位获得了社会承认的"大雅"之人与苦苦追寻雅举、雅士的二娄，却没有什么鸿儒之谈、轩爽之论，他们聚到一处说的无非是"京师各衙门的细话"。

鲁翰林是二娄之"先太保公做会试总裁取中的"，二娄这样大家纨绔不知杨执中抄写的是吕思诚的诗，还不太构成讽刺，而堂堂翰林、编修、皇家学者也居然不知，那就可笑至极了。这顺手一枪的"曲笔"，揭了这位一级学官的老底，他只不过是个顺利成长起来的范进罢了。看他对女儿的教育，就知道此公是多么乏味又愚昧。他都致仕了，还不明白自己的一生是怎样度过的，生命都掷在有名无实的举业、无有能力的闲官上，不但毫无反悔、悲凉之感，反而无怨无悔地去培植无花果——从最世俗的意义上讲也是"无花果"。女儿家是不能走八股仕途的，但他依然倾注心力向女儿实施八股教育。他一生大概主要有两大遗憾，分别是自己没捞到肥差、没有子息："假若是个儿子，几十个进士、状元都中来了！"

　　鲁小姐十二岁就读得滚瓜烂熟的王守溪的八股文，是成化、弘治年间的时文"经典"。王守溪，名鏊，字守溪，谥文恪，人称"前此风会未开，守溪无所不有；后此时流屡变，守溪无所不包。理至守溪而实，气至守溪而舒，神至守溪而完，法至守溪而备，称为时文正宗"（商衍鎏《清代科举考试述录》）。这真可谓起点高、路子正，真正名牌正宗。鲁翰林这种教育的结果是使其女儿踏踏实实地嫁给了八股文。女传父业，可怜那四周的男孩成了这父女俩"八股宗教"的受害者。闲斋老人说：书人中"举业真当行，只有一鲁小姐"。清代能诞生这样的"八股才女"，说明当时八股事业的兴旺发达，八股文化之深入人心、无缝不入，连在那个时代没有社会责任的女性的心灵都被污染到这个地步。家庭教育与社会教育、学校教育如此高度地协调一致，真是文化古国的"骄傲"。

　　鲁翰林的"八股万能论"，可谓证据充足、理直气壮：

> 八股文章若做的好，随你做什么东西，要诗就诗，要
> 赋就赋，都是一鞭一条痕，一掴一掌血。若是八股文章欠
> 讲究，任你做出什么来，都是野狐禅、邪魔外道！

如果说前一句是艺术标准的话，那么后一句则是政治标准了。这个标准与周进要考生"休学杂览"的教导是一致的，都源于"当今天子重文章"这一封建统治阶级倾向或曰政治需要。封建统治阶级对"野狐禅、邪魔外道"的忌讳是有着深刻的文章之外的考虑的。这从正统保守文人攻击康有为"野狐禅、邪魔外道"一事便可见其真义。一统于八股就是为了取得让天下读书人什么都不知道的教化效果。鲁、周、范都是国家甘心培育钝弩、摒弃才臣智士的证据。

科场的胜败又成了衡量一个人成败的不二法门。鲁翰林说杨执中、高翰林说杜少卿都是一个口气：有才学就该中了去。实则老天知道，那些中了去的有多少学问！这对于无学术则无人才、无政事的道理真是个不小的玩笑。

翰林院自来是读书人向往的地方。因为从这里可以进入最高权力中心，而且是最体面的捷径。苏东坡为政的顶峰即是为皇帝起草诏书时；龚自珍就因不得入翰林而壮志难酬，抱恨潦落以终。据史载：龚自珍的儿子龚橙给八国联军做翻译，在谈判桌上，刁滑精明，比洋人还难对付，气得中方代表斥问他：国家何曾亏了你，你如此助纣为虐？龚橙答：我父才高出众、名满天下，却不得入翰林！这也许只是逸话，但龚自珍以未得入翰林而痛苦万状，赢得同侪及后人的百般惋惜却是实情——"我为皇清惜此人"！另外还有一则真实的故事：一新进翰林拜望龚自珍之叔，自珍便躲进书房，两位文臣大谈关于阁体小楷的问题，津津有味，龚自珍忍不住，便

走出来嘲笑道："翰林学问不过如此耶？"翰林公抱惭而去。这逸话的况味有似于张岱《夜航船序》中的名句"且待小僧伸伸脚"。

当然不能说翰林院衮衮诸公全是鲁编修类空架子文人，林则徐就是翰林出身。但林则徐与苏轼一样，当时的制度决定了他才高多能而注定要失败。不会失败的是鲁编修这样的有学历而无学问、有读书架子而没有读书心思的人。尽管他自认晦气，未得授实职肥缺，但如不是那种需要低能的制度，像他这样空洞无能的人又怎能跻身翰林院？

这真是滑稽：鲁编修嗟叹赔钱度日，被废置闲抛，而国家则更赔了，花了许多精力、经费，录用了许多闲人，从他们身上得不到什么效益，还得倒贴钱养着他们。发人深省的是，官、私两方何以都有怨无悔，制度长命千年，举业文人代代相继？鲁编修倾注心力攻八股，鲁小姐又加倍地课子去取翰林。这种无效又浪费的循环，为何不见消解，反而变本加厉，其动力源自何处？为什么女承父志、之死靡它？是什么力量把鲁氏父女送上了八股祭坛？显然，是那个权力系统使求利者在获利时必然变成了牺牲品。这类无用的人才还必须培养，人们明知是无用的人，还得争着去当。这莫名其妙的天经地义的"真理"，永远不可能以最经济的原则培养人和用人。

能说鲁编修父女是对国家有用的人才吗？那种以八股举业为核心的教育体系到底有什么良性社会效益？事实上不空疏无学，就难以"成功"。平情而论，是庄征君该当编修，还是这位鲁老爷该当？从这种教育正可察知一些庸人执政、精英淘汰的消息。

康有为、梁启超主张一个实行了五百余年这种教育的国家要"维新"；孙中山则要"三民主义"，开发民智，这也是一个前提与结论构成的悖论：因为没有，才要；正因为没有，要也没有。

鲁编修若入了阁，当了什么宰相或大学士，有一条好处：这种人大约不会篡权，不会搞政变当皇帝，因为他根本就不具备这方面的精力与能力。满朝大臣皆鲁编修、周司业、范通政，"朕"自然高枕无忧。当然——千万别有外族入侵、农民起义，照皇家的逻辑，这两类现象之所以发生，乃是由于教化未及的结果：蛮夷受不到礼仪文化的洗礼，刘邦、项羽又原本是不读书的。所以，皇家的逻辑与公论恰恰相反：不是应该废掉或改变八股举业这种教育、人事制度，而是应该大大强化并广泛推行之，甚至应该推广于外族、外国，深化到全民，全民皆鲁氏父女化，天下就万事大吉；若能够施八股教育于英吉利乃至整个欧罗巴，会有鸦片战争在广州爆发吗？唐代接受外国的留学生时工作不扎实、不充分，没让各国士人取回科举真经（那时还没有完备），并回国广泛推广施行。明清人想入非非，匡超人就说他的八股文选本"外国也有的"。

再回头看看前面摘引的《翰林仪品记》，是该为鲁翰林抱屈，还是该为我们民族叫苦？翰林之为重，绝不是因为它能为社会作多大的贡献，为全民负多大责任，而是它如何显达，有名有利，在官本位的体制中广有前途。它的意义只在于是一个晋升的最佳起点而已。其中发达起来的，将是收拾庄征君的太保公，没能出头的则是鲁翰林、高翰林了。高翰林比鲁翰林多出了严贡生的习性。鲁，无能而已。高，则近乎缺德：诽谤有真气的杜少卿，嘲笑有真学问的庄征君，蔑视蹭蹬的马二，与万青云是一流人物。一生只做了一件实事，就是出面请施御史将万青云的中书弄假成真。这种人到底是"朝廷的柱石"，还是国家的蠹虫？

当然，《儒林外史》所写的这两位翰林都是"养望在家"的乡绅，未写他们在矜贵的翰林院的作为。因为，鲁翰林除嗟叹被闲置、擅长自吹自擂、吹嘘自己会揣摩、不会杜撰外，别无资本。

这两位"名公"固然不足以"尽"国家支教气象，但可以"见"国家支教气象了。因为他们都是"大场"中的胜手，经皇帝钦点御批的高级专门人才、"天子门生"。他们的唯一用处就是无用，从而有效地保证了与最高统治者的绝对一致、与权力结构的一体化。道光年间红极一时的大学士曹振镛自言升官固宠之道说："无他，但多磕头，少说话耳。"不过，龚自珍有言："大药不疗膏肓顽，鼻涕一尺何其屙！"

王惠得授实职（事见《儒林外史》第八回），成了高层的"亲民之官"——知县只是直接的"亲民之官"，但王惠并不是为了"造福一方"而去为官一任的。

他当举人时，蔑视尚未进了学的周进，却与周进的学生荀玫同榜得中；又为让荀玫违制候官请周进保举夺情，倒是充满了"合理"又荒唐的戏剧性：人生何处不相逢，"举业"二字无凭据。

王惠身上更大的戏剧性在于：本是个贪酷的率兽食人的赃官，却被推为"江西第一能员"；而恰恰是这第一能员成了叛降的先锋。德育礼教哺育出来的"学生"就这样施"仁义"、守"名节"！谁之罪？若贪官叛臣几乎与官僚队伍相始终，便显示出那个制度自身不可调解的矛盾和荒谬了。

《儒林外史》中的人物，此起彼伏，能表演三两回合就"自动退场"，其间一个根本的奥秘就在于吴敬梓以那些走马灯似的流转不停的人物的个性特质与当时的客观的一般问题之间的多重关系，成功地揭示了那个制度的文化特征和荒谬性。因为说到底，文化是社会与个人之间关系的调节，也就是说，是当时的文化调剂出了那样的"能员"。如《聊斋志异》所云："此等'明决'，皆是甲榜所为，他途不能也。”

王惠干练而高效，不给人老迈的印象。其实，“夏后氏五十而贡”，他是五十岁才登科的。不过，在“五十少进士”的待业常规中，他也还算不上蹭蹬。王惠在得了知府实职之后，成了聚敛的能员、打得全城百姓无一不怕的酷吏，将蘧太守文雅的“三声”换成了敲剥的新“三声”的贪官。吴敬梓写他写得有好有坏，以示公道，使“反面人物”的形象内涵有了客观性、可信性。

这尊瘟神全没有按他写的代圣立言的文章去做事。也就是说，每位士子都可以用笔杆写的是一回事，当了官后干的是另一回事。代圣贤立言的要求，未必都有“移情”的效果，只是规定了一种语言游戏规则罢了。圣贤原则是最反对“贪”的，任何东西都不能贪。莫说贪财忘义，就是三不朽的德、功、言也不能贪。然而，在仕途必经科举的制度中，那些贪官皆甲榜出身，他途不能。朱元璋杀贪官杀得自家惶惑起来。唐代以诗赋取士，贪官也大批涌现。武则天用十分残酷的手段大杀贪官，但贪官依然不断粉墨登场。这就不是教育系统能解释和解决的了，而是权力所有制的问题。人们偏偏通过德育解决这种问题，这便是意识形态“无能论”。而旧中国恰恰正是奉行意识形态万能论，从而无法从根本上解决腐败问题。康熙雄才大略，励精图治，一度想改革八股取士法，然而最终还是喟然作罢。

王惠任知府以后，先是贪财，成为聚敛的班头；后是贪生，成为投降的表率。身外之物和皮囊便是他的天地祖宗。正统观念教化的效果至少说是等于零。他劝荀玫瞒丧以候选时，是弃圣训如敝屣了。卧对此评最为精辟：

呜呼！天下岂有报丁忧而可以“且再商议”者乎？妙

在谋之于部书而部书另自有法，谋之于老师而老师"酌量而行"，迫至万无法想，然后只得递呈。当其时，举世不以为非，而标目方且以"敦友谊"三字许王员外。然则吴敬梓亦胸怀贸贸，竟不知此辈不容于圣王之世乎？曰：奚而不知也！此正古人所谓直书其事，不加论断，而是非立见者也。

——《儒林外史》第七回回评

权变之经，王惠念得熟、悟得透，也用得活。他倒不是个机械的教条主义者。有趣的是，呆极木讷的周进、范进也懂得了官场的"灵活"，表示可"酌量而行"，并不死守教义。王惠、"部书""老师"，他们看起来都不会干那种武死战、文死谏的傻事。随机应变的王惠投降宁王是题中应有之义。虽然是随机应变，但有个不变的中心：即以本身利益为标准。襄助荀玫是个例外，许是别种情感投资。

王惠运用的思想、观念或曰原则，都来自实践，来自生活教育或曰现实教育，而绝不是圣学原则本身。他依靠简陋的常识运转自身这部机器。"三年清知府，十万雪花银"这条谚语成了他的"施政大纲"。尽管前任太守的文雅清廉已回驳了这句训言，但他以自身的需要为标准认死了这句"真言"，别人相反的见教和事例，只能合则留、不合则去了。他以"能员"的魄力、大胆的措施，"理直气壮"地丰富了这句本是诅骂他这号人的谚语的注解。王惠像严贡生一样坦率，因为他们的灵魂同样粗暴鄙陋。他们固然很"真"，但真的恶。他从容不迫、直截了当地问道："地方人情，可还有什么出产？词讼里也略有些什么通融？"在宦囊清苦、吟啸自若的蘧太守的公子听来"都是鄙陋不过的话"，王惠竟"大智若愚"地将蘧景玉的调侃（"将来凭先生一番振作，只怕要换三样声音"）理解成开导，不但正容答道："而今你我替朝廷办事，只怕也不得不如此认真。"还"果然听了蘧公子的话，钉了一根头号的库戥，用上了头号板子"，他之所以曲解蘧公子的话意，是由于他内心迫切需要接受"新三声"。他的愚蠢只是得贪忘意、得意忘义。他需要这样"舍筏登岸"，就如斯登岸舍筏，深得中国传统思维之奥妙。

王惠的做法也许有些夸张，他因此而成了"江西第一能员"也是天大的讽刺。但问题的实质也因此更醒目：权力职位只是名的占有符号和利的攫取手段。权力职位主要是一种特权占有，领取利益和头衔只需要写"好"八股文即可。对读书人来说，权力职位是"应得的权力"与"报偿的权力"，至少是那种社会组织的一处"预约"。宋真宗的《劝学诗》说得最明白了："书中自有千钟粟。"

加尔布雷思在《权力的分析》中认为，"应得的权力是通过强制或选择个人和团体爱好的能力来使别人服从的"（即一种诱惑性的选择是作为一种"强制性"权力来使用的）。"报偿的权力则是通过正面的赞赏，通过给予个体以某些利益达到服从""个体的服从是由于他或她意识到自己的服从，在有的情况下是被迫的，在有的情况下则是为了报酬，这是应得权力和报偿权力的共同性质。与此相反，制约权力则是通过改变信仰来实现的。那些看来自然、适当或者正确的劝导、教育和一定的社会约束，可以使某个人服从另一个或另一些人的意志。这种服从反映的是爱好的过程、是自愿的过程，服从的事实是服从者没有意识到的"（见《权力的分析》第一章）。

王惠这样的读书人，已经没有了任何起码的士子意识，且不说一点也没有那任重道远、以天下为己任的气概，连一些装饰性的斯文风度也稀薄得近乎无，而这种穷凶极恶的人居然成了"三甲"进士，居然成了"江西第一能员"。他不但不会意识到八股举业对人性、对士风的损害，不会觉得被扭曲，反而朝气蓬勃、意气洋洋，深深体味着走举业之途的"报偿的权力"的滋滋美味，十万雪花银的光芒照耀着他奋勇前进，为能够攫取这种权力而幸福无比。对这种人来说，不存在八股取士不亚于焚书坑儒的痛苦，他就是像瘟疫一样，利用这种制度而爬到人民的头上作威作福。有的皇帝如康熙之所以喜欢使用"贪而能"的臣子，就因为他们能干（如王惠就比范进能干），然而也正是这种贪而能的官员在参与着皇家"花息"的掠夺性再分配。他们不但是人民的敌人，也是挖皇家墙脚的蠹虫。所以，清代的皇帝用"宰肥鹅"的方式对付这类贪官，既得铲贪的美誉，又得收回失银的实惠。可以预计，王惠不降宁王，当他聚敛到千万贯时，其乌纱梦也就非醒不可了。恰与鲁编修那种闲官相映成趣，这类"贪而能"者的循环，又是忙忙碌碌、辛辛苦苦地走上祭坛。难怪此公最后居然"削发披缁去了"。起初还有潜逃的立意，而后，王惠的儿子郭孝子千里寻亲，王惠却死不相认，大约算是参透了人生的荒诞，再也不愿回来当小丑了。

古代衙门前都有石刻："尔俸尔禄，民膏民脂。下民易虐，上天难欺。"苛责王惠的道德品质，便近乎张扬次要之处，反而使要害模糊地"打诨"过去了。

如第一章所论，《儒林外史》的不可企及之处就在于它既不用制度开脱劣士，也不用劣士的无德为制度辩护，双方都有不可推卸的责任，这是吴敬梓的思想中至为深刻的地方，也是他冷静观察客观与实际的胜利。科举制度无法避免这种虐民的能员爬到权力岗位，至少是个失败，更精确的说法应该是：那种社会组织必然产生这种现象，充满理想光晕的圣贤教育、甲榜正科无法有效地行使"制约的权力"。当然，从另一个角度说，它又是有效地行使着"制约的权力"——天下英雄尽入吾彀中。只是没有想到，进来的未必都是英雄。这种异化是王家始料不及的。当它渐渐"完善"到凡庸皆进而佳士全黜时，便算报应到了。"满朝中都做了毛延寿"，王昭君就该非出塞不可。王惠受了挫折，放下屠刀去成"佛"了，然而贪官却如雨后春笋般涌现。掌权阶级自己的利益是得到充分强调了，但是社会权力本应有的公共生活福利职能却被降到了最低限度。王惠这样的"能员"越多，百姓越没有活头儿。这类"能员"的政治效能只是敲剥有余，卫道不足，卫国更不足，于民于国均有害无益。对民众来说，他是个贪酷的班头；对国家来说，他是中饱私囊、败坏圣教的恶劣官差。可偏偏少不了这等人，民需要"牧"，国需要吏。百姓不知从何处飞来此等知府、道台，皇帝也不知道那些知府、道台尽干些什么。百姓以为那些高官是在替皇帝办事，皇帝则无法得知来自底层的真实消息。靠观念统治，而那些观念对王惠这等纯利益动物来说，又毫无约束力。没有多数人的监督，没有另外的制衡机制，这种政治必然会成为"王惠"们的歌舞场，因为号称"以德治国"，其实只是推行权力道德——下对上的绝对服从，这必然造就奴才、推广虚伪、普及俳优之道。具体地说，像王惠这样的"三花脸"的出现只是"大势所趋"而已。

八股"选政"

　　马二先生是处州第一名人(《儒林外史》第四十九回)、海内知名的八股选家。万中书就曾言:"处州最有名的,不过是马纯上先生。"这个人物的原型是吴敬梓的至交冯粹中,垂老刚刚中举就客死京城,是一个标准的无怨无悔地走举业仕途、长期政治待业的科举老人。冯粹中曾带着吴敬梓的长子——年轻的吴烺乘夜船到滁州去应岁、科考。冯粹中死后十三年,吴烺还回忆他那朴诚而迂拙的"形象":"老辈难忘冯敬通,鞭驴挟策逐秋风。"金兆燕为他苦苦追求而中举即逝的遭际深感悲愤:"浮名三十载,此日竟何存?淡墨才书姓,虞歌已在门。"程晋芳也觉得他的命运太让人灰心了:"臣享侏儒饥羡饱,泾流渭水浊兼清……功业词章竟何有,令人惆怅薄科名!"命运向这位虔诚信仰科名而被科名所误的迂儒开了一个玩笑。吴敬梓在写《儒林外史》时此公可能尚未去世,但他已确实成为"科举老人"了,尽管他的实际年龄未必太大,只因他太投入、太坚韧不拔。

　　钱泳《履园丛话》卷十三载:乾隆四十九年(1784年)各省会试举人中,"年届九十者一名,八十以上者二十名,七十以上者五名"。广东士子陆云从一百零二岁屡考不中,皇帝怜之,赐举人。这真让人啼笑皆非。跟他们比起来,范进只算得是"童子军"。小说中的马二先生更没有什么老迈之感，倒更像一个独行侠一样，扶危济困，虔诚地宣传着举业至上主义，勤奋地替皇家操持八股"选政"。

真正的讽刺无疑来自生活本身。马二先生如此虔诚地献身的编选、评点八股文的事业到底有何价值？如果说价值是满足的需要程度，则可以肯定，很有价值。因为当时应考举子至为需要，有了这类"辅导材料"，他连四书原文都不需要看了。这种选文，当时相当发达，小说也写了这方面的情况：仅马二选家还满足不了社会需求，匡超人也跻身而为"家家隆重"的选家，还有萧金铉等。这里且摘录启功先生《说八股》一文第五节来作说明：

> 我们看过《儒林外史》，里边写了许多应举的士子们的故事，还写了马二先生和匡超人为书铺选文、批文的事。这是科举生活和八股流行过程中的一个重要环节。
>
> 选，当然是选取可资学习的模范作品，它不但包括明清各大名家的八股名篇，最受读者欢迎的更在于当时考取中试的文章。古今一理，文学艺术作品都有一时的风气，科举考试所用的八股文更具有时代性、时期性。某一科被取中的文章作风，尤其是正要应考者必须注意掌握的。它们反映这时期考官阅文的标准，也就是即将应试者的投机对象。所以当时新被录取的中试文章，被称为"新科利器"，"新科"指的是最近这次考试，"利器"是指这类文章好比打仗的刀枪、开锁的钥匙，也即是正符合这时期考官胃口的特效药。
>
> 当时的"书坊"，包括今天的出版社、编辑部、印刷厂、售书店，只是缺少今天的固定编辑成员。书坊老板出

版这种选本，自然成为畅销书，但须有高手来选、编、评、点，要求的条件是选得符合投机之用；编得有吸引力，名列鼎甲，做了高官的当然列前，有些名次虽然低而名头较大的也应编入；评和点是紧密相连的一件事，评的恰当明显，说出真正优点所在，对参考者说那是最应注意处，这是读者所最需要处。出版还要快，当时没有版权法，谁先出谁赚钱，所以匡超人批得快，大受老板欢迎。

这种"利器""金针"迎合了举子的迫切需要，具有较高的"实用价值"，于是商品价格也相当可观。王应奎《柳南随笔》卷二云："本朝时文选家，惟天盖楼本子风行海内，远而且久。尝以发卖坊间，其价一兑至四千两，可云不胫而走矣。"顾炎武愤怒地指陈其弊端，又旁征史料，可见始末：

> 《戒庵漫笔》（李诩撰）曰：余少时学举子业，并无刻本窗稿。有书贾在利考朋友家往来，抄得窗下课数十篇，每篇誊写二三十纸，到余家塾，拣其几篇，每篇酬钱或二文、或三文。忆荆州（唐顺之）中会元，其稿亦是无锡门人蔡瀛与一姻家同刻。方山中会魁，其三试卷，余为从臾其常熟门人钱梦玉，以东湖书院活版印行，未闻有坊间板。今满目皆坊刻矣，亦世风华实之一验也。杨子常曰：十八房之刻，自万历壬辰《钩玄录》始。旁有批点，自王房仲选程墨始。至乙卯以后，而坊刻有四种：曰程墨，则三场主司及士子之文；曰房稿，则十八房进士之作；曰行卷，则举人之作；曰社稿，则诸生念课之作。到一科房稿

之刻有数百部，皆出于苏、杭，而中原北方之贾人市买以去。天下之人，唯知此物可以取科名、享富贵，此之谓学问，此之谓士人，而他书一切不观。昔丘文庄当天顺、成化之盛，去宋、元未远，已谓士子有登名前列，不知史册名目、朝代先后、字书偏旁者，举天下而唯十八房之读，读之三年而一幸登第，则无知之童子，俨然与公卿相揖让，而文武之道弃如弁髦。嗟乎！八股盛而六经微，十八房兴而廿一史废。

——《日知录》卷十六

曾有学者专门论述过中国历史上的"替代现象"，惜未论及这种程墨、房稿代替了"四书"及朱注算是哪类哪式的替代。这种丫鬟替小姐的把戏，使马二、匡二替代了朱子、孔孟，匡超人成了"家家隆重"的"先儒"，社会的思想文化怎能不萎缩？朱子感叹尧舜孔孟之学何尝一日行于天下。行于天下的乃是这种代用品、不沾边的冒牌货。正品无论如何都要大大高于这种伪劣赝品。"名存实废"，几为古中国第一定律，不独程文。

从传播角度说，这种哈哈镜式的传播媒介大概只能传播"俳优之道"，代圣贤立言，便成了不知圣贤原意的"代言体"——从起点就是要求"替代"的。一为显学必成俗学，再加上大量这类"速成进士读物"，孔孟心传的真脉便成天上的银河了。苏轼在《李氏山房藏书记》一文中说："学者之于书多且易至如此，而后生科举之士，皆束书不观，游谈无根。"唐代已有同类现象，那些举子们往往"幼能就学，皆诵当代之诗；长而博文，不越诸家文集。六经则未尝开卷，三史则皆同挂壁"（《旧唐书·杨绾传》）。唐以诗文取士，顾炎武在《日知录》十六卷中屡屡抨击此类现象：

> 夫昔之所谓三场，非下帷十年，读书千卷，不能有此三场也。今则务于捷得，不过于四书、一经之中拟题一二百道，窃取他人之文记之，入场之日，抄誊一过，便可侥幸中式，而本经之全文有不读者矣。率天下而为欲速成之童子，学问由此而衰，心术由此而坏（"三场"条）。

> 今日科场之病，莫甚乎拟题。且以经文言之，初场试所习本经义四道，而本经之中，场屋可出之题不过数十。富家巨族，延请名士，馆于家塾，将此数十题各撰一篇，计篇酬价，令其子弟及童奴之俊慧者记诵熟习，入场命题，十符八九，即以所记之文抄誊上卷，较之风檐结构，难易迥殊。四书亦然。发榜之后，此曹便为贵人，年少貌美者多得馆选。天下之士，靡然从风，而本经亦可以不读矣……昔人所须十年而成者，以一年毕之。昔人所待一年而习者，以一月毕之。成于剿袭，得于假倩，卒而问其所读之经，有茫然不知为何书者。故愚以为八股文之害，等于焚书；而败坏人材，有甚于咸阳之郊，所坑者四百六十余人也（《拟题》条）。

> 文章无定格，立一格而后为文，其文不足言矣。唐之取士以赋，而赋之末流，最为冗滥。宋之取士以论、策，而论、策之弊，亦复如之。明之取士以经义，而经义之不成文，又有甚于前代者。皆以程文格式为之，故日趋而下（《程文》条）。

马二先生就是编选评点"程文"《持运》的一流专家。他当然没有二百年前大儒顾炎武这么深刻的思想、见识，并不知自己在做些什么，还认为自己是领会了圣学真谛的嫡派信徒。马二先生向蘧公孙有理有据地讲述了"一代有一代之举业"的道理，又向匡迥讲："人总以文章举业为主，才是大孝之道，自身也得出头。"马二先生的那些话是真实、准确的，当时的实际情况就是那么回事，他也是一副侠义心肠，并非出于私利而故意毒害青年。与本题相关的是，他引述宋真宗的《劝学诗》，证明书中自有黄金屋、千钟粟、颜如玉后，接着从他那"一代有一代之文章"的"进化原理"出发，得出结论："而今什么是书？就是我们的文章选本了。"

顾炎武深恶痛绝的，恰是马纯上说的"真种子"（天一评）、"一生学问功业之所系"。天二的夹批是：在举子看来"三坟、五典、八索……皆不及此"。这是儒学自身发展——成为官学、钦定教材的悲喜剧。不过，马二是无辜的。世风如此，他不过是应运而生。真正的导演者，是那种上有政策下有对策、旋涡式下沉的社会的惯性。马纯上只不过是个虔诚的八股信徒，是教义及其他士人讽刺了他，因为他太虔诚、太认真，还有着仁义君子的风格与情怀。现实就是捉弄这号人的，他的高足及传人兼背叛者匡超人倒不会被捉弄，而是去戏弄社会本身。

越有实用价值往往越是反价值的，当然要看从哪个立场上来估价。顾炎武、张岱认为这种"辅导材料"是供偷窃试名作弊用的，罪大恶极（见《日知录》卷十六及张岱《石匮书·科目志》）。希望儒家学说越糟越好、快快崩解的人，则认为这种普及对于消灭儒学来说，其功不亚于他的敌人。不背朱注，只背"程墨"，不是免遭朱子学的洗礼吗？这种功过计算，不会有了结之时。连顾炎武也没有办法来改变这种状况，他在《日知录》卷十六《拟题》条中替国家分忧解难的设想是：

> 请更其法，凡四书、五经之文，皆问疑义，使之以一经而通之于五经。又一经之中，亦各有疑义，如《易》之郑，《诗》之毛、郑，《春秋》之《三传》，以及唐、宋诸儒不同之说，四书、五经皆依此发问，其对者必如朱子所云通贯经文、条举众说而断以己意。其所出之题，不限盛衰治乱，使人不得意拟，而其文必出于场中之所作。则士之通经与否，可得而知，其能文与否亦可得而验矣，又不然，则姑用唐、宋上赋韵之法，犹可以杜绝抄、剽、盗之弊。

除了复古、复时于朱子学，就是临场限韵，再不然是：

> 今日欲革科举之弊，必先示以读书学问之法。暂停考试数年，而后行之，然后可以得人。

然而，问题在于谁能"示以读书学问之法"？让翰林院的翰林们？按说那些皇家一流学者能胜任——他们不能，谁能？然而，他们正是凭《持运》之类考八股考上去的，他们能否通经尚且难言，让他们"示以读书学问之法"，岂不太难？且看《儒林外史》第四十九回：高翰林对马先生的批评，与上边顾炎武及我们的批评截然相反，这个"大场"中得胜者的经验是：

> 我朝二百年来，只有这八股一桩事是丝毫不走的，摩

元得元，摩魁得魁。那马纯上讲的举业，只算得些门面话，其实，此中的奥妙他全然不知。他就做三百年秀才，考二百个案首，进了大场总是没用的……"揣摩"二字，就是这举业的金针了。小弟乡试的那三篇拙作，没有一句话是独撰，字字都有来历的，所以才得侥幸。若是不知道揣摩，就是圣人，也是不中的。那马先生讲了半生，讲的都是不中的举业！

凡中了的都不在坊间操选政了，所以凡操选政的都是只能讲"不中的举业"的，这真是"仁人之道，损不足以奉有余"。马二先生再虔诚、再执着也无济于事。他本就自身难保，尽管无怨无悔，但长期待业的命运还是残酷的。不过，诚如庄征君所说："马纯上知进而不知退，是一条小小的亢龙。"马二先生也不是什么不知改悔、死心塌地走举业之路，从而卑下恶浊的问题。他这个八股迷，并不显得低级、可憎，因为他虽然也以此途为出头之法，但他本人并不是个利欲熏心的小人，他是颇有些儒学头脑的、把教养里的辞藻当真的人物，这可能也正是他考不上的原因之一。他不善于"以俳优之道，抉圣贤之心"，行为上奉行圣贤的真精神，行文上又只侧重"理法"，却不会揣摩，大概也做不到"字字有来历"。高翰林说得相当准确："他要晓得'揣摩'二字，如今也不知做得到甚大官了！"

马二是八股教化的标准产物，可以说差不多是正宗。道德上的君子作风、智能上的蒙昧气象，与人谋而忠、与友交而信，居无求安、食不求饱，正意诚行地推行八股教义。举措合礼，又有意气、肝胆，还"从来不晓得伤春"，更不可能犯上作乱。勤奋工作，满脑子的圣贤语录，他的选本评语"总是采取《语类》《或问》上的精语"。真该中了去的理当是他，而不该是范进、王惠、高翰林；他不但应该中了去，还应该当天下楷模。可是，那个社会制度出了问题，使他偏偏不能中，只能在江湖上忠君报国，以一穷酸而做慷慨丈夫事。马二犹如德、容、言、工四美俱备的薛宝钗，虔诚地信奉、自觉地执行封建礼教，本该有个好命，却偏偏摊不上好运。

因而，也不能非怪马二的"传人"匡超人不再走"马盟兄"的旧路。起初，匡超人的诚朴，赢得马二的同情；匡超人的敏捷，博得马二的看重。马二对匡超人的帮助与教诲，感动得他真诚地下泪、下跪。乖巧精明的匡二终于走上"诈伪成功"之路。这里暂不多论，还说八股选政的问题。匡超人并未专攻评点之业，又无竖牌经营的准备，他只是避难来投奔马二先生。文翰楼店家认识匡超人，才留他住下，匡超人是完全意外地走上选家之路的。可能是匡超人当真精明，居然比马二先生批得更让店家满意："向日马二先生在家兄文海楼，三百篇文章要批两个月，催着还要发怒，不想先生批的恁快！我拿给人家看，说又快又细。这是极好的了！先生住着，将来各坊里都要来请先生，生意多哩！"（《儒林外史》第十七回）

如果顾炎武在世，肯定会对此大为伤心。这也是让马二先生悲闷不已的事情，是来自商品供求规律的挑战。店家对匡超人的要求突出一个"快"字："我如今扣着日子，好发与山东、河南客人带去卖，若出的迟，山东、河南客人起了身，就误了一觉睡。这书刻出来，封面上就刻先生的名号，还多寡有几两选金和几十本样书送与先生。不知先生可赶得来？"匡超人正需要有人管饭，有小儿得饼之乐。他也居然敢接，而且一日搭半夜，居然批了七八十篇。天二评曰："其粗浮可知。"

后来，匡超人自言："自从那年到杭州，至今五六年，考卷、墨卷、房书、行书、名家的稿子，还有《四书讲书》《五经进书》《古文选本》——家里有个账，共是九十五本。弟选的文章，每一回出，书店定要卖掉一万部，山东、山西、河南、陕西、北直的客人，都争着买，只愁买不到手；还有个拙稿是前年刻的，而今已经翻刻过三副版。不瞒三位先生说，此五省读书的人，家家隆重的是小弟，都在书案上，香火蜡烛，供着'先儒匡子之神位'。"俨然亚圣矣！不知是否真有九十五本，他能六七天批一本书，只要有书商找他，这个数是不难达到的。他也正是以发行数量和效率之高蔑视他的恩师马二先生："这马纯兄理法有余，才气不足，所以他的选本也不甚行。选本总以行为主，若是不行，书店就要赔本，惟有小弟的选本，外国都有的！"（《儒林外史》第二十回）"国优产品"，行销海外！乘桴浮于海的孔丘如再世，看见其道不但大行于海内且扩到全世界，当深感匡迥胜于颜渊。

倒霉的马二先生，若真能遭逢顾炎武的抨击倒是他的大幸了。攻讦他的却是一批群小：匡超人为抬高自己而贬低马二，或许还真有个发行率支持他；而卫体善、随岑庵对马二的批评全是源于嫉妒的诽谤了。（《儒林外史》第十八回）诚如卧评所云："马纯上生平最恶杂览，不料卫、随即以杂览冤之。"此二位对当时的选政极为不满，认为罪魁就是马二："杂览倒是好的，于文章的理法，他全然不知。"这两位是得手三场上过一榜的举人、明经，而且是"浙江二十年的老选家"，自是高手不凡，格高调远："近来的选事益发坏了！""前科没有文章"，初学者匡超人忍不住上前问道：

请教先生，前科墨卷到处都有刻本的，怎么没有文

章？"卫先生道："所以说没有文章者，是没有文章的法
则。"匡超人道："文章既然中了，就是有法则了。难道中
式之外，又另有个法则？"卫先生道："长兄，你原来不
知。文章是代圣贤立言，有个一定的规矩，比不得那些杂
览，可以随手乱做的。所以一篇文章，不但看出这人的富
贵福泽，并看出国运的盛衰。洪、永有洪、永的法则，成、
弘有成、弘的法则，都是一脉流传，有个元灯。比如主考
中出一榜人来，也有合法的，也有侥幸的，必定要经我们
选家批了出来，这篇就是传文了。若是这一科无可入选，
只叫做没有文章！

——《儒林外史》第十八回

选家原来是"无冕之王"，是"天子门生"们的最后的审定者，
连天子的工作也监察了。难怪他们那么大模大样，不可一世。原来
他们是文章的立法者，可惜只是民间的、自命的，而且多是心术不
正的。若真有这个民间评选机构干预八股作法、举子人选，那也将
绝不会因为多了点"民主"而把事情办好。

《儒林外史》第四十一回写汤由、汤实赴考场，一路打从淮清桥
过，"那赶抢摊的摆着红红绿绿的封面，都是萧金铉、诸葛天申、季
怡逸、匡超人、马纯上、蘧駪夫选的时文"。这支选家队伍在壮大，
是八股事业兴旺发达的表征。

八股法对士子质量的劣化

八股取士法，始行时有一定的合理性，但"仅此一条荣身之路"，便使许多士子将"文行出处"都看轻了，造成精神退化、文明滑坡一大弊端。另一大弊端，就是正途必经科举的制度，也是一刀切，造成官僚队伍的良莠互掣、鸡兔同笼的状况。这个问题与本书的主题略有关涉，但无关紧要，这里只略作说明，稍引端绪。

在一个人治的国度里，人才直接关系到治乱兴衰。理学家们仅从道德、人性角度作架空高论，远不如史学家，尤其像司马迁这样思想家型的史学家做的工作有意义。司马迁是从现实的全部复杂性上鉴古概今的。司马迁《伯夷叔齐列传》《老子韩非列传》《屈原贾生列传》等，写绝了人生际遇的"道理"，也写出在专制社会中"冯唐易老，李广难封"的结构痼疾。有关话题，后文讨论士子流品、风操时再叙，这里只揭示"倒错"的语句："人君无愚智贤不肖，莫不欲求忠以自为，举贤以自佐；然亡国破家相随属，而圣君治国累世而不见者，其所谓忠者不忠，而所谓贤者不贤也！"（《史记·屈原贾生列传》）这是后世之所谓"奸臣当道，忠臣受害"的模式。还有"宽则宠名誉之人，急则用介胄之士"。"所养非所用，所用非所养"（《史记·老子韩非列传》）这也是个模式。八股取士法，说到底就是个养无用之才、出无用之官的问题。这当然是升平时期（"宽"）的人事政策，一旦战乱起来（"急"），又要以军功定爵位了。养着周进、范进、鲁翰林、高翰林有什么"用"？王知府的"用"不就是敲剥中饱而后率先投降吗？

所养对于真正的人才恰恰是限制和磨损。顾炎武《日知录》卷九：

> 宋叶适言：法令日繁，治具日密，禁防束缚，至不可动，而人之智虑自不能出于绳约之内，故人材亦以不振。今与人稍谈及度外之事，辄摇手而不敢为。夫以汉之能尽人才，陈汤犹扼腕于文墨吏，而况于今日乎？宜乎豪杰之士无以自奋，而同归于庸懦也。

> 使枚乘、相如而习今日之经义，则必不能发其文章。使管仲、孙武而读今日之科条，则必不能运其权略。故法令者，败坏人才之具，以防奸宄而得之者什三，以沮豪杰而失之者常什七矣。

> 自万历以上，法令繁而辅之以教化，故其治犹为小康。万历以后，法令存而教化之，于是机变日增，而材能日减。其君子，工于绝缨而不能获敌之首；其小人，善于盗马而不肯救君之患。

机械之法尚且使豪杰同归于庸懦；单一之法，更使羊虎同栏，削高就低已成封建社会之天道矣。

再看《日知录》卷八：

> 今之言停年格者，皆言起于后魏崔亮。今读亮本传，

而知其亦有不得已也。传曰：迁吏部尚书，时羽林新害张彝之后，灵太后令武官得依资入选。官员既少，应选者多，前尚书李韶循常擢人，众情嗟怨。亮乃奏为格制，不问贤愚，专以停解日月为断。虽复官须此人，停日后者终于不得；庸才下品，年月久者则先擢用，沉滞者皆称其能。亮外甥司空咨议刘景安以书规亮曰："殷、周以乡塾贡士，两汉州郡荐才，魏、晋因循，又置中正。谛观在昔，莫不审举，虽未尽美，足应十收六七。而朝廷贡秀才，只求其文，不取其理；察孝廉，惟论章句，不及治道；立中正，惟辨氏族，不考人才。至于取士之途不博，沙汰之理未精。而舅属当铨衡，宜改张易调，如之何反为停年格以限之？天下之士，谁复修厉名行哉！"

《魏书·辛雄传》：上疏言：自神龟未来，专以停年为选。士无善恶，岁久先叙，职无剧易，名到授官。执案之吏，以差次日月为功能；铨衡之人，以简用老旧为平直。且庸劣之人，莫不贪鄙，委斗筲以共治之重，托硕鼠以百里之命，皆货贿是求，肆心纵意，禁制虽烦，不胜其欲。致令徭役不均，发调违谬，箕敛盈门，囚执满道……盖由官授不得其人，百姓不堪其命故也。呜呼，此魏之所以未久而亡也欤！

唐代进入玄宗开元年间，承平日久，官员又积压过剩起来，升调已无定制。吏部尚书杜光庭又来了个"一刀切"：不问能否，循资格以进，庸迈沉滞者皆喜，异才高行者无所事事，"有司但守文奉式，循资例而已"。顾炎武评论说："自宋以下，年资之制大抵皆本于光庭也。"

单靠一种尺度,尤其是一种不合理的尺度,必然造成倒错与停滞。以年资为资格,也许有克服徇私情、走后门、结党营私等好处,但危害是深化了"老人社会""老人政治"的痼疾。宋人孙洙《资格论》说得精辟至极:"虽然,不无小利也,小便也。利之者,蠢愚而废滞者也;便之者,耋老而庸昏者也。而于天下国家焉,则大失也,大害也。"《资格论》简直是字字珠玑,其要点是:

> 三代以下选举之法,其始终一切皆失者,其家资格之制乎?今贤材之伏于下者,资格阂之也;职业之废于官者,资格牵之也;士之寡廉鲜耻者,争于资格也;民之困于虐政暴吏,资格之人众也;万事之所以抏弊,百吏之所以废弛,法制之所以颓烂决溃而不之救者,皆资格之失也。

如果说资格深者没有功劳还有苦劳,还勉强有些道理,那么写篇被考官认可的八股文便平步青云,除非考八股是一种最优良的测验才德的考试方式,才算得人才,否则便太奇怪了。而许多人痛切指控八股既不能试德亦不能验才,绝大多数考生有明确的以八股为敲门砖的意图,但八股依然长命几百年,这可是更奇怪的事。鲁迅有言,中国的滑稽不在滑稽文里,而在正经事中。八股这桩历史大公案堪称"画龙点睛正经事里"的滑稽的典型。

司马迁曾表达:不管人主贤与不肖都希望忠贤的人才来辅佐自己。可是为什么明清以后偏偏经久不厌地使用"八股法"呢?更隐蔽、深刻的原因是那种社会体制生产关系太落后了,容纳不了先进的生产力,所以抑制工商、整缚士子。八股是使士子成为废物的最佳方式、甜蜜陷阱，所以除了才彦之士，绝大部分被坑、自坑，有怨有悔。

读《儒林外史》，极容易获得一个直观的感受，就是中国的闲人怎么这么多？从开篇至终卷，不闲的人绝少，而最后又不得不归于闲，如王惠、萧云仙。王惠忙着聚敛，及至聚敛太多时，为宁王"肱篚"了，只得削发修行。萧云仙非国家所养者，却为国家出力，结果费力不讨好，削官退赔。当然要说忙，严贡生、唐三痰们是在忙着，但如卧评所说，他们是厕里蛆虫，上下翻滚，忙忙急急，"若似乎有许多事者，然究竟日日如此，何尝翻去厕坑之外哉！"（《儒林外史》第四十五回总评）

闲人问题是《儒林外史》的一个大纲目，这里要讨论的是：正因为社会的极度落后、停滞，才有这么多闲人；而闲人多了，社会便停滞。袁枚《原士》中说，士少而天下治，这在特定的意义上有一定的道理。中国古代——至少在写《儒林外史》时期——的士人，简直可以说差不多都是闲人。由士而仕者，要说忙也忙，由忙于举业到忙着做官，焚膏继晷，叩头作揖，何其忙也！然而，这不恰是最大的闲，最无聊、无用，甚或无耻的闲吗？对社会并没有真实的贡献，取消了这等鸟官，社会的负担反而会轻一些，束缚会少一些，进步会快一些。未能仕者，则或有碗现成饭，或凭自己的知识谋生，如马、匡等人，他们自身心闲且不说，他们做的不也全是无用功吗？整个八股法，根本上就是没有正面建设意义的工作。这些选家们或兀兀穷年，或骂遍天下，都在做些什么？普及了文明、赶走了愚昧，多生产了几个举人、进士？或者连这点"贡献"也没有。这种贡献无论有没有，不都是闲人制造无用的循环吗？一种游戏文体养活着多少闲人、制造着几多苦鬼、淹滞着几多生命。

无论以哪种方式、姿态出现，泡在举业这个大酱缸中的人算得上知识分子吗？二进、二严，鲁、高二翰林，王知府，马、匡、卫、随、萧、季、蘧等选家，全都称不上，他们既与近代知识分子的概念不沾边，也与孔孟关于"士"的定义不搭界，非驴非马正是这等"士"的结构性特征。古今一辙，于明清为烈。在没事干的舞台上一分钟也没闲着的各号闲人们，摩肩擦背、口角生风、津津有味、寡廉鲜耻地活着，尤让政治家、理论家觉得没治的是他们还活得自我感觉良好。但在皇帝的眼中，这样的人比东林党人整天闹事强得多；如果这帮闲人都变成李贽那种能思考的"妖人"，天下岂不要大乱？只要不犯上作乱，贪财、重婚、说谎、骂人，都随便。

　　连臧三那样的匪类，"下流无耻极矣"（《儒林外史》中杜少卿语），居然要以三百两银子给家人买个秀才，有了补廪的资格。而做了"廪生，一来中的多，中了就做官。就是不中，十几年贡了，朝廷试过，就是去做知县、推官，穿螺蛳结底的靴，坐堂，洒签，打人"。

　　士，为仕而士，已非士；非士，亦为仕而跻身士，士更非士。

　　教育的特权化，赤裸裸地使接受教育成了追求特权享受的一种手段。士的独立性被彻底剥蚀，与权力结构的认同也使他们自觉地自我取消。他们由士而仕，加入权力系统后就绝不代表士了。

　　当然，也有许多一流人才是八股举业出身，所谓"文武干济、英伟特达之才，未尝不出乎其中"。（《清史稿》卷一百〇八）但正如林纾所驳斥的那样："须知人才得科第，岂关科第得人才？"（《闽中新乐府》）

　　八股法造孽太多，最基本的一条便是使士和仕的质量劣化。因为统治者以八股取士的目的就是"用以镂刻学究之肝肠，亦用以消磨豪杰之士气"，士人"一习八股，则心不得不寒，气不得不卑，眼界不得不小，意味不得不酸，形状不得不细，肚肠不得不腐"（张岱《石匮书·科目志》）。这是落后的生产关系的必然要求，也使这种落后的生产关系更加落后、保守和反动。中国封建晚期官僚系统行政能力的低下、国家运转的低效率，都是世界史中的奇观。

袁枚在《原士》中是这样论证"士少则天下治"的："天下先有农工商，后有士。农登谷，工制器，商通有无，此三民者，皆养士者也。所谓士者，不能养三民，兼不能自养也。然则士何事？曰：尚志。志之所在，及物甚缓，而其果志仁义与否，又不能比谷也；器也，货之有无也，可考而知也。然则何以重士？曰：此三民者，非公卿大夫不治，公卿大夫非士莫为。惟其将为公卿大夫以治此三民也，则一人可治千万人，而士不可少，亦不可多。"

他说的都是事实，士除了"尚志""治民"以外，别无用处。"尚志"是做意识形态工作，"治民"是做管理工作；但在"官本位"的社会，不当官便无法发挥作用。而当官，是当皇帝的奴才。

封建社会结构便从根本上否定了士的独立性、士的文化使命及价值。无论是考八股，还是考九股，结果都一样。八股只是这种结构的必然产物、天然表征而已，是果，不是因。

至于八股取士法是一种"择劣机制"，不但早已被古之贤者说透，也被中华人民共和国成立以来的《儒林外史》《聊斋志异》的研究家们说透了，成了"现成话"。八股制的历史后果，早已被近代思想家、文学家们指控得体无完肤，专门汇辑这方面的言论类编，要比《儒林外史》的字数多几倍。

即使不说对社会发展的致命损伤，仅就一己性命的适意、自在而言，"这个法也定的不好"。中国有句话，叫"自在不成人，成人不自在"。夸张地说，这囊括了中国两大思想主脉：儒家主张成人，道家主张自在；庄周"终生不仕，以快吾志"，是求"自在"；孔子克己复礼，以仁为己任，是要"成人"。可惜，八股法要求"代圣贤立言"，使后儒成为貌似儒而非儒的诸色士人，既未"成人"也不得"自在"。向平民、全民开放仕路，固然实在是功德无量，但也是"宋（送）江"——白掏。终日"揣摩"，终手于三场，题名在两榜，可谓"智多星"，然而"吴（无）用"。

五百年一贯制的巨大而全面的浪费，是损人利己的残酷做法。为求一姓政权的长治久安，断送了成千上万人的头脑。

也许人有的是时间，但对每一个人来说，却"只有一个人生"。一个无法不浪费生命的社会，是个既不科学，更不人道，也无希望的社会。因为总体在浪费个体，个体又拖累着总体。

第四章 "名士"风流

士风日下

在社会中，人的人生态度往往各异：有人千里求官赶科举，有人星夜辞官去，末世之秋，尤有"奇观"出。《儒林外史》中的"名士"们从外观看够得上"世纪末文人"的称号，实质上，却更多揭示出古代文人的生存特征。多数文士都与"假名士"在人生样态上同构，而尤以明清文士为烈。

中国古史上"世纪末"好几次了，最突出的例子就是魏晋间文人的境遇及心态。所谓的世纪末，是指改朝换代时裹挟着文化传统的危机。汉代独尊儒术，汉之循吏，言传身教，传播着、确立了儒家文化，三代之礼乐传统从而绵绵不绝，衍生成深入人心的"传统"。然而，东汉末始，百年混战，有曹操这样的雄杰之士了，他所提倡的重才轻德的用人政策，是与门阀贵族们的原则相抗衡的新价值观念（详见陈寅恪先生《隋唐制度渊源略论稿》中的有关论述）。政权与文化传统同时经受着考验。"世纪末"心态在那些名士们的"变态"行迹中表现得淋漓尽致。正因有这个传统在，东汉改朝易姓，亡国了，而天下未亡，中国统一的观念并未随之而去，因此下面仍有隋、唐的继起。但是，罗马帝国崩溃之后，欧洲便再也没有看到第二度的统一了，"所谓'神圣罗马帝国'不过一个空壳子而已"（余英时《士与中国文化》）。

元代的出现，文化圈中又"世纪末"了一回。若说杂剧中表现得还不太充分，则在直抒胸臆的散曲中表现得酣畅淋漓。元代汉族文人的"世纪末"情绪是因为他们遭逢了全军覆没的大失败。

失败可以分为若干细目：功利性的失势、意识性的失意、心理性的失落。事实性的失势使文人瑟缩一隅、牢骚满腹；意识性的失意，使他们对景不乐，深感世界之滋味与嚼蜡同；心理上的失落，则是文士失掉传统的支撑，再也找不到价值标准，没有了价值取向的依据，又不能窥见新文化黎明，恐怕是发生在他们身上最后、也是最致命的一次掠夺。这当然根源于社会，是社会之乱七八糟，用十几年的时间就将几千年强力筑成的传统摧残得满目疮痍。

《荐福碑·油葫芦》云："则这断简残编孔圣书，常则是养蠹鱼。我去这六经中枉下了死工夫。冻杀我也《论语》篇、《孟子》解、《毛诗》注，饿杀我也《尚书》云、《周易》传、《春秋》疏……"

我们从中不能看出文士所担荷的传统破落后的窘迫吗？本来，传统文化对社会的约束、引导作用主要通过文士去发挥、去普及、去延续的。马上得天下的统治者让文人失了业，意识形态的良性作用便无由发挥。事实上，全社会意识形态紊乱是元代迅速灭亡的一个原因，没有了有效地起精神治疗作用的意识形态，压抑得不到释放和疏导，是天下终于大乱的心理基础。文人承担无传统的失落感倒是其次的事情，尽管这对文人来说是最苦不可言的打击。"夕阳西下，断肠人在天涯"不是最标准的苦儿流浪记吗？漂泊游子所承受的不是最痛苦的无家可归的孤弱无依的悲伤吗？失去精神上的根，无论是放逐还是自逐，无论是在田园还是在官场，心中都空空荡荡。

相比之下，《儒林外史》中假名士们因没有具体的家国大恨，倒显出了文化自身的特性。科举之愚人梯摆在他们面前，比元代文人幸运多了，但他们偏不去爬，也有跌了跤再也不爬的，一律以不屑为之的高姿态出现。正逢四海一家、物丰人美之盛世，他们偏偏找不到自己的岗位。去敬德修业、写藏之名山的大作吧，他们又不学无术，又不想学而有术，却又专以名豪自居。那就做个趋善自重的朴诚君子，日日"慎独"、三省吾身，在"内圣"路线上踏实前进吧，他们却趋名利、好虚荣、浮华轻薄，莫说根性，普通德行亦几稀。然而，他们是文化人，他们是大名士。下文将选举一二人物为例，展开分析。

风流乡愿

第一位亮相的名士是季苇萧，这不是因为他名气大，而恰是因为他不够大，因普通而可见普遍。另一个原因是他比其他名士乡愿气味浓厚。虽孔子力斥"乡愿，德之贼矣"，但后儒们常被烈士仁人视为乡愿。名士近道家，但儒道两家从最俗处看均有相通处。

是真名士，还是假名士？认真分辨起来，其间的分野又是相当模糊的。

《儒林外史》中那些如过江之鲫的假名士都认为自己是名动一方的大名士，没有一个持谦虚谨慎的态度，而且他们彼此之间都慷慨互赠大名士封号。如季苇萧封辛东之、金寓刘"二位是扬州大名士"，转眼辛东之又向季苇萧介绍了两个：来霞士、郭铁笔。这后两位又像所有的名士一样不满现状，一肚皮牢骚："我们同在这个俗地方，人全不知道敬重。"（《儒林外史》第二十八回）好像他们到了雅地方，人们就能识货了。他们似乎还真承受着不被理解的苦闷。连真名士如杜少卿，不但小说中人物直接将他与娄三、娄四等量齐观，后人也有如此认为的。因为杜少卿与他们在不择人交、甘当大老倌等方面都有相同之处。在才情见识方面，慎卿与少卿也无一目了然的区别。所以，与二杜同好的季苇萧，人又聪明伶俐，不乏隽语，不当八股奴才，不满口相与天下权贵，比景兰江、杨执中等多出许多才情，几乎可视为真名士了。

　　然而，季苇萧是一个从头到尾充满了"帮衬智慧"的揩油士。油滑浮薄，胸无定则，更谈不上什么是非曲直。他的才情成全了他随机主义的节节胜利，譬如，停妻娶妻是封建道德、法律也不容忍的罪过，他却把它串演成"清风明月常如此，才子佳人信有之"的潇洒风流戏，毫无顾忌地入赘扬州。他到南京，与杜少卿刚见面，便"豪迈"地提出"这买河房的钱，就出在你"（《儒林外史》第三十三回）。这使人想起《金瓶梅》中的应伯爵来。而且他既然与杜少卿如此一见如故、同气相求，当高侍读诋毁杜少卿时，就该仗义执言，或至少分辩几句，他却默然认之。过后迟衡山论析此事，想替杜少卿挽回点影响，他更是一派无是非的乖巧相："总不必管他。他河房里有趣，我们几个人明日一齐到他家，叫他买酒给我们吃！"（《儒林外史》第三十四回）这种乖巧不正是乡愿道德与名士习气的合成吗？这种风流乡愿能占尽天下所有便宜！见利则毅然前往，见害则避之唯恐不速，是司空见惯的"反中庸"人品。固然比杀人、害人的反中庸分子柔善些，但这种人也永远无法充当"社会的良心、人类的理性"，他们既不可能构成任何一种政体的良好的社会基础，更不可能成为变革现实的催化剂。解剖这种人的行为模式，当有助于分析那些未能由士而仕者的文化与行为之间的谜团。

　　就道德而言，最笼统的判词便是：无根性。像这类风流乡愿，绝不是什么标准儒生。他们可能压根就没有真正相信过儒家经典文献，他们受到的文化环境的影响，简言之就是"中庸"变成了"乡愿"的那一套东西。他们受到的社会环境的影响，便是如何风流、舒服、痛快。跟他们要道德根性、价值标准，那简直像跟乞丐要黄金一样。他们所秉持的文化没有分明的内容，只有方法论特征——极端实用主义。这也就使他们的行为无往而不合于圣道了，至少他们的内心是这样认为，绝没有"道"与"势"断裂的痛苦或理想与现实相抵牾的紧张、焦虑。

这种文化、道德上的特性，当然有"唯物"因素的基础：别看季苇萧们是会之乎者也的"士"，但在社会结构中却是无业游民。那个社会没有给他们摆碗现成饭，那个宗法制农业社会，以停滞为特征，以不强调社会活力为特色，所以不会吸附、利用这类"流动人力资源"。情形很分明：要么考取，当官去；要么有地，当地主；要么经商，去挣钱。这三条道上都挤满了人，第一条道是专为文化、行政事业而设的，但名额有限，孙山后边人更多，而且走了第一条道，如不是个现成地主的话，那便只能接受社会的随机性雕塑了。季苇萧一度有个不错的营生：荀玫让他管瓜州关税，使他有了重婚的本钱。无奈荀玫犯事被摘了官，皮之不存，毛将焉附。季苇萧来到南京，他其实是个"此刻不知下刻命"的漂泊者，却过着诗酒风流的小日子。靠的是什么？社交。社交本是有职业者的副业，却成了这类无业文人的职业。季苇萧的才情文名远达不到庄征君、杜少卿那种卖文为生的水平，他的书法不能像辛东之那样卖大钱，还不如郭铁笔有一技养身。季苇萧的那碗现成饭，都谋于"社交"中，让杜少卿给他出房钱即是一例。他们也想得开，利不求大，只要能有饭吃；名不要高，成个地方性名人即可。谁的饭都可以吃，跟谁在一起吃都可以，虽不能随心所欲，却做到了随机应变，本没有什么规矩可守或可逾。就其社交而言，附荀玫、会杜慎卿、依杜少卿，一派"奔走道途，又得无端聚会"的气象。

聚会当中，季苇萧加入的只能算是一张嘴，既算投资——说话逗乐主人和众人，也算取利——吃饱肚子。他语言俏皮，油滑生动，是个插科打诨的高手，常有一语生风的效果。他具有良好的帮衬角色意识，所以他不去争主讲，而是善于引发主人讲，譬如说，第三十回杜少卿说诗那一段，在这一著名段落中，能看清文人聚会——大而言之中国沙龙文人们的"以文会友"的"精神"实况。季苇萧一行来到少卿家，即开门见山："不是吃茶的事，我们今日要酒。"杜少卿依然大老官姿态："这个自然，且闲谈着。"迟衡山要请教"吾兄说《诗》大旨"，是纯儒的关怀；萧伯泉问"先生说的可单是拟题"，是选家口气；马二先生道"想是在《永乐大全》上说下来的"，则显然是只会读《纲鉴》的水平。季劝少卿娶个标致有才情的如君，引发少卿又讲了一篇不许纳妾的"风流经济"，最后酒足人散。

战国时期，策士们的四处游说是一种"话语权"；两汉清议、明末社党中的党人议论别是一种"话语权"；就是魏晋的清谈，也是"微言一克"。偏偏《儒林外史》中的士子们，除了贤人偶有正声，奇人发些"怪论"，剩下的都是"废话一吨"。给季苇萧们的"闲谈"一个存在论的解释，便是"此在的沉沦"。他们以闲谈为主要形式的社交暨文化交流，并不妨碍他们进入那个被他们反复嘲讽的世俗社会，反倒是大开了方便之门。就某种意义讲，《儒林外史》就是写了文人的闲谈。如果说语言是存在的家园，他们在话语世界谁也没有失败，谁也不会失败。因为那些无业文人和有业无聊、有官位无根性、有钱无耻的诸色人等只是在吹牛撒谎、插科打诨、胡枝扯叶，所谓闲谈便是他们与世界发生牵连的基本样式。所以，他们是被自己的话语封闭了起来。这种封闭却是以交往、交流为形式的，虽然没有断根，却从存在的根基上被拔了根。他们相互之间培养着漫无差别的理解力，却都拥有着被平均解释状态的自明与自信，不再承担领会真实地去领会的任务。恭维别人以换取回赠，于是其乐融融地"玩"下去。

当然，季苇萧的插科打诨绝不同于豪门拍马者那类人。不过，没听见他骂过谁，他倒是逢人便恭维"慷慨仗语"，不假辞色。这里举出季苇萧从心里钦佩，但毕竟也是恭维的一例，这便是初见杜慎卿时，季苇萧说："小弟虽年少，浪游江浙，阅人多矣，从不曾见先生珠辉玉映，真乃天上仙班。今对着先生，小弟亦是神仙中人了。"（《儒林外史》第二十九回）因季苇萧有论证色彩，感情上也很投入，所以显得文情并茂，遮掩了肉麻色彩，应了杜慎卿对季苇萧诗作的评价："才情是有些的。"二人是一见如故，极其投合。玩兴、玩法也是息息相通。杜慎卿是假名士中的佼佼者，深于文辞，富有才情，非斗方诸公能比，也厌恶开口纱帽、闭口状元之类的恶谈。这些方面，季苇萧也都胜过包围着杜慎卿的其他人，所以，二人能"谈心"，讨论些"山水之好""丝竹之好"，最后落到"情"字上，季苇萧也是个开口才子佳人、闭口及时行乐的人。于是，季苇萧投其所好，又是"耍他一耍"，以揩油士的二丑艺术导演了慎卿与来霞士的"高会"。在新奇就是不俗的假名士眼中，季苇萧的策划给了"满斛愁肠"的杜慎卿开心一笑。于是，二人策划品题戏子的"玩法"，差点把季苇萧"乐死"！也与贤人与真名士策划的大祭泰伯祠构成一种象征性的对比：两类人，两种活法。要从追求人生之"趣"上讲，季苇萧辈活得的确有趣，但他们只是玩主。

季苇萧初见杜少卿便说："少卿兄挥金如土，为什么躲在家里，不拿来这里，我们大家玩玩？"（《儒林外史》第二十三回）这个以玩为主、兼学别样的乖人，无往不玩。季苇萧在"玩性格"这一点与杜慎卿真是知己，与杜少卿也相合，但毕竟不是同类人，没有杜少卿那种文化性的苦闷和强硬的个人主义气息。当然，季苇萧也去参加了大祭，而且在服务人员中领衔，因为他后边是金东崖、季恬逸、臧荼之流。所以，季苇萧当个名士也是有片面道理的。

季苇萧生活得如鱼得水，以游民活法过着中等生活，优游自在，生活在闲暇中。他的时间可以说都是自由时间。然而，他身上并没有什么自由性，因为他已不把创造当作生命的本质，他也不把责任视为生命的意义。当然，那个社会早已安于停滞不前，已经逻辑地取消了"创造""责任"这一类严肃问题。社会已荒诞，个中人安能不滑稽？他作为一个喜剧人物，也许不符合已有的定义。他身上没有特殊的邪恶与愚蠢，他的形式和本质也没有什么对立性的矛盾，甚至可以说，他不具有分裂性人格。他没有"士不遇"的悲慨，这不是他觉醒了，而是士的属性发生了变化。其他如什么独立不移、淡泊自守、洁身自好、腹有实学这些古士君子风，更与他绝缘。

平心而论，季苇萧并不令人讨厌，既无学究气，也无进士气；既不呆，也不迂，更不腐，但他缺乏一种气，笼统地说便是文天祥认为充塞于天地人寰的正气。季苇萧不愿意有，官方也不再养这种气。礼乐兵农那一套贤人政治是理想，功名富贵这一套坏人心性的是现实，季苇萧既不能发达中了去，又身无长技，还要温饱、发展，搅在食利与劳力两阶层中间，不许他插科打诨，谁给他碗"现成饭"？何况他还是个耽溺于文化生活及业余文化生活的文人。

认真的都痛苦，行动的都倒霉，季苇萧回头是岸，一不认真，二不行动，怡然自乐，什么诚则明、明则诚，参天地、赞化育之类都与这类自乐人无涉。可能只有林语堂先生会公开认为这种"风流士"理解、掌握了"生命的真谛"的"生活的艺术"："七情生活协调！"林语堂主张的生活艺术，只是把多余人的生活方式理论化、"理由化"罢了。季苇萧似乎以嘲弄的文笔对世人说："无所事事，当名士不亦乐乎？"你们看看《儒林外史》中有几个干正经事的？谁又能干成？

吴敬梓，给以弄文学为借口的混世虫立了牌坊：他那些俏皮话为可怜的死屋居民展现了一抹天际。

吴敬梓，这个中国的果戈理也似乎在同样地说："生活在这个世界上最无聊的，先生们！"

我们说季苇萧是"风流乡愿"，因为他是个儒道杂交者，又是个未成系统，什么也不是的人物。作为偏重的典型，他绝无资格，但这类"什么也不是"的读书人，在明清两代却遍地皆是，写出这类士人的典型确实是吴敬梓及其《儒林外史》的一大贡献。

众所周知，战国时期，士可以游动于诸侯之间，在各国的政治竞赛、军事竞赛、外交折冲中，的确有一种"得士者昌，失士者亡"的情况，《战国策》有着生动的记载。这可视为一种结构性的模式。每当一姓一统濒临破裂之际，都重演一遍。王莽因得到士人、士族的支持而起，也因失去他们的支持而灭；刘秀士人出身，依靠赢得士人、士族的支持而成为"光武帝"。东汉末，三国征战，此特征尤为明显，袁绍以"四世三公"人望收养了不少北方名士；孙策则积极笼络江东俊才（张绍、鲁肃、周瑜）；曹操以"周公吐哺""唯才是举"的开放政策吸附了最多的才俊之士。缘此，也可以理解刘备何以有"三顾"之虔殷。唐代的藩镇有似小诸侯，所以士子游动的空间也相当大，政治上的抱负不至于萎缩。在幕府中充任书记者，相比季苇萧这等清客来说，那风光与景况是不可同日而语的。

宋元以后，大一统强化得有板有眼，至明而登峰，至清而造极。而社会还是简单的农业再生产，再生产的程度相当低。社会结构是处于停滞、板结状态的。"学而优则仕"早已失去了先秦时期的原意，那时期学帝王之术也好，学别的科目也好，都与社会需求息息相关。无真才实学，得不到重用。因为有严峻的现实、实践检验，无须像汉人那样专门来研究鉴察人才的学问，战争、各种竞赛就是最好的考场。学而不优，诚难仕。世袭制瓦解了，讲究门阀，不用真人才，是要亡国的。让他专靠门阀特权人士垄断仕路，他也不干。所以，才有那么多布衣卿相、那么多"朝为田舍郎，暮登天子堂"的传奇故事。而在大一统之太平年代，再强调选拔贤才，也是一句漂亮话。前面引王符《潜夫论》就是明证。明清强化科举仕途，将读书与做官的联系强化到了荒谬的程度。因为，官方认可的"优"，首先是以满足君主的要求、适合君主的口味为标准的，说白了是奴才而已。此意上文已多方论及，现在的重点要说的是这种制度，将士子—官僚—地主三者形成了一个有机的生态循环圈。这个生态循环圈把社会的经济、政治、文化贯穿为一体，士子再也没有独立的生存空间，也没有了可以流动的余地，所以，问题变得相当醒目：要么用八股砖敲开这条环形路的路口，要么便在市井乡村游荡。

上章已说过，八股士"其实什么也不是"。现在，通过季苇萧这个典型人物，我们可做初步的判断，这类加不进那个生态圈的人同样也是个"什么也不是"。八股士、假名士，若还能用圣人的士定义来反思，他们若还有点不自欺的诚实的话，他们应该说："我们不是士！"

隋唐兴科举，还有具体的针对性：用以瓦解门阀士族势力。明清兴八股科举，则以瓦解士道、将士变成"什么也不是"为旨归。

韩非的《说难》，已令司马迁生古今同叹；王符的《贤难》比韩非观察得更深入，论述的层次、范围更高更广，然而还是"寡头"的士子难有作为论；吴敬梓的《儒林外史》是全方位的"士难"。无论贤与不肖，统统地奔向"什么也不是"的境地。

"太宗皇帝真长策，赚得英雄尽白头"（《唐摭言》卷一）。这还只是说了"主战场"的战绩，"副战场"——那个"三点一周"的生态圈外还有许多季芊萧。周进、范进白了头，这边的头发也是"落的个一片白茫茫"。

这些不讲举业的假名士，似乎跳出了如来手心，但一统之法比佛法还广大无边。他们走的道路及"什么也不是"的状态，也在皇家"预计"中，也是皇家相当满意的状态：八股士之有聊无用，假名士之无聊无用，都是"保国"的要着。若遍地都是顾（亭林）、张（岱）、黄（梨州）、王（船山），或蒲（松龄）、吴（敬梓）、曹（雪芹），那"天下"可保，而"国"则必危。

这不是故作凿空之论。莫说假名士非但没有忘怀功名，就是他们真能弃绝功名，同样是用"功名富贵"来异化文化和政治制度的牺牲品。以诗赋取士也好，经义也罢，八股更不用说了，这条路子本身就是以"利"来瓦解"义"的。它似乎在用嘲讽的目光盯着那些芸芸士众。跟着我走，有名有利；不跟着我走，不饿死也终身贱且苦。连《〈明史·儒林传〉序》这种严肃的官方声音都喊出：八股兴而经义亡。遑论顾炎武、张岱等卫道者的抗议了。也就是说，八股作为教育法，取消了士子"通古今、辨然否"的士子要素，作为人事法，又取消了士子"志于道"这个大前提。不讲举业的假名士，也逃不出这个世界了。他们可以不讲举业，但举业"讲"了他们，"讲"得他们空空荡荡，再聪明也从社会中找不着实实在在的依托。

进而言之，他们标榜反对科举，正说明他们与科举的"对待关系"是同一地平线上的相反相成的"冤家"。他们反科举的基点,并不高级,素被人称引的"士士好,名士好"的"旗亭辩论"(《儒林外史》第十七回)即是显例。那个好的支点,就是在名与利中挑一个。他们可爱之处在于,不像假道学那样唱高调,他们说了全社会平均水平的真心话。真诚地"志于道"的士从来就是"创造的少数"。

这样说,绝无开脱季苇萧们的意思,只是为从一个"彻底的一元论"角度多讨论一下制度的作用。吴敬梓深刻地观察出:制度、士人各有责任,都有毛病,绝不用甲开脱乙、用乙开脱甲。事实上,社会与人性都是永远也会有问题的。莱蒙·那芙在伏尔泰《哲学通信》的序中,概括蒙旦涅和帕斯卡尔:"他们两个人对于社会的看法很稀奇地获得一致,两人全都看不起社会,不相信社会是可以改善的,而是认为社会的那些不合理的缺点是我们天性中的必然现象。"吴敬梓跟他们略有不同,相信社会是可以改善的,至少从理念上相信,也觉得应该相信——尽管《儒林外史》中的人物结局是不了了之,全书是在悲凉的氛围中收束。

另外,季苇萧这个形象的原型李啸村的真实境遇(详见李汉秋《儒林外史研究资料》),回答了即使士子德智水平比季苇萧们好一些,依然是个"什么也不是"的问题。《怀宁县志》卷十九说他:

> 生而颖异,总角应童子试,辄冠一军。诗叉手立成,如不经意,而新警隽拔,无一字拾人牙慧。督学俞公接皖,试《春江诗》,笔不停挥成七言律三十首,俞大惊,有国士之目。客游金陵、维扬间数十年,当道重其才,争礼之,然卒落拓无所遇。亦不以非分干人。雍正乙卯试博学鸿词,两淮都转卢氏见曾以勉名荐,为学使者放归。乾

隆辛未上南巡,召试,赐官缎及内造针黹等物。登燕子矶,绝句云:"年年高卧非关懒,许大江南没处飞。"盖自伤老且穷也。

李啸村作诗敏捷,却正逢"当今天子重文章"(周进语)的年头,"久试不售",理固宜然。"不以非分干人"本是儒风,却被"放归"。"非关懒""没处飞",何等凄切,又是多么沉痛的抗议!

吴敬梓与李啸材私交颇深,相知亦契(见《寄李啸村四道》等诗词),何以不突出其"思原无敌"的才具、"飘零身世同秋雁"的境遇,却写出了个季苇萧呢?除了别的可以想见的原因,大概主要是为了突出"什么也不是"这个更为深邃的本质。杨绛说《围城》中那个哲学家褚慎明的原型与作者本是个交谊不错的亲戚。吴敬梓和钱锺书毕竟都是伟大的文人思想家型的作家,当他们执笔为士子作"心史"时,起支配作用的就不再是"小我"私情。原型只是来自生活的暗示、诱发点,伟大作品要写的是"类本质":至少明清以后的多数士子是缺乏主体意识的,至少季苇萧、褚慎明这样的假名士绝对缺乏主体意识。

儒道两脉四流

如果说晚明谈心性、放浪形骸的士子风貌，还算是"魏晋风度"的话，尚不失为一次套版翻刻，那迨至清际季苇萧等人的名士生活，便是面目模糊的劣质复印件了。马克思描述历史现象惊人地相似时说："第一次是悲剧，第二次是喜剧。"（《路易·波拿巴的雾月十八日》）我们于此似乎可以说：第三次便不是剧了。

倒不是没有了必然性，而是主体本已丧失了主体性。那个必然性，因多次循环，已显得陈迹斑斑，主体性若扩大、增值，犹有悲壮风情，至少还是个"剧"。然而，士子群体觉悟这个历史的必然要求，却不能作胎结果，士人的主体性因失血过甚、多次流产，遂成龚自珍说的"蒿人"（见龚诗《人草稿》）。揆之历史也是如此，清末的情形不同于明末。明末"保天下"的士子是尚气节，先进的士人都是抗清复明的志士仁人。到了清末，提起这个结构的是民粹派：在野的义和团、在位的保守派官僚，"保天下"遂变成了"保国"。而真正先进的士人，则走上立宪维新的真正的"保天下"之途。士所志之道，发生了历史性变迁，国剧换了剧种了。俟康梁转而尊孔保皇时，他们已失去了代表先进士人的资格，沦为逆历史潮流的喜剧角色。等大洋务派强调"杀身成仁"时，则已不是"剧"了。这已经由士道而政道——貌似走题，其实才真正地切入了正题。因为在行政立国的权力社会中，政治是无处不在的"生命线"，士子的命运与状态未尝须臾摆开过：即使是要摆开的，也正说明粘着。

余英时先生高度评价汉之循吏传播文化的历史功绩（详见其《士与中国文化·汉代循吏与文化传播》），值秦之酷政之后，礼乐传统、仁政思想对于国人来说，应是阳光雨露。但是，一祖之法无不弊，东汉末与魏、晋人对于名实不相符的倒错现象、心口不统一的礼法之士的仇恨与蔑视，又不能说是毫无来由、毫无道理的。这当然是两回事，但何以循吏退位渐至于稀且无呢？韩非子笑儒家守株待兔，良有以也。反正儒家使徒确立的名教之治失去了征服人心的作用，则是显而易见的。战争打击着制度，被称为"正始之音"的新道家主义文化清流，逐渐地乘风应运蔚成大观，猛烈地冲击了"名教"观念。从历史形态上说，远不如战国时期的那场"礼崩乐坏"有规模，但毕竟深入了。关于人自身的觉悟提高了，理论、思想上的成果，至少在这一方面取得空前乃至绝后的成绩，一千六百多年过去后才有了五四运动，但性质已变。士不叫士，而叫知识分子了。

在这股清流之前，还有令人尊敬的另一股清流，即逐渐结党联合干政的东汉士子。前者俗称为"清谈"，一直是个贬义词；后者叫"清议"，一直是个褒义词。前者想摆开政治、名利的束缚，去寻找自然、舒展；后者则是"以天下为己任"，直接干政议政，顾炎武在《日知录》卷十七"两汉风俗"条中将之形容为"依仁蹈义，舍命不渝，风雨如晦，鸡鸣不已"。直接抗击浊流的是这股清流，能够超越浊流的却是前股清谈之流。

这就出现一个极醒目却又需分辨的"两脉四流"。所谓"两脉"，即儒道两脉。儒成正宗后，汉代人便积极地来"通经致用"，以治学为干禄之具，士人骤增，重利者甚夥。当然，只是仰禄之士，一如明清之八股士。这类士，重利轻义、趋炎附势，毫无操守可言。他们与"富而甚无知"的外戚宦官这股浊流，性近相染，遂成儒门之中的浊流。儒学一脉之中，起而抗击者，最后被禁锢了的太学党人，则是清流。一脉之中缘趋利还为两流。正始及以后以道家思想为基座的清谈名士，也并不是清一色的清流，还不是指个性上的五花八门。就大节而论，亦有坚持独立性、不跟着感觉走的护持个性人格尊严的真名士，更有插科打诨、曳裾王门的假名士，这便是儒家一脉中的清浊二流。

风流侏儒

在过去评点家笔下，杜慎卿的形象要比杜少卿光辉得多。很有水平的卧闲草堂本评点者，居然也做出这种不恰当的臧否："慎卿纯是一团慷爽气，少卿是一个呆串皮。"且不说评价的标准本身有问题，这显示出他与杜慎卿有同样的习气；退一步说，就是贴金也没贴对地方。公允正直的人实难看出杜慎卿的"慷爽气"表现在哪里。韦四说得好："慎卿虽是个雅人，我还嫌他尚带着些姑娘气，少卿是个豪杰。"（《儒林外史》第三十一回）如果说性格就是以行为为基础的人生姿态的话，那杜慎卿的人生姿态即用夸张的、风雅的庸俗来掩饰、代替平凡的庸俗。

尽管杜慎卿有些才情、有些知识，但他同样和流品中许多愚蠢伪妄者一起生活在无聊之中。他所做的事情，没有一件是应该做的。他主要是依靠一些无意义的交往与闲谈来混时间，并经此使他的日子稍微过得有点意思。他的一生，既没有遭受巨大的失败，也没有有价值的痛苦。他的最大的不可排解的痛苦是找不到一个"知心情人"。"假使天下有这样一个人，又与我同生同死，小弟也不得这样多愁善病！只为缘悭分浅，遇不着一个知己，所以对月伤怀，临风洒泪。"杜慎卿俨然是林黛玉的先驱，该称他"林姐姐"了。连俗不可耐、穷极无聊的季苇萧居然都有了嘲笑他的资格，"他已经着了魔，待我且耍他一耍"。居然像孙悟空捉弄猪八戒一般，让杜慎卿得会一个肥胖油黑，还有满腮胡须的"妙人"。这种意外的"逆转"，使读者看清了慎卿"万斛愁肠，一身侠骨"的"慷爽气"的全部内容不过是对"男风"的情意痴迷罢了。然而，杜慎卿还说季苇萧"做得不俗"，所以饶他一顿肥打。可见他们追求的"不俗"是些什么货色。至于他那前庭骂女人臭，后门又纳妾的具有讽刺性的对比行为，在他来说，那是相当自然的小事一桩了。他根本意识不到自己在暴露着自己。对吴敬梓来说，却是进行着极成功的不露痕迹的"自然讽刺"；对杜慎卿来说，是判了死刑了。他的"才而跳荡""轻世傲俗"，只是以一种俗气傲视另一种俗气——他已经失去了觉醒的可能。

《儒林外史》提供了测试人生价值和人生态度的光谱，像叙述大多数没有文行的人一样，也揭示了杜慎卿生存的无价值性。杜慎卿几乎除了自赏风流外就是风流自赏。吃一口板鸭呕吐了半日，尽管有些议论"才情是有的"，他依然生活在没有任何价值根据的浮沫中。他身上没有道德反省的焦灼，也没有淑世悲怨，他做的唯一大事，就是满有"慷爽气"地在莫愁湖"选美"，标榜优伶。这是显示他"情绪极点"的大事、大会、美谈、佳话。他一直都显示着一副县长贵妇人的慵懒气，唯有找来霞士和举办莫愁湖大会表现出了难得的激情。看来这是体现他的生命需求、人生目的的壮举了。然而，其意义呢，固然不敢以无意义一笔抹杀，因为它提供了古时文人养妓玩戏子的"文雅"史料。如果说"二进"诉说了那个社会"锢智慧"的功德；匡二、牛浦等的人生历程揭明那个社会"坏心术"的奥妙；那么，在杜慎卿的风流之举中则报道了那个社会"滋游手"的事实。

杜慎卿的慵懒自负的名士气，是他人生没有目的的证明。他摇摆于科举道路与名士风流之间。中了去，则为官。他虽于此道不甚热衷，不会为此贡献他全部的"万斛愁肠，一身侠骨"，但还是将此作为前途。一个"诗赋卷首"的胜利，成就了他"江南名士"的荣誉。历经风流的漂泊，他最终还是选择了进京做官。我们可以相信，不中，他也不会撞号板。他有足够的祖遗财产供他继续"玩"于诗酒风流的世界中。在名士谱中杜慎卿是入流的，是可以及格的。与娄家公子、景兰江等假名士不同，杜慎卿有几分才气和见识，评说政史、诗文，足以使萧金铉那号名士"透身冰冷"。吴敬梓对这位"堂兄"的才华还是承认的，也便借他之口表述一下自己的见解。尽管如此，要为一代读书人进行灵魂检讨的吴敬梓还是写出了这位潇洒风流的"名士"生存在无根据、无目的中的空虚、无聊。吴敬梓赏识其"文"，鄙视其"行"。在《儒林外史》这道德的"情境"中，杜慎卿那"面如敷粉，眼若点漆，温恭尔雅，飘然有神仙之概"的形象绝不比满脸皱纹的秦老、牛老、卜老等无"文"有"行"之人光辉、有价值。

随着长篇的人生画卷的展开，我们渐渐看懂了"才而跳荡"的杜慎卿之所以无聊、无根、无目的，是因为他不能像杜少卿那样与贤人发生精神上的呼应、沟通，缺乏社会历史责任；又没有唐伯虎等明代才子的个性解放的冲动，只有与现实不矛盾的怡然自得的风流自赏。杜慎卿既失去了社会总体，也失去了自我真情。从思想史的高度来看，他勉强算个中国的"消极多余人"吧。

杜慎卿的性格，可以说是一种"玩性格"，呼吸、含茹了中国"乐感文化"之精髓的玩性格。"进"亦玩，"退"亦玩，广接四方宾客、清谈酣醉、流连风光、吟诗作文是玩，寻找男风、纳妾选美是玩，玩别人也在玩自己。雅得俗，俗得雅，以庸俗为浪漫是他的总账。没有自觉的道德意识，便简化了他的心理。他在自我满足的虚荣中过着无聊的生活，他兼有闲得发腻的纨绔子弟与搔首弄姿的斗方诗人的恶俗和造作。他固然没有兽行，也没有多少恶德，若在明清间的"才子佳人"小说作家笔下，他会更加风流多情。不幸得很，他撞上了具有强烈道德感、要进行空前严峻的人生价值反省的吴敬梓，于是他的风流多情便显出了男人故作女态的样子。"在太阳地里看见自己的影子，徘徊了大半日"，是他自作多情、缺乏豪情的风流文雅代表性的镜头！

上面的分析已给杜慎卿定了性：系假名士、清谈派浊流之属。但他不同于附庸风雅、胸无点墨之徒，是敏感而有才思的。闲斋老人说"慎卿连日对此等人（萧金铉、季恬逸、诸葛天申），可谓不得意之极"（《儒林外史》第二十九回总评），可谓知人之语。从这评语中亦可感受到一般晋人品藻人物的情调与气氛。中国的这类士人几千年一以贯之地生活在"闲谈"之中。

如果清谈误国论是专指掌权的显宦，那当是要批判他们的本末倒置、不切实际。如果是批判一种世风、士风，便是同时揭露了制度与士种两方面的弊病：制度尚"无为"，士种无所为。因为"有为"乃找死的别名。《儒林外史》中的萧云仙，有为有余，全面推行了贤人政治，国防、农田水利基本建设、精神文明一齐抓，但结果呢，还是被炒了鱿鱼。道家那一系列自保性的思路、言论，之所以那么深入人心、浸入历史，以至鲁迅认为中国文化的根底在道家，就是因为专制政体日日上演着如此收拾有为之士的荒诞剧。而且，道家不仅教诲着"被治"的人们去虚静无为，更教导着"治者"如何去使更多的人"无为"。精确地说，《庄子》之超越哲学是教"治者"用"不活"去对抗死,《老子》这部阴谋大全,是教"治者"如何去做到"你死我活"。

魏晋名士之所以深邃、沉郁而有睿智,除了文化水准(如当时没有八股教育这种浩劫)的原因,关键是他们身当乱世,处在"临渊状态"中。而《儒林外史》中的假名士则生逢所谓"盛世",看不见问题,故快乐得像豚犬。好在八股化的教育,也不开发这方面的智性。结果却是只能以粗糙、鄙俗的形式表现那未经"教化"的原始情绪。假名士种种滥俗行径难以遍举,杜慎卿生活在他们当中,还真是"不得意至极"。他跟他们"闲谈"是"逆差贸易",领略不到与旗鼓相当的对手的谈话的精神享受。于是,杜慎卿去"太阳地里看见自己的影子,徘徊了大半日"(《儒林外史》第二十九回)。他在娶王留歌之姊后,不受贺、不请客,于河房之中避喧取静,除了彰其非仅为生嗣计的情欲外,还有"闲谈"之精神享受不敌此肉体快乐之意。

正始名士,一般以何晏、王弼为魁,不包括同在正始的阮籍、嵇康。阮、嵇另有"竹林名士"的专称。现在先不讨论他们之间的差异,要说的是魏晋名士,要么是高官,要么是贵戚,都直接、间接地涉迹上流社会,他们处境之显赫与险恶是同气连理的。如何晏是皇室女婿、曹爽集团的副统帅,高平陵政变中被杀;夏侯玄是曹爽的姑丈;唯嵇康不仕,以锻铁为生计,却因为他也是曹操之子曹林的孙女婿,而且吏部尚书山涛请嵇康来"自代",钟会请嵇康看《四本论》不敢进门,亦说明嵇康是居闲但并不等闲。西晋名士领袖王衍为尚书令、司徒、司空,再等而下,文章闻人、皇亲国戚、衙内、将军等,都是平民子弟难以沾边的世界。唯有"一门三鼎甲、四代六尚书"之阀阅世家的"二杜"(杜慎卿、杜少卿),作为没落贵族的后裔，差相近似。但清已大一统，与晋之小一统颇有不同，贵族的地位比晋朝逊色多了。科举制"于中有力焉"。君不见，杜慎卿不是还要捐个出身吗？二杜与季苇萧们同成了秦淮寓客，《儒林外史》中的名士由于出身也好、变故也罢，比之西晋名士有个大的阶段特色：平民化程度高了。似乎唯二娄还有几分贵族气。平民名士，就始终有个"现成饭"问题，难怪贵为宰辅公子的扬州名士胡三公子那么吝啬至极了。

当然，清代自有大名士，像王士禛、袁枚等。人口增多，名士加大一些自不待言，如去应第一次博学鸿词科的差不多都是全国性的大名士。但是，就这些真正的大名士而言，他们与魏晋名士，无论是从内在观念、风格，还是到外在的社会地位、命运，也都有了天壤之别。简言之，他们已完全失去了主动性，更别谈什么独立性了。最显而易见的，便是魏晋名士是要求主公以友处之的，即使不三顾，也得是待之来聘，尽管对大多数名士而言，也还是需要钻营、邀誉，但总体上他们活得有弹性。当然，这个弹性也因为他们有主体性。明清则大不然，他们得去应试、待选。去应鸿博科的名士，除少数暂被选中，多数都灰溜溜地泣别京师，在自己的文集中留下或明或暗的悔恨文字。他们除了选择失败、退缩是可以主动的，要选择别的就都是被动的了。即使是名震四方的大名士，怀着做帝王师的壮志或"观念幻觉"，为文作诗，但他们也没有多少活动的舞台了。又无民间办报的历史条件，他们只能长久地品尝无所作为的凄凉。明清的士子们不再讨论什么"无为"与"无不为"、"无"与"有"等话题了，实践已回答了这个问题：只有一个无所作为！从这个角度，就可理解明末及有清一代文坛上何以"悲凉之雾，遍被华林"（鲁迅《中国小说史略》）了。那是一代士人无法"自我实现"

的共同感受。文学是现实的写照，中国的批判现实主义成就辉煌时代的社会原因正在这里。

覆巢之下无完卵，区区地主名士如杜慎卿，不过尔尔；再等而下之，如自以为是大名士的那些无名之士，则更无前途或曙光可言。但是上帝造物很公平，给了这些人良好的自我感觉。当然，实质上根本不是什么士了。杜慎卿尽管是"风流侏儒"，勉强有资格入"儒"之属——尽管儒士不风流，风流非儒士。

旧时的教育体制、行政体制将天下的士变成了清一色的儒士，于是，儒也就当然地复杂起来。一张大旗作皮，皮下的生物却走兽飞禽云集，颇聊可为"杂多的统一"进一注解，只是坏了儒家的门风。匡超人自称"先儒"，大名士杜慎卿不得不去走"铨选"之仕途。儒家唯一风流处即"颜巷乐陶陶"，但捧着儒经的名士们，却掀起了清风明月、才子佳人小说热。出现季苇萧式风流乡愿、杜慎卿式风流侏儒是绝对的"历史必然性"使然了。《儒林外史》第三十回"卧评"有两句很有历史感的评语："明季花案，是一部《板桥杂记》；湖亭大会，又是一部《燕兰小谱》。"这提示我们将杜慎卿、季苇萧西湖选美之举，将文人与戏子这个"戏子史"与"戏剧史"共有的"母题"联系起来，真使我们豁然开朗。从"母题"的角度说：士子认同世人、玩弄女人、自身女性化，可谓自古而然，愈演愈烈。晋之名士，不过敷粉而已，还没有用"品第花案"来出大名的。

"晋人风流"，统而言之，是一种精神解放感（参见冯友兰《中国哲学史新编》）。而《儒林外史》中假名士的风流，简言之，乃因闭塞、淤滞而显无聊。

《儒林外史》第三十回"齐评"云："慎卿之品第花案，非好色也，乃好名也。"再看其所写的过程：

杜慎卿道："我心里想做一个胜会，择一个日子，捡一个极大的地方，把这一百几十班做旦脚的都叫了来，一个人做一出戏。我和苇兄在旁边看着，记清了他们身段、模样，做个暗号，过几日评他个高下，出一个榜，把那色艺双绝的取在前列，贴在通衢……这顽法好吗？"季苇萧跳起来道："有这样妙事，何不早说！可不要把我乐死了！"（天一、二评：便宜这狗头。）

　　……

　　那些小旦，取在十名前的，他相与的大老官来看了榜，都忻忻得意，也有拉了家去吃酒的，也有买了酒在酒店里吃酒庆贺的。这个吃了酒，那个又来吃，足吃了三四天的贺酒。自此，传遍了水西门，闹动了淮清桥，这位杜十七老爷名震江南。

　　我们是应该指责这位杜十七老爷庸俗，还是应该去批评比杜老爷还庸俗的那些大老官，在水西门、淮清桥歆羡着杜爷的老爷们？杜慎卿因此种玩法而名震江南，则江南之世风可知。以此求名，则名士之风亦可知。

　　贵族宗法社会瓦解后，代之而起的是封建四民社会，士为四民之首。强调社会存在主要依靠的是"道"，人活着就是为了"证道"，至少不悖道，是个中各派学说的共识。而士人是证道、解道、弘道、传道的主要分子。士人能于贫寒困苦中"高自位置"，亦赖于这个习惯、这种信念。贵族宗法社会走向糜烂时，士人呈集团沦落状，如两晋；四民社会由于长久的停滞而趋于腐败时，士人亦呈集团沦落状，如清季。《儒林外史》算是一人独警、一叶知秋的觇萍末而知风的"风赋"了。

魏晋之际的名士属于"创造的少数",西晋虽只有五十来年,但士风变化大,东晋初稍振,而后日渐沉沦。玄学仅属于高士,多数人便徒有其表了。涂脂擦粉,旧尚犹炽,宽衣宽带,依然如故;戴高帽,着高屐,尤其是出则乘车,入则扶持,连马都不敢骑。莫说建安名士建功立业的雄风、正始名士究心政要的大略,就连竹林名士那任诞的狂豪也难乎为续。这就与《儒林外史》中的假名士相去无几了,唯一显著的差别是富与贫的差别。晋人能以奢侈斗富成名士,而《儒林外史》中的假名士都打转于孔方兄磨盘之下,强作达观,唧唧啾啾,煞是可怜可笑。

英国学者丹尼斯·哈伊写《意大利文艺复兴的历史背景》时提出一个角度,即着眼于"生活风格"的变化。我们不妨将其关于"生活风格"的定义抄下来,以资会心极远的朋友去作一隅反:

> 从某种意义讲,生活风格就是指历史上发生变化的事物,历史就是变化的事物的历史。生活风格不仅仅是涉及衣着、住房、装饰,它还包括我们对自己生活的看法,责任同兴趣的协调,我们学习的方法和学习的内容,我们祈求的方式和祈求的目的。

晋人清谈,是纯哲学思辨。学不博者,难堪此;思不捷者,难堪此;才情不深者,难堪此;口才不辩者,难堪此。不知何为果,何为因。晋人颇流行"才生善"的观念,认为大才生大善,小才生微善,不才则不善矣。总之,是一种以智育为首的教育体系,这种体系本身即以那些贵族名士们的经济自由、政治自由为前提,又转而导致了全社会意识形态上的自由化风潮，晋人能有"无君论"（详见葛洪《抱朴子·诘鲍》），良有以矣。

昔人从维护统治阶级利益角度抨击或慨叹"清谈误国"，常被反封建的人窃而用之，亦为学界的一大怪象。反封建者应为瓦解了封建统治的任何因素、力量都大唱赞歌才是，何以独歌颂从外部攻堡垒的农民起义，而不肯定从内部弄坏堡垒的误国名士？当然，清谈误国，这多是现象而已，要说原因，则更有"原因之原因"在。士子没有举足轻重的作用，清谈误国是像女色亡国论一样的"顶缸法"。那些名士若果有此等大作用，则该为之鼓与呼了。士人终于操国柄，国柄终于让士人来操，这不是中国古代史上的奇迹吗？遗憾的是见事准确、见地广阔的史学家却不这样认为，如司马光写《资治通鉴》时，除了抄引了一截裴颜的《崇有论》以示他本人的偏向外，剩下的便是宫廷政变了："卒以骄奢亡族。"

而"晋人风流"成为一代伟观，并赢得后世高才大情之士竞折腰，则是它显示出了士人最大可能的解放感，拥有了士子最充盈精微的自我意识，成了官方意识之外的士子自身的真正的"思想库"。李太白、吴敏轩（吴敬梓）均非等闲之辈，都以一腔至性云"怀抱六代情"！这个问题在分析杜少卿及其原型吴敬梓时再作深论，因为杜慎卿太巧，太善于与现实融合，故而谈不到什么真情至性。

这里且为了加强印象计，看一下明清士人的"文化渊源"：

汉末清议——"事事关心"的东林党人；

嵇、阮深情任诞——杜少卿及四奇才；

明清学晋人的末流——杜慎卿、季苇萧等人。

东林党人与东汉党人之一脉相承的风格，毋庸多言，且命运相同，作用也相类，都遭到镇压。范晔《后汉书·陈蕃传》论曰："以仁心为己任，虽道远而弥厉。及遭际会，协策窦武，自谓万世一遇也。憬憬乎伊、望之业矣！功虽不终，然其信义足以携持民心，汉世乱而不亡，百余年间，数公之力也。"顾炎武佩服范氏高论谓"可谓知间者矣"！而明亡素有亡国又亡天下之称，亦赖东林君子所弘扬的道统"携持民心"故。

以嵇、阮为代表的魏晋风度与杜少卿等的深层精神关联，是说明士子神韵的大节目，此处不必细说。

并列性推比杜慎卿、季苇萧与晋人之末流相似而去远的特征，并无多大意旨。摘录一段并不反映玄学精神的"肉体快乐论"，以与"末流"相互发明：

> 晏平仲问养生于管夷吾。管夷吾曰："肆之而已。勿壅勿阏。"晏平仲曰："其目奈何？"夷吾曰："恣耳之所欲听，恣目之所欲视，恣鼻之所欲向，恣口之所欲言，恣体之所欲安，恣意之所欲行。夫耳之所欲闻者音声，而不得听，谓之阏聪；目之所欲见者美色，而不得视，谓之阏明；鼻之所欲向者椒兰，而不得嗅，谓之阏颤；口之所欲道者是非，而不得言，谓之阏智；体之所欲安者美厚，而不得从，谓之阏适；意之所欲为者放逸，而不得行，谓之阏往。凡此诸阏，废虐之主。去废虐之主，熙熙然以俟死，一日、一月、一年、十年，吾所谓养。拘此废虐之主，录而不舍，戚戚然以至久生，百年、千年、万年，非吾所谓养。"……平仲曰："既死，岂在我哉？焚之亦可，沈之亦可，瘗之亦可，露之亦可，衣薪而弃诸沟壑亦可，衮衣绣

裳而纳诸石椁亦可，唯所遇焉。"

——《列子·杨朱》

冯友兰先生说："现在通行的《列子》这部书并不是《汉书·艺文志》所著录的那部《列子》，而是在晋朝末才出现的。"（见《中国哲学史新编》第一册）遗憾的是，《儒林外史》中的假名士中有"恣"之意，却乏"恣"之行，除了无才的原因，就是因为没钱。他们只能"恣耳"听唱戏、"恣目"去选美、"恣鼻"嗅板鸭、"恣体"纳小妾而已。

假名士没有足够的钱，尤其没有不怕死的"达"，他们是靠掏点"俗人乐"，以换兑一点"掏趁笑而已"。

哲理清谈，在他们那里变成了市井扯淡，是他们最给名士抹黑的地方。

"沙龙文人"

晋之名士聚而只是谈玄,唐宋名士聚而赋诗作词,元代文人则"粉墨登场,偶倡优而不辞"去了,明清名士们之雅集,依然是"酒会即诗会"的传统,只是重点稍有转移,为办诗会而置酒,至少《儒林外史》中的斗方诗人是如此。当然还有以揣摩时文为宗旨的文会,如王德、王仁弃孤儿寡母于不顾,前去参加的那种。谢国桢先生专门收集过明清文人结社的情况,本书讲背景、说东林时也略略言及。明代的结社勿言,清代的文社绝大多数是以揣摩、讲究制艺为基本方针的(详见谢国桢先生《明末清初的学风》)。与那种文社相对称的该是景兰江们的斗方诗会了。这便是古代中国士子沙龙的概貌,它已显示了大面积、大幅度的退化和溃疡。他们的沙龙说白了就是茶馆。

晋人清谈谈名理,宋人清谈谈性理,都有着足够的本体论、人性论的深度。明清士人"浊谈"谈八股,"清谈"谈斗方,是社会进化、文化退化,还是社会与文化都退化了呢?于此不必深究。反正,明清文士的生存空间够可怜的,不在八股朱注下,即在斗方方框中,一如明清的学士不是在汉儒肘下,就是在宋儒腋间盘旋一样。说士子的道路越走越窄,绝不是凿空之论。这毫无疑问是士子的大不幸、文化的大损伤。

如何承受这不幸、挫伤，不但区分出了"痛苦的苏格拉底"与"犬儒主义者"，而且也区分出了真假士子。假名士们优游卒岁，八股士们竞奔自甘。未中之前的范进们的痛苦绝不是苏格拉底式的。

文化人的"心理值"（荣格术语）最当紧，且看景兰江先生活得多么怡然、傲然，在渡船上读卷全力以赴："我杭城多少名士都是不讲八股的。"又是多么自豪，"各处诗选上都刻过我的诗，今已二十余年。""各处"言幅员广阔，"二十余年"言资深名久，用今天的话说便是俱有全国性影响的著名老诗人！已取得了与科举仕途中人分庭抗礼的地位。"这些发过的老先生，但到杭城，就要同我们唱和"。然后，"我的朋友胡适之"——文字至交满天下，"鲁老先生就是小弟的诗友"（齐评：鲁老最恨诗词，偏有人说是诗友）。"小弟当时联句的诗会，杨执中先生、权勿用先生、嘉兴遽骁夫，还有娄中堂两位公子三先生、四先生，都是弟的文字至交"。此公颇懂谈话艺术，特留缺憾以显真实。还有位只是神交、不曾会面的牛布衣。匡超人心目中唯一的文化名人马二先生，在景兰江的名人谱中却毫无地位："不瞒先生说，我们杭城名坛中，倒也没有他们这一派。""匡超人听罢，不胜骇然"（《儒林外史》第十七回）。

在科举制度像瘟疫一样浸透到社会的每一个角落，制造着许多啼笑皆非的悲剧的时代，这位民间诗人，如此勇毅沉雄地走上寻找诗性的浪漫之路，该是唐伯虎一类真名士的后裔了。开一头巾店，自食其力，又有自己的文化生活，至少也是荆元一流的人物。就是用儒家伦理来衡量，景兰江在道德上也没有什么亏损缺失，不搞什么损人利己的阴谋行为。景兰江与马二有点对称性，都是热心提携匡二成长的长者，代表着两条不同的道路：景兰江算斗方士，马二是八股士。然而，《儒林外史》的读者，无论古代评点家，还是当代文评家,似乎都还没有人认为景兰江是个高洁不俗的雅士。

那么,问题出在哪里?

《儒林外史》衡量士人的一个隐蔽又坚强的标准独立地凸现出来:这就是"智性"的标准。在范进等人那里,被科举制、八股教育包裹着;在匡二这种骑墙两面光的人物身上,被德行问题包裹着。衡定知识者的标准智性不能居第一,是中国的传统,一切问题都化为伦理问题。这本是"后儒固陋"之处,与"先儒"孔子的精神是相悖的。顺便说一句,吴敬梓是依据先秦儒学来批判包括后儒之理教在内的社会现象的。孔子曰:"吾不试,故艺。"(《论语》)"道之不行也,我知之矣,知(智)者过之,愚者不及也。"(《中庸》)景兰江说到底是个"愚人",显例便是这位驰骋诗坛二十余年的老将,所作也不过与匡二这个只看了一夜"诗法入门"的初学者的作品旗鼓相当。他是个手不释卷、口不离诗的勤奋作家,其水平甚凹,是智力不够,即俗之所谓"不开窍"者。

陋智焉能悟真诗之所在?陋智者哪里会有超越的羽翼?所以,景兰江只能匍匐于地,再精诚也难以开石。因为他那一点精神,由于缺乏足够的智性以突破社会平均水平,所以只能是随波逐流被"集体的意识"支配的精神。他为追觅诗性,弄垮了头巾店,不谓不真诚。但他因智性不济、学养不足,所以他是抱持着最后诗性的信念去当诗人的:诗只是借以扬名显姓、制造声望的手段。相对于八股士来说,这些斗方士只是"曲线救国"而已。诗名也是功名的一种,这一点倒真与今日之写文章为要教授、作诗为评几级作家的人士堪称"同志"。这种从功名中找价值的"价值观念",使景兰江一类从目到结果都全盘陷入虚妄之中。对诗的热爱本来是寻找自由、寻找生命的精神家园的最有生命气息的行为,却被他们糟蹋得恶臭不堪。也许诗歌并不是女神，但他们把诗歌视为"借此通声气"的出名的行为，显示出一种极为卑劣的"实用人格"。

反复看斗方名士的诗歌创作，从缝隙或背后，似乎都能概括出他们热衷雅集赋诗的内在驱动力之所在：

其一，寻求作诗的"使用价值"或曰"商品价值"。景兰江在旗亭（酒楼）关于进士好还是名士好的人生观大辩论的定音之论说得极为明白：中进士是为了名，而像赵雪斋医生这样的大名士"只怕比进士享名多哩"！让我们感动的是，他们真够浪漫的，将进士的好处仅仅限定在为名这一点上，并不代表全社会的取向，只是他们这里的重言轻利之名士的价值观。司马迁在《史记·伯夷列传》结尾引了孔子一句："孔子疾没世而名不称焉。"又引了贾谊一句："贪夫徇（殉）财，烈士徇（殉）名，夸者死权，众庶冯（凭）生。"后学小者该肃然起敬才是，无奈后学中匡二类居多，又总结了歪经验："天下还有这一种道理。"

其二，以诗会友，结成"沙龙友"，不但具有消闲拨冗、畅情悦性的功能，尤能带来明显的社会效益。景兰江向匡二介绍胡三公子的情况时说得很分明：冢宰公子失去父恃之后，便成了受欺侮的弱小者，"全亏结交了我们，相与起来，替他帮门户，才热闹起来，没人敢欺他"。诗会成了他们建立社会势利的结盟手段。诚如"齐评"所云："这是诗人作用。"在权力社会，手中这种"要诗名原是要人怕"的创作动机、结社动机，尤为令人绝望的是居然有效：

> 而今人情是势利的！倒是我这雪斋先生诗名大，府、司、院、道，现任的官员，那一个不来拜他？人只看见他大门口，今日是一把黄伞的轿子来，明日又是七八个红黑

帽子吆喝了来，那蓝伞的官不算，就不由得不怕。所以近来人看见他的轿子不过三日两日就到胡三公子家去，就疑猜三公子也有些势力。就是三公子那门首住房子的，房钱也给得爽利些。胡三公子也还知感。

此种事，胡三虽未必然，但是那个社会之必然。我们看到的是一个低文化群吓唬无文化群之景观。无文化群固然不知敬重斯文，但怕"黄伞""红黑帽子"。于是，也可以了然西湖名士结声气、造声势的苦心了。这种现象并不以《儒林外史》所揭露的为极，也并未因《儒林外史》狙击而匿迹，且看闲斋老人第十七回总评：

> 余见人家少年了此，略有几分聪明，随口诌几句七言律诗，便要纳交几个斗方名士，以为藉此通声气，吾知其毕生断无成就时也。何也？斗方名士，自己不能富贵而慕人之富贵，自己绝无功名而羡人之功名，大则为鸡鸣狗吠之徒，小则受残杯冷炙之苦，人间有个活地狱正此辈当之，而尤欣欣然自命为名士，岂不悲哉！

尤可悲慨的是，闲斋老人过后的时代，此风遂成社会风潮，而且居然因此而有了"成就"！

走八股举业由士而仕，斫丧了人性，斫丧了社会的元气。景兰江这样的商人利用闲暇时间"寻些好诗题"、过文化生活，多么令科技社会中人羡慕？如此诗人，古往今来有多少？在一个士子主要是文士的国度，对一个文士多数是这种诗人的文化群体，我们作何感慨！

为什么他们活得如此不明不白，非但不及"中"了者轩冕堂皇，也不及光棍潘三爽快浏亮。他们活在一个不尴不尬的缝隙中，雅智之士知他们昏黯，光棍者流笑他们酸呆。他们"媚俗"并没有什么确实的结果，高呼"谁不知道我们西湖诗会的名士"的名士风光，被"盐捕分府"弹指间扫荡得一干二净。然而，爱我所爱，无怨无悔，名士们不改其乐。他人的"自媚"效果明显，因为这个自己说了算。如果说骄傲得到满足就叫幸福的话，他们自我感觉是非常幸福的，绝无杜少卿的苦闷，也没有杜慎卿的感伤，与王冕那"一代文人有厄"的淑世悲怀相比，这帮人活得沾沾自喜。凑份子开宴会，举斗方办诗会。诗会也是一种功名，杭城名士终于找到了最高价值的归属感，没有出息的一生找到了最有出息的意义。反败为胜了，这种胜利尽管只是一种"解释学"的胜利，但对于有意识的动物来说，便是"名至实归"，大获全胜了。这帮高人名士还有一幸福保障，即毫无知行歧出、动静两分之人格分裂，自我感觉甚好。

名士的变迁

读者诸君是否觉得须追问以下问题：

第一，为什么《儒林外史》中的假名士连晋人末流之末流亦远远不如？

答曰：不要说《儒林外史》中那些地方性的小假名士，就是清中叶领骚文坛的大名士亦远逊于晋人，遑论其末流。将《随园诗话》《小仓山房文集》与晋人谈玄的文字稍加对读，便会感叹，何以随时光倒流，士人退化一至于此？夸张点说，晋人谈玄的文章几乎成了绝响，越往后越少有人读了。核综名实、辩明析理、言意之辩、动静生死、有对无对、名教自然、有无之论，这一套方法论、问题域、纯哲学关怀，对清中叶的儒林文苑来说，差不多是天方夜谭。何故？因为大一统王朝缺乏自由思想的前提，这不仅是指礼教之外有权威的绝对统治，尤其更注意还包括理学之内在思路上的窒息。理学自是很精微，但成为正统即成为钦定的宰人之学，再用更死的八股法来统士人的思维空间，整个文化的品位便从天上掉到地上来了。假名士们只会村妇般闲谈家长里短，这是不以人的意志为转移的。杜慎卿、季苇萧还是假名士中的"高明"分子，等而下之者更不足观。

大一统越强化，士人越退化；士人愈退化，也就愈没有改造社会的力量。朱元璋倒是农民起义领袖出身，但其摧残文化、颁行礼教、钳制思想的罪恶胜过任何无赖。明清两代士人的厄运、品位的退化，此公之"作则垂宪"在先焉。

余英时先生极有说服力地论证了道家、法家反智论的作用，但以为唯儒家主智，且为"五四"打倒孔家店深感遗憾（见《反智论与中国政治传统》）。这略略有点脱离历史实存，有单摆理论积木的味道。众所周知，"五四"打倒的孔家店，已不姓孔，乃姓"皇"、姓朱，即明王朝官方意识形态。儒家历经朱元璋的阉割、肢解、利用、打诨，已变成"吃人"的幌子了。而且，历史的辩证法至为残酷：正是这主智的儒术，制造出了更大的反智的恶果，看看那些八股士、假名士，就知道其战绩多么美妙辉煌了。道家主张弃圣绝智，正是针对儒家道德教化而言的。现在看来是多么有针对性、预见性？事实上信奉道家学说的士人却都是高智大才之士，晋人的文采风流就是证据。法家重"能"，虽是实用主义，却在其本本上有功效，比儒家以道德为本的方略有效多了。儒家以德育为首，貌似堂皇，实则卑琐。先秦时期的确是一种理性精神，但唐宋之后却变成反理性了。因为这种德育的出发点是为了维护既有秩序，绝不是为了推动社会进步。以"天下为公"的口号并不能转化成实际方略，唯有在战乱之际，以死报君恩而已。

官僚社会原本就"需要以服从为核心"的道德体系，任何生产力的发展都是挑战、都是祸乱，所以，科学技术方面的专家从来都是业余的，都是甘心寂寞孤苦的个人事业，看看《本草纲目》等书的自序，就懂得了儒家反智之巧妙，隐瞒、扼杀于未萌之功效。

这种"世界"不盛产八股士、假名士，还能盛产什么？

结论很简单：大一统越强大严密，士种就越被扭曲、越"变种、变味、杂化"。"保国"者越得力,"保天下"者越难"替天行道"了,秦、明、清皆是坚强得让人心寒的明证。

第二,何以说假名士最能显示专制社会中士子的真相?

答:"士不遇"已成了士人的典型命运。这里有个绝对"不遇"、相对"不遇"的差异问题。若以中举为遇不遇的标准,以当官后升迁的实际与德才相符的程度为遇不遇的标准,诸如此类,便是相对的标准。这种常识化、经验化的探讨方式极容易淆乱实质的问题。实质上是即使中了,即使升迁合理,也依然是"有待",更深刻的遇不遇的问题出现了:你是曲学阿世,还是以理抗势、以道事君;你是做个"保国"的奴才,还是做个"保天下"的志士?奸臣当道、忠臣被害、庸人执政、精英淘汰,这种已成了模式的常规回答了这个问题。人们都熟悉的林则徐就是个典型的例证。

所以说,"不遇"是绝对的、本质性的。所谓的"遇"者,就是讨上饭、吃饱了的叫花子;所谓"不遇",就是未讨上饭、摸不着门的叫花子。其为乞丐则一也。"八娼、九儒、十丐"的说法真是传神极了。雨果有句名言:"感恩使人瘫痪。"秦统一之后的士人一律陷在乱七八糟、莫名其妙的感恩中。中举除官,皇恩浩荡;伏诛夷族,皇恩浩荡。天下乃一姓之天下,除了皇权的拥有者之外,都是借宿乞食。欲求"无待",除非不活。

从这个意义上区分士子的类型和命运,其实只有两种:其一,吃饱了的乞食者;其二,想吃饱而未吃饱的乞食者。

一个难点就是"士"与"士大夫"的关系问题。要言之,余英时先生在《士与中国文化》中认为:士大夫即是士。他断言:秦统一后,游士的时代结束了;汉代士大夫起,士子终于有了自己的政治、经济依托。余先生精审细密,言之凿凿,所以自是令人信服。的确，读书—做官—买地是士大夫的"三要素"。这三要素相互作用，呈循环状。尤其是晋之士子，乃士族子弟，非普通地主可比拟，他们有庄园经济为后盾。但隋唐行科举后，平民入仕，这中间的问题是至为复杂的。地主阶级固然相对地失去了对仕路的垄断权，但士在地主阶级中并没有取得当家做主的权利，此其一；官位来自君赐，朝有夕无，此其二；"孙山"后边那个大多数，此其三。《儒林外史》不就是着重写"士大夫"这个功名所引起的各种士风、世风的问题吗？同时也写了士经八股举业而仕者流的种种丑陋表演。拨冗细看，他们比假名士们就是"吃饱"了而已，匡超人由名士而国子监教授就是证据。他还是专门教子弟的皇家教授，比知府王惠等德智素质理应高一些的。然而一如天长知县一旦被摘了印，还得世家公子杜少卿接应他。

像杜慎卿、匡超人这样的假名士中之高智商者，终于走通了"异路功名"，被"选拔"了上去。然而，他们换了衣服之后，绝未能换了灵魂。而他们基本上是生活在多余、无聊中，这又是一致的。均与"士无定主"这个原型性的规定有关。古之游士、游侠、游宦，都离不开个"游"，真正悠悠岁月、游游岁月。

第三，名士之历史变迁如何？

此问题一言难尽。鲁迅先生的名文《流氓的变迁》，力透纸背，若能写一篇鲁迅先生档次的《名士的变迁》，则对文化建设为功不浅：一文一武，堪称乾坤之道。幸而钱锺书先生在《管锥编》第1册读《史记·律书》时给我们汇考兼汇评了一番，其精妙难以转述，只好照引：

"自是之后，名士迭兴，晋用咎犯，而齐用王子，吴用孙武。"按"名士"非仅知名之谓。《礼记·月令·仲春之月》："勉诸侯,聘名士,礼贤者。"《注》："名士,不仕者。"《正义》："蔡氏云:'名士者,谓其德行贞绝,道术通明,王者不得臣而隐居不在位者也。贤者,名士之次,亦隐者也。名士优,故加束帛,贤者礼之而已'。""名士"居"贤者"之上,其德尊望重可见,不徒有令闻高名而已。《吕氏春秋·尊师》篇例举子张等六人,胥"刑戮死辱之人也",以"善学"故,"由此为天下名士显人以终其寿,王公大人从而礼之",则泛言声名显著而未挂仕籍之人,不必高于"贤者"一等;《审己》篇之"先王、名士、达师"亦然。处士亦有纯盗虚声者,故《邓析子·无厚》篇论君者有"三累":"以名取士,二累也",即谓"聘名士"之须慎重,恐实之不傅盛名了。《史记》中舍《律书》外,如《李斯列传》:"诸侯名士可以下财者,厚遗赂之。"《张耳陈余列传》:"已闻两人魏之名士也。"《魏其武安侯列传》:"进名士家居者贵之。"《韩长孺列传》:"于梁举壶遂、臧固、郅他,皆天下名士。"《酷吏列传》:"张汤收接天下名士、大夫。"佥谓有才名而尚我禄位者,曰"名士、大夫",谓朝、野并接也。他若《汉书·王莽传》上:"收赡名士!"《后汉书·万術列传·论》:"汉世之所谓名士者,其风流可知矣!"亦沿此义。《礼义》之"名士"谓有名而不仕者;《史》《汉》之"名士"则谓有名而犹未仕者;至魏晋则凡得名早于得官者,虽已仕宦贵达,亦仍称"名士",且浸假推及于诸著名之闻人,原意遂掩。《裴子语林》(《玉函山房辑佚书》本)卷上司马懿美诸葛亮曰:"可谓名士矣!"夫亮得君柄国,非隐沦幽仄，顾得此品藻，当是叹名下无虚，或赞其虽居廊庙而有山林襟度耳。观《三国志》裴松之注所引《汉末名士录》，方牧如刘表与焉；《世说·文学》袁宏作《名士传》，据刘峻注，山涛、王衍辈与焉；张辅撰《名士优劣论》（《全晋文》卷一〇五），校量管鲍、马班、乐毅与诸葛亮、刘备与曹操，贵为一国之君，亦被"名士"之目焉。《礼记》注所谓"隐居不在位"者，已如前尘旧蜕矣。《晋书·卫瓘传》杜预闻瓘杀邓艾，曰："伯玉其不免乎！身为名士，位居总帅。"以"身"与"位"对举，即得名先于得官，或得名非由于得官。瓘之孙玠，《晋书》本传记王导曰："衡洗马……风流名士。"又史官曰："中兴名士，唯王承及玠为第一云。"而《王承传》则称"渡江名臣……为中兴第一"；盖"名士"作官，即亦"名臣"，而作官得为"名臣"，未必原是"名士"。声名之起，乃缘才能，然才名不称又复常事。《世说·赏鉴》上王济叹曰："家有名士三十年而不知！"当成名士而未也；《任诞》王孝伯曰"名士不必须奇才"，欲成名士亦易也。降至后世，"名士"几同轻薄为文、标榜盗名之狂士、游士（参观《明文授读》卷一〇徐应雷《名士论》《尺牍新钞》、卷八陈龙正《与友》），即《庄子》《淮南子》所讥"卖名声""买名誉"。王羲之所诃"哦名客"，李谧所斥"卖声儿"（《天地》《俶真训》《世说·排调》《魏书·逸士传》）。董说《西游补》第六回刻画西楚霸王丑态，树帜署衔曰："先汉名士项羽。"律以张辅之《论》，项羽未尝不可称"名士"，然插标自货，扬己炫人，董氏所讽，意在于斯。《板桥杂记》中"名士是何物？值几文钱？"暴谑有由来也。

吴敬梓只写"现象"，不做论说（当然是在心里做论说），但"卧评"已将假名士杜慎卿与《板桥杂记》合观。真名士本是可居之奇货，浸假而奇货亦成俗品，难为了整天寻雅脱俗的分别以杜慎卿、景兰江、娄家弟兄为司令的南京、扬州、徽州名士集团。难怪圣上和潘三一起歧视他们。他们不该受歧视吗？

而吴敬梓之"尤嫉名士"不是歧视，而是正视。他与他笔下的那些名士们都不在政治旋涡中心，也没有物质利益上的矛盾；也不是学门宗派之间的互相攻讦；而完全是从一种高尚的人类理性出发，对包括自身在内的"文化群"的反省和追问。

第四，标号"名士"的文化群的价值何在？

答：博雅教育以治心或以改变受教育者对生活的态度为宗旨，故以德育为首。既然没有什么科技工程型教育，自然也就没有韦伯所说的科技阶层的出现。视那权大的人为吃饱了的真名士，却正符合实际。且引一段权威名人的话为证：

> 不过名人的流毒，在中国却较为厉害，这还是科举的余波。那时候，儒生在私塾里揣摩高头讲章，和天下国家何涉，但一登第，真是"一举成名天下知"，他可以修史，可以衡文，可以临民，可以治河；到清朝之末，更可以办学校，开煤矿，练新军，造战舰，条陈新政，出洋考察了。成绩如何呢，不待我多说。
>
> ——《鲁迅全集》第六卷

这是凭借权力系统，由官而名士者的情形。《儒林外史》所写的假名士，严格地说，并没有获得社会的承认，是自封名士，这类名士更多。按说不领薪水，有足够的热情来做文化事务的专家，这是多么以天下为己任的高级襟怀呀。可是，有两个环节出了问题：其一由社会负责，即没有良性的文化传播渠道，如像王玉辉那样希望有裨于圣学的著作，得不到出版发行系统相应的配合，没有市场价值的书是必须靠有钱人赞助才得以梓行的；其二便是文化群体自身的问题，像假名士们，他们在斗方诗会中能追求到什么品位的文化？又能传播辐射什么文化？

细读《儒林外史》，确实感觉到扬州、南京的文化气氛不同于山东（周进）、广东（范进）、湖州（鲁翰林）、徽州（王玉辉）。相比之下，南京、杭州要算自由文化城了，所以真、假名士汇集于此，贤人还要再做一番礼乐事业呢。他们有一个共同的特征，就是自发地献身自己的"文化场"。贤人、真名士与假名士的区别就如同爱情与色情的差别一样。

第五章　贤人困境

圣经贤传中的"贤人"与八股儒、假名士相去何啻天壤！然而却都是"士"。当我们以先秦典籍为证据系统，寻找君子启示后人的"原则"时，总算还是顺畅的——尽管其中也有着贤愚忠奸之别。但若以《儒林外史》中的"贤人"们为证据系统来作"启示录"，便颇感艰难和困惑；当然，我们也能从他们身上领受到某种特殊意义上的崇高感。

首先，《儒林外史》中那些最后"风流云散"的贤人都有着明明"知其不可为而为之"的真儒风骨：明知"我道不行"，但决不因此而"不行我道"！这不只体现了一种伟岸的人格，尤为可贵的是还体现了一种厚重的理性原则。

其次，徜徉于他们身上那种可歌可泣的淑世之心和承荷感、拯救欲，弘扬着中国真士子以天下为己任的宝贵传统。吴敬梓固然写着"补天梦"的必然破产，却还依然寄望于理性自赎。他明知"研究"人性根本无济于刷新那作为封建末世象征的"五河县"，但还是无悔无怨地秉持着公心大情。吴敬梓塑造出虞博士、庄绍光、迟衡山等具有标准君子儒士品格的人物，以期为末世士人树立榜样，为社会提供健康的精英文化心理。这些贤人是真正的君子，与先哲所悬设的士的标准约略近之。

正儒的士君子理论

为了雕塑出"义精仁熟"（朱子语）的君子，代代都有许多人从乌托邦角度去培育人性。像张载这样要"为天地立心，为生民立命，为往圣继绝学，为万世开太平"的哲人，一度住在荒村野店切磋经艺、著书立说、授徒传道，这已是广为人知的历史佳话了。就连不迷信乌托邦、会讲"帝王术"的荀子，也依然坚持其理想主义的教育方针：

> 学恶乎始？恶乎终？曰：其数则始乎诵经，终乎读礼；其义则合乎为士，终乎为圣人。真积力久则入，学至乎没而后止也。故学数有终，若其义则不可须臾舍也。为之，人也；舍之，禽兽也。
>
> ——《荀子·劝学》

荀子在《修身》《非相》《儒效》《哀公》诸篇中，亦曾屡屡言及由士而君子而圣人这个三级跳的关系。明末东林诸君子自言体会便是：先要"自待重"而后才能去"弘道"。假名士们诸多无端绪，起因便在于"自待轻"。区别这个"轻"与"重"，就看是取义还是"舍之"。胡适在《说儒》一文中提出一个断语：孔子的最大贡献是把遗民那种"柔顺取容"的"儒道"改造为"弘毅进取"的"新儒行"。此说颇为可信。

儒家区别于其他宗教或准宗教的一个显著特征,是强调"学""习"的不可替代的作用,故而教育问题一开始就成为中国士子的命脉性问题:

> 子曰:志于道,据于德,依于仁,游于艺。
>
> ——《论语·述而》

这不但是士子修养的全过程和要目,也是孔子毕生践履、追求的学术思想中心之所在,从而也成为中国人文传统的核心内容,这里有必要略作阐释。

第一,"志于道"。这是强调一种承担精神。曾子所下的士的定义即是标准的内证:"士不可以不弘毅,任重而道远。仁以为己任,不亦重乎?死而后已,不亦远乎?"(《论语·泰伯》)所志之道,就是以仁"为己任"。仁道,其目的远不只在自我解脱,而更在"推己及人",拯救天下。孟子回答"士何事"的问题很简明:"尚志。"所尚之"志",就是仁道。仁道,是个中心点,或曰逻辑起点,由此起码开出"三统":一为道统;二为政统;三为学统。仅仅把孔子思想囿限于"内圣"范围是"后儒固陋"(吴敬梓《〈尚书私学〉序》)。固然一般说来,在和平时期更多的儒生也容易认同"内圣"这一面,但孔、孟二圣是一刻也没有放弃过"外王"这一维的。他们在别的门派的士纷纷上台扮演主角的时代,是不甘心抛弃天下同胞的。而且,孔孟是"士人政治"学说的创立者,也曾努力实践,但士人始终不是一个独立的阶层,只是一个边界极不清晰的文化群体,一个简直无边界可言的利益集团。直至孙中山先生所致力的"民主建国",也未能落实士人一贯追求的政治构想。明清两代的进步思想家,至多只是为工商界鸣不平,并未也不可能真出现将"士人政治"与这个呈壮大趋势的经济实体联系起来的思路。这除了政治上的原因外,来自思想自身的原因是"道德迷信",换言之,把"德"绝对化、迷信化了。

第二,"据于德"。孔子所说的"据于德",本来是一个生气勃勃、甚有主体意识的提法。不只是思想上要志于道,行为上也要依据德行这样一个朴素的原则。朱熹对此的解释在理路上则显然太偏于"内转":"据者,执守之意。德者,得也,得其道于心而不失之谓也。得之于心而宗之不失,则终始唯一,而有日新之功矣。"(《论语集注》卷四)其实,朱熹的这种解释只合于解释一条:"体于仁。"因为孔子的话都是体验性的、放射性的。我们不妨认为"据于德"的要点是出于"以理抗势"的要求:像王冕不理睬权贵之"帖子请"就是"据于德"。再推而言之,便是文行出处的做人之道,它全合"德位相称"的规范要求,有着广泛的社会学内容。譬如,有一种古解:有成即是德。拯救自己、国家、文化、天下,徒有心情不行,还得有能力、有结果。与此相贯,才有了下面要论及的另两项要求。

第三,"依于仁"。这讲的是"自处处人"的"出""处"之道。"仁者,二人也"。有两个人出现就有个社会性问题。儒家要求自处、自立、处人、立人,"己欲立而立人",这种要求,朝着社会学方向引申就是"公平原则"的社会宽容问题。这本是孔子一以贯之的忠恕之道,可惜被强调上下秩序的"礼"给湮没了,对君父就并不存在"对等回报"。其实,孔子要求君仁、父慈等就是强调"公平原则"和"对等回报"。遗憾的是垂直的、以上制下的权力结构,使君、父的权力成了绝对特权。礼的观念又教人默许这种特权无限膨胀和绝对化；士子的独立性、主体性因此而受到了过量的抑制。"依于仁"最终只能更多地朝着"内转"方向倾斜。《儒林外史》中徜徉着一种"老人氛围"（王冕母、匡太公、牛老、卜老、娄焕文等），可以看作这种结构在文本上的一个自然表征。而强调"文行出处"，更是"据于德、依于仁"要求的具体化。文行失措，主要症状便是久试不售的八股士的"得意忘形"（如周进、范进的形销骨立），还有假名士之天天"得间忘形"。出与处，是士人面临的大考验和终身大事。所谓"体于仁"之"出""处"之道的完整解释，依孔子的说法是：

> 富与贵，是人之所欲也；不以其道得之，不处也。贫与贱，是人之所恶也；不以其道得之，不去也。君子去仁，恶乎成名？君子无终食之间违仁，造次必于是，颠沛必于是。
>
> ——《论语·里仁》

这两条可以说是《儒林外史》塑造贤人形象的一个坐标系。

第四，"游于艺"。这一点，南怀瑾先生解说得活泼又通俗："游于艺，指艺包括礼、乐、射、御、书、数等六艺。孔子当年的教育以六艺为主。其中的'礼'以现代而言，包括哲学的、政治的、教育的、社会的所有文化。至于现代艺术的舞蹈、影剧、音乐、美术等则属于乐。'射'，军事、武功方面，过去是说拉弓射箭，等于现代的射击、击剑、体育等。'御'，驾车，以现代来说，当然也包括驾飞机、太空船。'书'，指文学方面及历史方面。'数'，则指科学方面的。"(《论语别裁》)孔子以前的贵族教育大抵如此。秦始皇统一中国以后，掌权的大抵不是贵族，如汉初百年几无兴学重教的气象，武帝以后才上轨道。几乎每姓王朝在教育领域都重复初毁、中兴、晚变这样一条曲线。文字账一时算不清楚，但大体说来，孔子那样的"通才教育"原则却终于蜕变出了范进这样的"通才"！作为一种士子规范，从"体"的方面而言，"游于艺"是个美学滋润人生、臻于人生圆满境界的问题，与"成于乐"相通，有一个因德生智、以智成德的融贯过程。达不到"游于艺"的士，只能算半个士、枯燥乏味的"窘士"，如果王玉辉既志于道而能游于艺，乃是达到掌握了必然和自由的水平，是"游刃有余"之"游"，是大度潇洒："饭疏食饮水，曲肱而枕之，乐亦在其中矣。不义而富且贵，于我如浮云。"(《论语·述而》)从"用"的方面说，达不到"游于艺"，便不能"通古今、辨然否"，没有体现出士的独特作用和价值。照儒家的本来思路，士本应该成为帝王师，绝不是义仆或奴隶。

问题在于，帝王首先要求于"士"的是耿耿忠心，"游于艺"变成了游于"制艺"——即作遵命文章八股文；"销磨一代英雄气，官样文章殿体书"，八股文的目的本来就是销磨尽士子的英雄气的。正如张岱一针见血地指出的那样："诸体之难，无过制义。盖用以镂刻学究之肝肠，亦用以销磨豪杰之志气者也……一习八股，则心不得不细，气不得不卑，眼界不得不小，意味不得不酸，形状不得不寒，肚肠不得不腐！"(张岱《石匮书·科目志》)20世纪杰出的小说家米兰·昆德拉认为："小说唯一存在的理由就是发现唯有小说才能发现的东西。"(《小说的艺术》)这个"东西"就是人的"具体存在"，亦即人的"生命世界"——在某种可变历史环境中的人的存在的可能性。我们引述这段话，不是为了"套给"《儒林外史》作评论，而是为了说明：其一，清中叶儒家士人群体的权威"勘探者"是小说家吴敬梓，而不是《明史稿》之类的作者或其他儒师、经师。其二，人的存在的可能性，含有客观规定性、主体选择性，是二者的组合，单一因素决定论若可以成立，《儒林外史》就不该是小说体，而是宜用逻辑推理的"名学体"了。真名士的"达"，假名士的"作达"，差之毫厘，谬以千里。八股士与贤人的差别也因主体对客体的应答不同而显出了死活高下，用概念语言转述形象语言本是两难之举。这个两难从一开始就存在，尽管我们尽可能兼用文学分析与史学分析相结合的办法，亦无补于《儒林外史》原作语义的流失。

虞博士身后的难题

虞博士的原型吴蒙泉是个有牢骚气的人，什么"君能知我才堪此，臣不如人壮已然""老尝蔗境甘犹少，春到梅边暖水多"之类的话在他的《会心草堂集》中比比可见。吴敬梓汰除了原型身上"犹未浑化"的因素，让虞博士成为"浑雅"的古儒、真儒，成为最能践履道德意志的大儒，让他主持那个主宰着全书情绪和观念的大高潮——泰伯祠大祭。旧评点家认为"虞博士是书中第一人，祭泰伯祠是书中第一事"，这完全符合吴敬梓的主观意图。

不过，吴敬梓在写人方面不愧为能洞彻人物肺腑的一流高手，并没有用罗贯中"状诸葛之智近妖"式高度理想化的笔墨去写这"书中第一人"，而是用非常平实的笔调写了虞博士平凡得不能再平凡的经历。所用的几乎都是极简短的陈述句："就进了学""就娶了亲""就去到馆""又过了两年""又过了三年"。一派"按部就班"、随遇而安的气象。他坐馆挣钱，还代巡抚作诗文；他心神相守：不中，不悲；中了，也不喜。将外在的形而下的东西与内在的形而上的东西，将职业和事业、价值与功利分得很清。中了进士，别的年岁大的人写履历都"少写岁月"，唯他"写的是实在的年庚：五十岁"，因而被放了闲官，但他也毫不惋惜。这个人物的神韵，要而言之就是"真"。虞博士讲求些呆而真、真而呆的理。祁太公说虞博士积了阴德，他说既然别人知道了就不叫阴德。别人劝他应过征辟再去辞皇帝，"更见老师高处"，他说求人去荐没品行，又去辞，那"求他荐不是真心，辞官又不是真心"，这叫作什么？这种"真"，正是那无处不在、无时不在的伪风习的对立面。吴敬梓在书中极力标举之，正是为了寻找那被异化掉或迷失了本性的士人的存在的依据。说这是一种"平凡的伟大"，或许不算过誉。

虞博士的平凡成就了他的"浑雅"。他是那种"唯大英雄能本色"的本色英雄。虞博士转让杜少卿作挣钱的诗文，又坦然地说出"我还沾他的光"；虞博士不以科名为意，却终生不放弃举业；虞博士不追慕做官，只把做官当成糊口的手段。不仅毫无"羽扇纶巾"装神弄鬼的仙风道骨，还为了生活也给人家看风水。虞博士在平凡而琐碎的日常生活中，既无陈腐的学究气，也无傲慢的进士气，更没有无聊的虚假气。他既无虚幻的热情，也无僵硬的理性，襟怀冲淡，自然文雅——文雅全出自然，自然中自见文雅。他这种认"真"为本色、既独善又兼济的人生态度，被吴敬梓视为健全合理的人生态度的典范。吴敬梓通过塑造虞博士这一形象完成了自己的哲学陈述，阐扬着吴敬梓一贯主张的人应当独立自足、澄怀肃穆、不为外物所囿，又恰能化育大众的人生哲学。作者借余大先生之口说：虞博士"真乃天怀恬淡之君子。我们他日出身，皆当以此公为法"（《儒林外史》第四十六回）。

然而，待王玉辉为"为纪伦生色"献出了自己的女儿来到泰伯祠这东南礼教"重镇"时，泰伯祠已尘封朽败，成为被人遗忘的角落了。虞博士、迟衡山、武正字到别处"做官""漂泊"去了，杜少卿也追随虞博士漂泊到了浙江。"礼教象征"人物目击礼乐事业的尘封，等于吴敬梓转告世人：不但礼乐贤人风流云散，而且古典道德文化到底也不可能重建了。随之隐含着一个巨大的生命课题，那就是究竟应该如何建立一项道德形而上学原则来作为人类的精神支柱？

我们要回答这个问题，必须有超验的绝对价值才能走出封闭的自循环。超验的价值体系，在"实用理性"占主导地位的中国文化传统中也被经验化了。说白了，儒学也好、中国化的佛学也好，都对人性自身寄予了过量的厚望，都相信人性自身通过自己的努力就可以拥有至善，"人人皆可成尧舜""人人皆有佛性"等常用语就十分鲜明地宣扬了道德心性自足性、人自身的主体自足性。如屈原怀疑国家、怀疑历史、怀疑社会，但从不怀疑自身。他的痛苦在某种意义上说是一种"自大"的痛苦，一种认定自己至美至善却不能"得其所"的痛苦。吴敬梓已失去这份"自信"，所以他借求助"返回"来化解自己内心的焦虑和紧张，来给一个已陷入无序的社会缠绕上几缕礼乐的情思，以期增大一点"秩序情结"，让人们"形神归位"，心神相安一些。大祭泰伯祠之所以成为全书的高潮，原因正在这里（参见［美］林顺夫《〈儒林外史〉的"礼"和叙事结构》）。但这种"返回"的努力最终落空了。在基督教文化中，在这种情势下，虔诚的信徒多会仰望天堂，向上帝请示，向彼岸寻找解答与慰藉。而中国的哲人学士却习惯成自然、自然成规律地回忆上古"三代"章程，去寻找实用理性、实用意志的支撑。

问题在于人性，绝非自足。孔子本人实际上就从不自诩万德俱足，越是圣人越卑以自牧。生命是一种时间性的东西，而人的理性总与时间相关，这就决定了它总也达不到绝对的普遍必然性。从某种意义上说，这也就宣判了人类永远都处在被放逐的状态之中。漂泊已成宿命，对于"无定主"的士则身与心处于双重漂泊之中。如果不魂系天堂，就只得把视线转向自身。而中国的那个形而上的"道"，自始就具有浓重的人间性，先儒后儒前仆后继地将它"百姓日用"化、"人伦物理"化，直到"道在矢溺"而后已。"代圣贤立言"的八股大昌之后，假名士从此也就因此而自给自足。

"上上人物"虞博士并没有为不能改善同类的人性而肝肠寸断。谁是那甘心上十字架为别人赎罪的人？实际唯有写《儒林外史》的吴敬梓本人。他在替真儒、假儒、真士、假士们备受煎熬，但他既佩服虞博士的泰然浑雅，也羡慕庄征君的儒雅风流。然而，这又"返回"去了，自己给自己画了一个文化圆圈（参见本书第七章）。

有些人具有泛理性主义倾向，总会不约而同地如此反问：不然怎么办？不是只有一个人生吗？而且，不是也有"拔一毛利天下而不为"的人吗？邪恶与人类同在，德行有时并没有报偿。庄征君"我道不行"，虞博士还得去"看风水"挣碗现成饭。他们都得活下去，无论怎样累都得"首先活着"，这是自明的，然而也是致命的。

《儒林外史》中跃动着两股情愫：逍遥和拯救，但"小说的精神是复杂性的精神，每一部小说都对读者说：'事情并不像人想象的那样简单'"（米兰·昆德拉语）。假名士逍遥，贤人也逍遥，内质却相去远甚。贤人们的拯救路线，也与写他们的作者不尽重叠。吴敬梓本人缺少他笔下的贤人们那种充盈的道德感、泰然的乐感，他本人可能还为这种缺憾而自惭不已（他的不少诗作可以为证）。其实，正是这份缺憾成就了吴敬梓的伟大。在贤人们止步的地方，他提出了上述这几道"天问"。

应该承认，吴敬梓本人及《儒林外史》并未能从制度、文化的深层次上更深入地回答好这道"天问"，但他能提出这个问题，也就留下了真正的文化遗产。他自认为是在回答、能够回答的时候，恰恰是说着肤泛语；而虽当他陷入无奈的悲凉时，却恰正是清醒而又深刻地面对这一问题——因为任何一个人都是不可能彻底超越其时代的。

人类不能没有精神支柱，作为那个时代文化事务专家的士人本应是专门来建设这"精神工程"的。贤人们秉礼乐传统之正，合仁道智性之真；吴敬梓满怀耻感乃至罪感（当然也有超脱后的优胜感）地写下八股士、假名士的愚蠢、夸示时，事实上在宣布了"一代士人垮掉了"之后，满怀希望地让贤人来"重整乾坤"。仅就虞博士而言，他的风姿标出一种士子自救的"原则"，可名之为"泰然原则"，或曰"安详原则"。这是纯粹的正牌儒家之道，也是支配着真儒们的"士子道"。我们在分析这个问题的时候，不得不将士子境遇问题变成思想原则问题稍加讨论。

首先值得注意的是，吴敬梓写贤人的拯救活动时，却表达着逍遥的意向——当然不同于晋人那风流的逍遥，也不同于假名士那愚蠢的"玩主"式的逍遥。这是一种更为根本又堂皇的逍遥，是承天地之德的浩然正气的逍遥，显示着充分的自足意向的泰然和安详。个体生命深契大化，生命自足自逸。无疑，在他写奇人的自在逍遥时，正流淌出真正的渴盼拯救的犷野的呼号。一种无根漂泊的生命意识支撑他努力寻找着有效的价值依据和精神出路。

其次，贤人的自足、泰然、安详的生命原则和生活姿态，的确具有消解虚妄、鄙陋等卑劣的心态的精神作用，也是那种追求现世安适者的幸福源泉。它是所谓"乐感文化"的雅形态（俗形态便是假名士所体现的那种）。有趣的是，前几年海外学人特别是所谓新儒家，在工业文明生存环境中，对于安详、泰然状态大感兴趣；最近，国内学人在思考如何防止在现代化过程中个体的自我失落时，也凭直觉感受到了这种人文精神的诱人的温情。

就个体的生命感受而言，安详、泰然的重要性自不待言，否则这一原则便没有那么大的魅力了。从孔子、庄子，直到阿 Q、莫尔索（加缪《局外人》的主人公）都证实着这种安详、泰然原则（尽管有着种种内涵变易）是处于失败境遇中的人活下去的精神支柱。虞博士还没遇到什么严峻的考验，只是无待于外、劳而不累而已。从深层看，真儒这种安详与道家之"守静笃"的法门实际相通，不过是为而不有、善而不居、情而不欲而已。

然而，那种泰然，是处在"铁屋子"（鲁迅语）中，自己无挫折，铁屋子也无挫折。代复一代，氧气日益稀薄，后人以前人的二氧化碳为空气，想自造氧气者，亦如蜻蜓自食其尾，吃光自止。泰然法门也是孔子式的"我欲仁，斯仁至矣"式的精神胜利。

尤为可厌的是假名士们以学自雄、乞食自矜，也居然俯仰无愧，同样自足安详。事实上占了安详原则便宜的这种人及小市民，所得的只是一种没文化的原始圆满。吴敬梓竭力要区别的就是这一点。问题在于真贤人与假名士在价值追求上内容迥异，却形式一致：安详又逍遥。

还是一个悖论：泰然者永做铁屋子中的"幸福居民"，失去泰然者，则即便不入活地狱，也是活受罪。根源均在于"铁屋子"，而且自秦汉以后，铁屋子已固若金汤，"天"变，铁屋子永不变；皇家姓氏有更替、王室有兴亡，铁屋子却代代葺修弥缝，且日益周备强固。到了朱元璋，铁屋子更变成了钢罐头。专制社会成为加工厂，从这边进去的是活牛羊，从那边出来的便是停停当当的罐中物，士人已被"治"得不会发悲音了。而"悲心"，乃是文人的主题曲，且看：

烈士多悲心，小人偷自闲。

———曹植《杂诗》

纨绔不饿死，儒冠多误身。

———杜甫《奉赠韦左丞丈二十二韵》

"悲心"是顽强地执着于生命的把握，嗟叹"误身"者陷入痛苦的生命忧惧之中，都是"反泰然"。而能悠然者，秘密全在于"委心"："寓形宇内复几时？曷不委心任去留？"（陶潜诗）就连铁屋岁月也无多时，何不把"心"脱落去虚己应物呢？无论是儒家的卑以自牧，还是道家的超然自得，都是个"委心"而已。不是人去化自然，而是被自然化去。

法国哲学家狄德罗有言："一个民族愈是文明，愈是彬彬有礼，他们的风尚就愈少诗意，一切在温和的过程中失掉了力量。"他以此语来说明泰然原则亦十分适当：缺乏必要的内心张力，生命力也必然弱化。

所以，推演到最后问题便成了：是要生命力，还是要生命？按说，没有生命何来生命力？生命力本是附皮之毛，然而在"中国特色"的问题情境中，二者又变成了悖论：要长度的，得少点力度；要力度的，便得损失长度。

事实上，泰然只是一种心境，或曰状态。由人构成的社会是始终存在着不可解决的价值冲突的：有许多道德问题恰源于道德原则的对立而无法解决。泰然原则被社会接受的程度越大，人类就会愈接近植物世界。纯净、安详，美则美矣，然而在这"美"中所有的推动历史进程的冲突也渐渐从有到无了。

不过，且不说心之内是"一念三千"，那心之外的世界又何如呢？人是不能拔着头发离开地球的。能够静观人生可能只是少数智识者的"特权"。所以，在引得今天许多"少年老成"式文人们心醉的周作人、梁实秋一流的大人先生们的追慕闲适的"生活样态"的相形下，鲁迅先生一派既边缘又誓死抗争到底的民族志士反被人目为"刻薄""乏趣"，成了不懂得"生活的艺术"的典型。这就是安详泰然原则留给我们的可怕遗产。

庄征君的窘境

纵观全书,《儒林外史》中人物最幸运、最怡然的要数庄绍光,即庄征君了。

庄征君自幼卓异不凡,不惑之年开始著述,外迹弥高,内朗弥足,受大员举荐,承皇帝青目,摆脱了王弇州所列"文人九命"的困厄境遇。即使"允令还山",也依然赐玄武湖让他"著书立说,鼓吹休明"。按理说,这比在朝中当个闲官更能形神相守。然而,庄征君却依然处在我们上节论及的那种"铁屋子"中。

"铁屋子"是形容一种关系,任何实体的铁屋子都犹如桎梏,它窒息得令其人发昏却往往罩着神圣的光圈。用八股法收拾士人是如此,令"鼓吹休明",精神上的那份痛苦又好得了多少?士人最致命的环节是加入社会的渠道,成为铁屋子屋顶上的居民。鲁迅先生曾归纳过大人先生们爬、踢、推、撞等几种常规手法。吴敬梓以庄征君的遭际写出了征辟的秘密。用西哲的话说,吴氏的描述"是用异常的难题让理性感到难受";用中哲的话说,则是"道"与"势"的势不两立(关于"道""势"相抗问题)。

吴敬梓在《备弓旌天子招贤》一回末尾写道:"朝廷有道,修大礼以尊贤;儒者爱身,遇高官而不受。"乍一看皆是颂辞,仔细玩味却足以令人感到沉痛:既然朝廷有道,受荐举者又何须"爱身"？朝廷尊贤之时正是士子"兼济天下"之日，又何必"遇高官而不受"？

这并不是庄征君自绝于君国，他自己明言："我不同于山林隐逸。"在君臣之礼上并不含糊，可见绝没有叛逆朝廷的意思。若道与势能统一，他何乐而不为？问题永远出在"势"。且看皇帝与太保公的一系列表演：皇帝对此大贤可谓优礼有加，"特赐禁中驰马"等一系列恩典，使得朝中大员都纷纷起了与庄征君攀附的兴趣。太保公让庄征君出其门下，为结党而自壮阵容。因为至迟自唐代以来，"出门下"已成为结朋党的重要手段，这从牛李党争夺取考试权即可略见一斑。这是标准的"势"中学问，庄征君并非不懂，而是不屑为。庄征君拒绝了太保公的笼络，也便断送了自己的前程，断送了行道的可能性——宣判了"我道不行"。道与势的这种势不两立的关系，可与上文所论的生命力与生命的矛盾互证。

"势"并不美妙，这已无须取证于朝廷。看看庄征君去京与返里的两段旅途经历就知道吴敬梓的皮里阳秋：遇响马于前，逢死骨于后，虽不必夸大成"盗贼蜂起，饥馑成灾"，但毕竟不是什么风调雨顺的清平世界。响马固系窃钩者，而玩弄征辟表演艺术的皇帝与太保公，难道不是窃天下之神器的恶人吗？既开征辟之典，又何虑"开了天下幸进之心"？既规定了进士之途，又何必搞什么征辟来装点"天下有道"的门面？

正因为如此，"死守善道"的真儒就当然难以实现势道合一、明道救世的理想设计了。"势"总是而且永远是"道"的否定者和嘲弄者。除了八股法，清代两科鸿博均以作弄、戏弄士人作结，还有书案法。几乎所有的考证都无异议地证明：卢信侯藏《高青丘集》是在影射吕留良遭文祸一事。古代中国士子本是"无恒产"的依附阶层，谁养士，士就为谁养"气"。皇帝是最大的地主，道统中本有一套忠君保国的理论，故士子们都来"代圣贤立言"，为皇帝效教养天下之劳。然而，偏偏连当奴才（清代唯满臣可以自称奴才）也不可得。吴敬梓的这种感受太突出、太强烈了，用一个从艺术上说可谓不算高明的寓言法——让蝎子来象征"臧否小人"，揭示"我道不行"的原因是由于小人作梗。

其实，"道"之不行正是"道"的宿命，一如义与利不能得而兼那样。除了别的原因，如本书第二章所论及的对道的先验悬设的不切实际也无法辞其咎：与行为离得太远的道德理想，不可能具备真正的张力来维持二者的整体性与一贯性。和势相去甚远的道，同样也无法来调整势，从而使势、道相安和合。庄征君所上"十策"，能上除太保之奸邪、下弭响马之盗吗？他奉旨去"鼓吹休明"，荒村野店中的死骨谁去安葬？更重要的是，那"盗贼蜂起"式的"休明"，他们又如何能昧着良心去"鼓吹"？

因为庄征君体现的"道"不过是孔子"富与贵，人之所欲也；不以其道得之，不处也"这一道德教训的新版，故而他在荒村野店埋葬了孤寡老人的尸骨，"又做了一篇文"。也有点像明代大儒王阳明写《瘗旅文》，这算仁道，赢得"一市上的人，都来拜在地下"，也算起了教化作用。一个大儒还能做什么？固然不该向讲究内圣的人要求多少事功，"内圣"又能"外王"只是一个理想的悬设。二者得而兼，如诸葛亮、王阳明，那是鲜有的特例。"内圣""外王"之所以难以统一，道与势两歧是原因，内圣修养本身也同样是原因。庄征君领的钦命也是去解释（粉饰）世界，而不是去改造世界。"著书立说，鼓吹休明"，未受皇封前是这般活法；"闭户著书，不妄交一人"，这也是正儒的标准活法。然著书立说云者，只不过是解经注史，并不是研究生产力、生产关系的经济学，或研究专制与民主的政治学。非但难以通过这"著述"去"改造世界"，就是他们所解释的也是虚化极了的问题：大而化之，"字字有来历"，实行起来却跨出跬步为难。即便让这些正牌儒者去放手行其大道，说到底也不过是什么"教养"之道。

教养之道在儒家看来事关至大，这在政治范围叫"德治"，在伦理范围叫"教化"。圣人不言"利"，不言"力"（尽管宋后有了发展，"利""力"二字逐渐显赫），似乎什么都能解决，就是不能解决"我道不行"的问题，从而也就不能保证圣人门徒都行"我道"。圣贤是征服人心的，征服世界的却向来是英雄。更让人无奈的是体现"势统"的并不都是正面意义上的英雄。"君子之学"永远消除不了小人作乱，犹如上帝并不保证消除世上的恶性与残酷、卑鄙与肮脏一样。

但是，儒学的价值取向并不指向"神圣"，而是指向"人圣"（圣人），而且不设崖岸，人人皆可成尧、舜；使承受者难受的，不但来自"势"，也来自"学"。

无路可走，无法之法，于是只有就地成仙。在铁屋子之中作浪漫悬想，什么赐湖玄武、奉旨隐居，都是补偿性的童话式想象，其"自居作用"一如"我欲作人间才子，即为杜甫、李白之后身；我欲娶绝代佳人，即作王嫱、西施之元配"（李渔《闲情偶寄》卷二）一样，我欲泰然遂泰然（套孔子现成思路；我欲仁，斯仁至矣）。其中蕴含着一点积极的乐观便是：读书养气，以求其厚。吴敬梓也许有借这个形象为内薄外窘者戒、为矜诞无当者戒的立意，但这种过瘾性的设想，说穿了在潜意识里仍然是反败为胜。

问题在于反败为胜得太现成、太容易，便失去了改造世界的动力。当然这种心理意向对吴敬梓来说并不是唯一，亦非第一的。这只是吴敬梓探索如何超越功名富贵的方式之一。因为贪图功名富贵，使千万人人格堕落，但凭什么才能超越功名富贵以保全道德境界？只能凭功名富贵以外的东西。如若社会开放、机会均等而且价值多元，则自有一些缓冲办法，但在铁屋子中则只有精神胜利一途——除非不准备活下去。精神胜利是一种方式、一种意向惯性，并不直接预设其内容。虞博士的"泰然"、庄征君的悠然，是精神胜利；儿子打老子，过二十年又是一条好汉，是精神胜利；在某种意义上，舍生取义又何尝不是精神胜利？不过是有精神高下、君子小人等的区分而已。

古典的和谐法则、精神胜利这种高档精品，可谓精美绝伦、无可挑剔，几乎还是"众望所归"。儒、道两脉小传统，在这个大传统面前两川归一了。儒学的精神胜利，有着克己、禁欲的色彩；道家则充满灵活、随意、玩世、犬儒主义等特征。但达成一种"委心"的和谐，则又是殊途同归。虞、庄都有着儒雅风流的气象，虽不是鲁迅讥评的那种挂着孔孟招牌而质地里是庄周私淑式的人物，却是在儒家拯救与道家逍遥中扮演着可无可不可的角色。

事实上，这类人物自身未必能感受到儒学的困境或顺境的，泰伯祠被尘封，是社会上的事。他们能问心无愧，也就心安理得。

因此，严格说来，《儒林外史》的真儒也不过相当于古之经师。章太炎说："盖儒生以致用为功，经师以求是为职。"（《诸子学略说》）但在中国，"道"已由"势"定，经师也不过是多余的人。夏志清认为贤人们并不比那些名士活得更有趣些，的确是一种准确的评判。大概因为他们那份"浑雅""恬淡"太缺乏生命气息了。不但没有阮籍、嵇康那种深度，也缺乏明季东林诸君子那种力度，而且也没有真名士那种洒脱。他们身上散发着一缕"古道西风瘦马"式的无力和枯槁。然而，在那个时代，他们却是难得的心魂相守、心泰身安的智识者。

正儒迟衡山

如果章太炎先生关于儒生、经师的判断十分可信,《儒林外史》中则唯有一人真像儒生了,此人便是迟衡山。因儒生重践履之功能已经退化,所以只言"像"而已,要点在于其用世之志最彰。

经师、儒生有区别是一种事实,对比古人早已有所分辨,唯太炎先生加了许多"价值判断",故而才有可信不可信的问题。我们既然借用这个"帽子",就是以承认有这个"帽子"为前提的。为清晰起见,且引一段章先生考辨这个问题的原文:

> 《周礼》太宰言:儒以道得民。是儒之得称久矣。司徒之官,专主教化,所谓三物化民。三物者,六德、六行、六艺之谓。是故孔子博学多能,而教人以忠恕……有从事教育之孔子,则《论语》《孝经》是也。由前之道,其流为经师;由后之道,其流为儒家。《汉书》以周、秦、汉初诸经学家录入《儒林传》中,以《论语》《孝经》诸书录入《六艺略》中。此由汉世专重经术。而儒家之荀卿,又为《左氏》《穀梁》《毛诗》之祖,此所以不别经、儒也。若在周秦,则固有别。且如儒家巨子,李克、宁越、孟子、荀卿、鲁仲连辈,皆为当世显人,而《儒林传》所述传经

之士，大都载籍无闻，莫详行事。盖儒生以致用为功，经师以求是为职。虽今文、古文所持有异，而在周秦之际，通经致用之说未兴，惟欲抱残守缺，以贻子孙，顾于世事无与。故荀卿讥之曰：鄙夫好其实，不恤其文，是以终身不免捽污庸俗。故《易》曰：括囊，无咎无誉，腐儒之谓也。此云腐儒，即指当世之经师也。由今论文，则犹愈于汉世经师，言取青紫如拾芥。较之战国儒家，亦为少愈，以其淡于荣利云尔。儒家之病，在以富贵利禄为心。盖孔子当春秋之季，世卿秉政，贤路壅塞，故其作《春秋》也，以非世卿见志。其教弟子也，惟欲成就吏材，可使从政。而世卿既难猝去，故但欲假借事权，便其行事。是故终身志望，不敢妄希帝王，惟以王佐自拟……是儒家之湛心荣利，较然可知。所以者何？苦心力学，约处穷身，必求得饐，而后意歉。故曰"沽之哉，沽之哉"，不沽则吾道穷矣。《艺文志》说儒家云：辟者随时抑扬，违离道本，苟以哗众取宠。不知哗众取宠，非始辟儒，即孔子固已如是。庄周述盗跖之言曰："鲁国巧伪人孔丘，不耕而食，不织而衣，摇唇转舌，擅生是非，以迷天下之主。使天下学士，不反其本，妄作孝弟，而侥幸于封侯富贵者也。"此犹曰道家诋毁之言也，而微生亩与孔子同时，已讥其佞，则儒者之真可见矣。孔子干七十二君，已开游说之端，其后儒家多兼纵横者。其自为说曰："无可无不可。"又曰："可与立未可与权。"又曰："君子之中庸也，君子而时中。"孟子曰："孔子圣之时也。"荀子曰："君子时绌则绌，时伸而伸也。"然则孔子之教，惟在趋时，其行义从时而变。……

所谓中庸，实无异于乡愿。彼以乡愿为贼而讥之。
夫一乡皆称愿人，此犹没身里巷，不救仕宦者也……孔
子讥乡愿，而不讥国愿，其湛心利禄，又可知也。君子时
中，时伸时绌，故道德不必求其是，理想亦不必求其是，
惟其便于行事则可矣。用儒家之道德，故艰苦卓厉者绝
无，而冒没奔竞者皆是。俗谚有云："书中自有千钟粟。"
此儒家必至之弊，贯于征辟、科举、学校之世，而无乎不
遍者也。用儒家之理想，故宗旨多在可否之间，论议止于
函胡之地也。彼耶稣天方教崇奉一尊，其害在堵塞人之
思想。而儒术之害，则在散乱人之思想。此程朱陆王诸
家，所以有权而无实也。虽然，孔氏之功则有矣，变禨祥
神怪之说而务人事；变畴人世官之学而及平民，此其功
亦复绝千古。二千年来，此事已属过去，独其热中竞进
在耳。

——《诸子学略说》

儒学自身固然存在着许多内在矛盾，孔子等所立的法则、圣人
语录本来是些随机性的"因材施教"格言，使那些固有的矛盾愈发
模糊、缠绕。后儒流品不一，出现一些前后不一、自相矛盾的言和
行，势所难免。孔子自有高情至德，故可"时中"，而他最担心的偏
偏成了普通而又绵长的事实："小人之中庸也，小人而无忌惮也。"
当然，攻击儒学的也惯于"漫汗"（章太炎语），不加区别。儒早已
分为八派，尔后又一代有一代之学，亦可曰一代有一代之儒。一代
之中儒士更是千姿百态的，一个儒生也有前后判若两人的情形，拉
罗什富科有言："认识人类比认识一个人容易。"（《道德箴言录》）

章氏笔下的儒者，与法家所讥、鲁迅先生所评的儒者约略相近，与名为大儒、实兼名法的荀子所非之儒也差相近似。然与当代新儒家的理想之儒相去甚远，亦与本书对儒士的持论不尽相同。要害在"热中竞进"这个断语，但要区分其负面、正面两种作用。这个特征的负面作用由八股士、假名士这种人显示出来。制度固然更为根本，但一种制度与一种意识形态如此珠联璧合长达几千年之久的例子，实在是个奇迹。除了"国愿""时中"这种弹性外，就是根性上的契合性。前面为批判八股士、假名士，屡屡用先儒、真儒作反衬，可能已造成错觉，这是接受学、解释学之在劫难逃的法则。《儒林外史》中"名坛领袖"迟衡山是体现了儒学"热中竞进"之正面内涵的形象，因为其"拯救"欲望当得起淑世情怀、明道救世等崇高评语。当奉行此道的人超脱了个人功利目的时，就成了名副其实的君子，也不像章氏说得那么悲观，"用儒家之道德，故艰苦卓绝者绝无"之说并不全然符合事实。平心而论，每到末世，真君子还是大有人在的。

迟衡山不算特别"艰苦卓绝"，但够得上纯正无私。在《儒林外史》中，真相信且身体力行"修齐治平"的，文是迟衡山，武是萧云仙。贤人不少，贤人精神最厚重的却非他俩莫属。萧云仙由侠而儒，迟衡山则是正牌的在野的淳儒，而且是个标准的业余宰相。若是皇帝向迟衡山垂询治平之策，迟衡山一定会滔滔不绝、不遗余力，决不会像庄征君那样"无可无不可"。所以，迟衡山没虞、庄那种娴雅风流，也没有杜少卿那种狂狷气概。他因迂而尤显得正：

　　迟衡山闲话起："而今读书的朋友，只不过讲个举业，若会做两句诗赋，就算雅极的了，放着经史上礼、乐、兵、农的事，全然不问！（按：这两句可为《明史·儒林传》总论的口语版；也为"而今"的士子作了总结。）我本朝太祖定了天下，大功不差似汤武，却全然不曾制作礼乐（按：明褒实贬，而且口气绝断，对只会用暴政加八股的明太祖的这种明显的不满，且有"主义之争"的规模。礼乐传统之断，断在朝廷。可联《水浒》之"乱自上作说"。）少卿兄，你此番征辟了去，替朝廷做些正经事（按：此制礼乐的教养之道。），方不愧我辈所学。"杜少卿道："这征辟的事，小弟已是辞了。（按：迟是执着用世，庄是不辞，杜则是辞而不讳。）正为走出去做不出甚么事业，徒惹高人一笑，所以宁可不出去的好。"迟衡山又在房里拿出一个手卷来，说道："这一件事，须是与先生商量。"杜少卿道："甚么事？"迟衡山道："我们这南京，古今第一个贤人是吴泰伯，却并不曾有个专祠。那文昌殿、关帝庙，到处都有。小弟意思要约些朋友，各捐几何，盖一所泰伯祠，春秋两仲，用古礼古乐致祭。借此大家习学礼乐，成就出些人才，也可以助一助政教。"（天二评：郑重正大，是真儒见识。）

——《儒林外史》第三十三回

迟衡山真正自觉地充当起了人类基本价值的维护者，当然他认定的"基本价值"来源于传统，这个传统可以使他理直气壮、毫不费力地批评"政统"的缺失。"礼乐不兴"，是历来在野清流抨击在朝浊流的重点，大概不兴礼乐也的确是浊流的一个传统。杜少卿说"出去也做不出甚事情"，衡山则以身说法——在民间我们也可以照样做大事情：立泰伯祠是兴礼乐的确实步骤，是"为天地立心，为生民立命，为往圣继绝学，为万世开太平"（张载语）的具体行动。让更多的人"习学礼乐"，从而"成就出些人才"，实有助于精神文化建设。过去评论者常把大祭泰伯祠之功全记在虞博士身上，其实首倡、策划及执行者都是迟衡山。他固然是"贩古时丹"，但他的意图却相当纯正而庄重。也正因为他太庄重了，所以才显得与实际情形反差更大。本来礼乐文化已完全蜕变成了仪礼表演，是活人对死人及别的活人做姿态用的，但迟衡山还坚定地从理论信念出发，把它想象成犹有时效的振作道心、刷新风习的"政教"。我们说迟衡山最像真儒生，就是根据他这种浓厚的政教文化热情。杜少卿讲不准纳妾，别人打诨，惟迟衡山认真地叹息："宰相若肯如此用心，天下可立致太平！"齐评曰："此人之迂，无汤可救。"其实，不是他迂，而是那些在朝宰相们太不迂、太灵活、太不"用心"。

那些正途出身的士人，如高侍读辈与迟衡山这样的正儒的不和谐，可视为假道学与真道学、现实儒学与理论儒学之间的差异的象征。迟衡山恪守的是真道学，那些"以俳优之道，抉圣贤之心"成功了的八股士们，却并不真信奉什么真儒学教义，这绝不是他们先进而迟衡山保守，而是他们太堕落、恣睢，德薄无品，打着名教的招牌攻击异端（如高翰林骂杜少卿），他们本人是无耻之尤者。高侍读对钱戏子的感兴趣、对迟衡山的不感兴趣、对杜少卿的深恶痛绝，就已给自己的文化品位定了档次。但在现实生活中真正快乐的还得首先算他们，假名士们毕竟不如他们货真价实、理真法老，且有坚强的"唯物"基础。由他们所传播实施的儒家"教化"，不是"乐感文化"才是咄咄怪事！而体现着理论儒学真精神的迟衡山们却不能稍行其道，这正是八股兴而儒学亡的铁证。"热中竞进"的高侍读们既误国又坏教；热衷而不得进的迟衡山辈只能在民间当着业余宰相，他们若真能柄政，当然也有可能误国，但绝对不会坏教。反对康、梁维新的当然会有迟衡山这号人，他们可能会仅反感康有为野狐禅式的解经法而不与康、梁合作。这号人不是心术不正，而是太正，犹如经师视儒生学问根基未牢而来解经。在这个"链条"中，相比之下，康有为是儒生，至少接近上文所引章太炎所说的那种儒生。而"不倒翁"张之洞辈则是"国愿"。他那些实政和"条陈"，不但"时中"，而且衣被百代，中学为体、西学为用的格局经此公之理论化而成为一种全民性的自觉，一宗至今仍阻碍着我们民族"文明历史脚步"的最大遗产，这恐怕是吴敬梓也不愿意见到的。

迟衡山与杜少卿的"联袂"则可视为另一种象征：原始儒风的遗存。迟是正儒，杜是狂者，气味相右，规格不一。然而，二人一见如故。迟尤其兴奋："是少卿？先生是海内英豪，千秋快士！"全书中对杜少卿的最高评语出自此公，并非偶然，与孔子取狂狷、孟子友匡章一例。孔子的原话是："狂者进取，狷者有所不为也。""狂者进取"这一点是与关心世情民瘼的正儒相通的地方。朱子在注《论语·公冶长》中"子在陈曰：归与！归与！吾党之小子狂简，斐然成章，不知所以裁之"句时，较为详细地论述了"狂简"：

> 此孔子周流四方，道不行而思归之叹也。吾党小子，指门人之在鲁者。狂简，志大而略于事也……夫子初心，欲行其道于天下，至是而知其终不用也，于是始欲成就治学，以传道于来世。又不得中行之士而思其次，以为狂士志意高远，犹或可与进士于道也。但恐其过中失正，而或

陷于异端耳，故欲归而裁之也。

——《论语集注》卷三

　　此段关于"狂简"的议论可用来评价杜少卿，而迟衡山接近"中行之士"。杜少卿"志大而略于事"，衡山务实，郑重其事，终于而能筹措成一件正经事：修建泰伯祠。尽管最后还是被尘封了，但不同于别的不了了之。譬如说虞、庄、杜这些绝对重要的人物，他们做了什么呢？唯恍唯惚，《中庸》中有几句话，用来形容迟衡山有点过誉，但至少他是这样自勉自励的："君子动而世为天下道，行而世为天下法，言而世为天下则。远之则有望，近之则不厌。"

　　若单纯评价这个人物，迟衡山则是《儒林外史》罕见的内心肃整、表里如一、知行相合的人物。他既没有"中了去"的八股气，也没有名士那一套诗酒风流的浮嚣气；既无少卿之若闷，亦无慎卿之玩兴。讲究干正经事，试图努力对天下有所作为。若所有儒生都像他这样心态平衡、情理和谐，《儒林外史》则要改写成"正传"了。只是《儒林外史》所要致力展示的是恶风劣俗包围、窒息、湮灭了朝气的文化景观而已。

儒侠萧云仙

　　儒家文化主要是一种政治文化，它对中国历史的影响及对中国近代化历史进程的制约，也主要是以政治文化"身份"发挥作用。"贤人"们的重要内容也是贤人政治，已开始实行的是兴礼乐、重兵农。颜元在《习斋年谱》卷下有言："如天不废予，将以七字富天下：垦荒，均田，兴水利；以六字强天下：人皆兵，官皆将；以九字安天下：举人才，正大经，兴礼乐。"这在萧云仙治理青枫城时大致落实了一半。而且萧云仙本是侠士，为士人中一个特别类型。萧云仙自然让我们想起许多相关的问题。按理说，侠士该入奇人一类，但萧云仙虽不是文化人，却践履着真儒那"贤人政治"的原则，实质上是一个儒侠。

　　除了韩非一派的法家人物为强化法治而主张禁侠外，差不多有关尚信义、欲有作为的人都是尚任侠的。有名的如司马迁的《史记·游侠列传》，感叹侠之日稀。李贽对他敬重的英雄、圣贤，皆敬名之日侠。龚自珍、谭嗣同及辛亥革命前十年的各种报刊中有一大批文章推崇侠士之风。近代激进学者与韩非将儒侠举为扰乱世道的蠹虫判断相反，他们认为"极高明而道中庸"的儒学使中华民族健康之质日益消亡，正是儒窒息了侠。其实，他们这个判断限定到理学方面是有道理的，因为心学就尚侠。而且，从"书剑飘零"这个套语就可察知儒侠既对立又互为一体的若干信息,至少从李白到秋瑾,此风绵绵无绝,李贽就将侠视为最能实施儒之理想者。而那些腐儒、陋儒或章句之儒正因缺少了侠的精神而成为毫无"治平"之能的人。

强调儒侠一致说得最有理有据的,要属由侠而成大儒的黄侃,他断言:

> 侠之名,在昔恒与儒似。儒行所言,因侠之模略。相人偶为仁,而夹人为侠。仁侠异名,而有一德。义者,宜也。济元元之困苦,宜孰大焉。儒者言仁义,仁义之大,言侠者莫任矣。
>
> ——《量守庐文存·释侠》

侠是以辅群生为职志的人。但在大一统中,必须加入合法的系统才能成正果、青史留名。神侠孙悟空尚且如此,食人间烟火的萧云仙辈更是难有例外。《儒林外史》中郭孝子劝云仙的一番话,是标准的正面的叙述代理人在发言:

> 这冒险捐躯,都是侠客的勾当,而今比不得春秋、战国时,这样事就可以成名。而今是四海一家的时候,任你荆轲、聂政,也只好叫做乱民。像长兄有这样品貌材艺,又有这般义气肝胆,正该出来替朝廷效力。将来到疆场,一刀一枪,博得个封妻荫子,也不枉了一个青史留名。
>
> ——《儒林外史》第三十九回

《水浒传》一百单八将的教训，并未能提醒后人不再沿用一刀一枪、封妻荫子之模式。此是制度使然，因为否定则只好叫"乱民"。《儒林外史》中有三个侠客，张铁臂是打把式的骗子，凤四是不入正途的游侠，他若真是甘凤池，则是个纯"乱党"了。近乎儒侠并走上由侠而官之正途的只有萧云仙。

关于萧云仙体现了颜、李学派以兵农振国的贤人政治学说的问题，学术界已熟知，这里不再讨论。要说的是：这位战功显赫、政绩斐然的儒侠，却落了个"任意浮开"的罪名和勒限"严比归款"的下场。所以，这位颇有能力的实干家依然需归入无所作为的一群。

萧云仙的命运，揭示了儒学的一个根本性的焦虑：必须依赖权力系统才能弘道。这显然对泰然原则是一种挑战。现实的专制不公，不仅仅只与"内圣"设想构成矛盾。因为那个权力系统本不容忍发展性的事功。之所以达不到实践之效，正如停滞问题的实质是落后的生产关系容纳不了日益增长的生产力问题，于是扭"外王"入"内圣"，削割事功、专彰伦理。马克思·韦伯说："一种理论实现的程度取决于需要的程度。"

马克斯·韦伯所描述的事功精神是一种商人精神，是工商者、小生产者阶层所体现出来的"工具理性"，说白了就是愿意从琐屑、平凡和枯燥乏味的具体现实工作中取得成就，譬如商人的复式簿记、自然科学家和实验室等，总之是带有科学色彩的。但显得诗意不够，属于黑格尔所说的"散文化的精神"。而中国古代泛称的那个事功精神则是帝王们"好大喜功"的那种事功精神。"大风起兮云飞扬"，貌似诗意、浪漫（如汉武帝大兴土木、唐之边塞诗、清乾隆之"十全武功"等），其实却只是一种"霸道"、征服欲，一种兼并倾轧的"军事哲学"。《三国演义》就是写这种东西的经典文本。法家的耕战原则是这种事功精神内涵的确释。萧云仙则是个"王道"的体现者，大祭先农、兴办学校、养战兼具。讲究德政的儒学在理论上是反对暴行和霸道的，他们认为最大的事功就是提高人们的文明水平，这个原则推重的是价值理性，而不是工具理性，结果却是浪漫的乌托邦在肮脏的大地上难建奇勋。这种"人文精神"与上述两种"事功精神"（工具理性、耕战）都不同。在这个浪漫的人文精神传统中，士子的典型代表是教育家、道德家、著作家、纵横家。他们所推行的博雅教育当然可能培养出林则徐那种通才，同时也能训导出范进这种"通才"。更为关键的是让一个民族永远生活在乡村情调中，靠着几个模棱两可的道德概念过着君子、小人都自知的生活，在浪费生命中享受生命。这个"文胜质"的文明进化规则，永恒地成为"质胜文"这一历史原则的手下败将。

墨子一派的不幸消亡是令人叹息的。他们重科技、尚贤能、主兼爱、行侠仗义、干城卫国，对工具价值、终极价值同时关怀。鲁迅先生所期许的"中国的脊梁"正是以禹、墨等为原型的（见《故事新编》）。然而，这样了不起的一个文化群体、士子集团却消失了。鲁迅认为，侠只是墨的末流。然而，像萧云仙这样的儒侠也至为少见，故被吴敬梓作为一种理想来标榜。

萧云仙这位儒侠使侠的精神与儒的精神相得益彰，不但符合原始儒家的信念，也符合由侠而儒的现代经师黄侃的解释。他体现的"事功精神"属于宋儒中叶适、陈亮学派强调"外王"的价值取向。明清两代作为学说的所谓的实学也是相当发达的。然而，这种实学总摆不脱将技术问题化为伦理问题这个传统的取向，意识形态的价值理性天然地高于工具理性，归结到最后还是用道德代替科技和法制。事实上又不可能完全代替，与现实中和的结果，还是个价值理性与工具理性合而为一的所谓的实用理性——实用而无用、理性而无理。

　　论者高度赞扬提倡实学的颜李思想对《儒林外史》的积极影响。其实，颜李之学亦有相当的消极面。颜李之学在《儒林外史》中的作用是明显的，但就总体而言，只是一种信念果实，用那种方式愈重实学，却愈易导致虚无主义。颜李学派认为四书五经是垃圾，应烧除之，主张去"实学""实习""实行"。这种极端主张必然导致反智主义，从而造成社会的盲目与混乱。

贤人们的"内外交困"及其原因

萧云仙因功而获罪象征了那种制度中淘汰精英这个结构性的痼疾。其他如庄征君被征辟而不被起用；虞博士"老尝蔗境甘犹少"，屈沉下僚；余特只得做"乡间的循吏"，这些都是那个淘汰精英体制的显证。还更有迟衡山、王玉辉，虽忠心耿耿，却连边也沾不上。

专制政体永远解决不了合理地使用人才的问题，除非在战争的严峻考验将统治者置于不用真才就得灭亡之际，才有可能简拔忠贞有为之士。然而也只是可能，还有连死也不怕的皇帝与阁臣，如南明弘光皇帝（参见张岱《石匮书后集》卷五《明五王世家》"石匮书曰"论弘光条）。《儒林外史》的一个沉重的叹息就是人才问题。与以往的"士不遇"的悲慨略有不同，吴敬梓并不以个人得失为重，他本人是不"热中竞进"的，痛惜朝廷用八股这种法则，用太保公这样的官僚压抑真才。请设想：学道之类的位置，应该由谁去坐？是周进、范进，还是庄、虞、迟这样的人？这与高俅当太尉合适，还是林冲更合适，大约是同一个问题。

《儒林外史》所展现的体制性的社会压抑无疑要比《水浒传》深广沉重得多。《水浒传》毕竟带有民间文学的"简化"特点，带有"演戏"的特征，而《儒林外史》则是让人"看戏"。"戏文"本身也比《水浒传》细致深邃得多、厚重得多。武将之志不获展，影响到国防和治安；而文官系统若出了问题，更为严重。至迟从宋代以后，专制君主就重文轻武，因为那时的社会主要是靠文官去管理的。实行八股科考后，文举人大都可以授官，武举人则未必都有职可任。而文官的选拔、考铨更难以有个客观标准（朝廷所用的标准本身又是有问题的）。本书"士与八股"是专门研究"仅出于一途，未有不弊者也"（顾炎武语）之种种症状的。现在再从"取用之间"这个环节，引一段大师的议论，来述说真儒不见用而滥士充朝廷的问题：

> 余姚、黄宗羲作《明夷待访录》，其《取士篇》曰：古之取士也宽，其用士也严。今之取士也严，其用士也宽。古者乡举里选，士之有贤能者不患于不知，降而唐、宋，其科目不一，士不得与于此，尚可转而从事于彼，是其取士之宽也。《王制》命乡论秀士，升之司徒，曰选士；司徒选士之秀者，升之学，曰俊士；大乐正论俊士之秀者，升之司马，曰进士；司马论进士之贤者，以告于王，而定其论，论定然后官之，任官然后爵之，位定然后禄之。唐之士及第者未便解褐入仕，吏部又复试之。宋虽登第入仕，然亦止簿、尉、令，录榜首才得丞、判。是其用之之严也。宽于取则无遗才，严于用则无幸进。今也不然，其取士只有科举一途，虽使豪杰之士，若屈原、董仲舒、司马相如、扬雄之徒，舍是亦无由而进，取之不谓严乎哉？一日苟得，上之列于侍从，下亦置之郡县，即其黜落而为乡贡者，终身不复取解，授之以官，用之又何其宽也！严于

取，则豪杰之老死丘壑者多矣；宽于用，此在位者多不得其人也。流俗之人，徒见二百年以来之功名气节一二出于其中，遂以为科法已善，不必他求。不知科第之内，既聚此十百万人，不应功名气节之士独不得入，则是功名气节之士得科第，非科第之能得功名气节之士也。假使探筹，较其长短而取之，行之数百年，则功名气节之士亦自有出于探筹之中者，宁可谓探筹为取士之善法邪？究竟功名气节人物不及汉、唐远甚，徒使庸妄之辈充塞天下，岂天之不生才哉，则取之法非也。

　　　　　　　　　　　　　　——顾炎武《日知录》卷十七

　　然而，太保公谏阻起用庄征君时不是也很"严"吗？这又冒出专制政体中人事制度的另一大弊端：朋党。清初那几个"雄才大略"的主子最嫉恨朋党，这是毋庸举例的。然而，朋党问题既然是必然要出现的，再重惩亦不得绝迹，犹如贪污问题，朱元璋这样杀人如麻的魔君，天天杀贪官，到最后他都惶惑了：天下竟有这么多不怕死的！

　　征辟之设，本意是多开渠道以笼络汉人，作为八股正途补充的。但皇帝既无诚意，正途出身的官僚对这类旁门入仕的人又嫉恨颇深。高翰林对征辟的看法正体现了这类人的思想倾向与舆论偏向，太保公自然也是正途出身，否则不会居于那等高位，他对庄征君的排挤，在皇上面前也是强调正途出身，暗处还有朋党背景。顾炎武《日知录》早曾论及：

　　　　明初荐辟之法既废，而科举之中尤重进士。神宗以来，遂有定侧。州县印官，以中上为进士缺，中下为举人缺，最下乃为贡生缺。举贡历官，虽至方面，非广西、云贵不以处之，以此为铨曹一定之格。间有一二举贡受知于上，拔为卿贰大僚，则必尽力攻之，使至于得罪谴逐且杀之而后已。于是不由进士出身之人，遂不得不投门户以自庇。资格与朋党二者牢不可破，而国事大坏矣。至于翰林之官，又以清华自处，而鄙夷外曹。崇祯中，天子忽用推知考授编检，而众口交哗，有"适从何来，遽集于此"之诮。呜呼！科第不与资格期，而资格之局成；资格不与朋党期，而朋党之形立。防微虑始，有国者其为变通之计乎！

——《日知录》卷十七

"资格与朋党二者牢不可破，而国事大坏矣"，限资格则国家必然老人化，朋党立则党同伐异、国无宁日。这一点，张岱在《石匮书》和《张子文秕》中屡屡论及，至为深刻和沉痛。因为朋党是这种意义上的党，不是现代多党制的那种党。庄征君"不投门户以自庇"，还是回来了；萧云仙也是朝里无人难做官，更何况他又不是正途出身。

总之，除了道与势的矛盾外，还有这许多沟汊，反正"贤人政治"作为一种学说，可以存在，且早已存在，但若要成为事实，便难于上青天了。除了我们上面已论及的原因外，还因为秉柄者自我感觉总是永远良好，坚定不移地认为他们施行的就是贤人政治。

"小人"及由小人构成的现实之抵制是贤人政治必然遭逢的外部困境，贤人政治的内部困境则更为致命。在《儒林外史》中，讲贤人政治的"作品"除了迟衡山操持礼乐、萧云仙振作兵农外，真正为之著书立说的是王玉辉那三部大书。造成这三部书未能面世（等于流产）的原因，无非钱、权二项。王玉辉若是娄四的兄弟，那三部书稿早已行世；若是南昌王太守，更可刻版。偏偏知府不著书、公子不懂行，王玉辉著了书却偏又没有钱和权。这三部书的内容不得见，不便深入分析内在困境之所在，但礼、乐、兵、农那一套是强化农业文明模式的，这一点毋庸繁证。问题在于，无论是强化农业文明的上层建筑还是经济基础，都无法解决当时的社会问题。一个建立在农业生产方式上的以人治立国的社会，本是一种最简单的组织形态。它是一种简单再生产的结构，要发展难，要稳定易。社会化程度低，但兵燹天灾之后的再生能力强，只要在地上撒下种子就能长出庄稼来，这个社会便又安然无恙，由天下大乱达到天下大治。上流社会有礼仪、下层社会有乡约，人们再能识字读经，上古三代之牧歌情调便又可以代复一代，地久天长。说王玉辉那三部书是"贤人政治"的"思想形式"，正是指此而言。历来以复古来矫正现实的思想家，其思想背景大致概莫能外。

求生机于停滞，实不啻缘木求鱼。懂得中国历史的人都知道"托古改制"者是多么无奈，成功的例子极少。王莽的新政、王安石的变法，以及康有为的百日维新都是明证。

《儒林外史》中的贤人政治，还达不到这种程度，准确地说只是一种文人的、道德化的关于社会状况的设想而已。其中的焦点不是别的，还是那个大而无当的道德。我们说吴敬梓是个纯儒，就是根据这一点。在那个时代，他没有也不可能摆脱以道德代法律、代技术的思维模式。《儒林外史》臧否人物、评判现象都是依据着道德这把尺度。道德化的批判，批判化的道德，一切问题都化为意识形态问题，这既是社会停滞的产物，又协助着停滞的死而不僵。

古代中国将士子都朝着道德家方向雕塑，就是为了保护社会在停滞中安详地悠悠足岁。道德万能论和意识形态保国论，必然使古中国士子型号单调、士子活法枯淡，也罕有工程型和现代意义上的经济人才。关键还是制度——其循环还是这么简单：这种制度出产这种士子，这种士子一起来养护这种制度。

然而，贤人政治居然有全然的现代版。胡适之先生的"好人政府主义"，与这一传统不能说无关。民间至今还有根深蒂固的清官崇拜情结。道德这把天尺，还是人们做价值判断"先天的意识和潜意识的"。

第六章　奇人歧路

杜少卿的沉重与悲凉

士子不仅生活在制度中，更生活在具体的氛围和文化风气中。因为对于文化群体而言，所谓文化氛围、思维空间、文风、学风都是具体而内在的内容。不同类型的士子无非是精神指向和生命情调每有不同。

中国士子主要是文士。所以，文风、学风也就成了士风的重要内容。而文风、学风并非空穴来风，总是政局的晴雨表。但有些问题并不像有些古今论者所说的那么简单，譬如说，"朝纲不正，学风荒陋"几乎成了物质决定意识那般直接的逻辑。其实，这种说法的立场有待分析，其论断逻辑尤为值得斟酌。

战国时期，礼崩乐坏，令有大一统癖者痛心疾首，而真正的学术、思想、文学却处于黄金般的春天。秦始皇倒是"纲举目张"，然而真正的思想文化、文学艺术几乎等于零：除李斯那篇《谏逐客书》外，秦代几乎没有其他的文章。汉比魏晋的朝纲严整，然而平情而论，是两汉经学文化有价值，还是魏晋玄学文化有价值？汉代儒学自有其学术成就在，晋代哲学则更有启人心智的成果，文化建设价值更高。王安石改诗赋为经义，并自编标准教材《三经新义》。在王安石当权时，《三经新义》是士子必读的经典，且一版再版，"举子专背王氏章句，而不解义"。因为他们的命运前途全系于能否做好这部读本的应声虫，考生的意见与宰相的见解小有出入，便会落第。陈后山在《后山谈丛》中言："荆公悔之曰：本欲变学究为秀才，不谓变秀才为学究也。"顾炎武引了此条材料后，在《日知录》卷十六下了一句有坚实根据的断语："岂知数百年之后，并学究而非其本质乎？"

只是清代恰如秦代，朝纲固严整，但用龚自珍的话说，那是"一夫为刚万夫为柔"。清代的学术、思想情况比屡屡被指斥为"朝纲不政、学风荒陋"的明中叶以后的情况怎么样呢？顾、黄、王、颜不算清代的学者，恰恰是反清的明遗民，清初的诸大师都是明末就已成长起来的。与明代全然脱了干系的纯清代士子因受压太重，大多显得不足观：朴学已失去了顾炎武那一代学术的宏大气象，已无作"郡国利病书"的动机，朴学家们虽不纯为稻粱谋，但没有不畏避文字狱的。文坛上则是肌理派、格调派、神韵派，这些与明中叶以后的"晚明浪漫洪流"相去何啻天壤！待文化势头再度隆盛起来时，又到了"朝纲不振"的帝国末世了。龚自珍已感到"万马齐喑""万籁无声"。鸦片战争爆发时他刚死，文化思想上倒是迎来群星璀璨的新纪元了。比建安名士更慷慨悲凉的名士、比正始名士更玄远幽深的名士、比竹林名士更任诞苦闷的名士，他们从走向"现代化"（在经济学语义中走出中世纪的过程都叫现代化）背景上"群贤毕至"，不再是"兰亭雅集"，而是走向"中西碰撞"的暴风雨中。

此处要讨论的是：其一，恰恰是朝政不振之秋，正是思想文化界春光明媚之时；其二，被斥为空放者恰有性灵在，"官版文献谨实翁"往往及身而绝。

我们下面就沿着这个思路，讨论"奇人"的文化意义。

奇人的奇就奇在他们勇于承当，敢走自己的路，致力于自我拯救，他们终于自觉到多余，勇敢地"多余"出去，即自觉走向边缘。但喜剧在悲怆中发生，他们的价值恰在"叛逆"，而发展正统的偏偏是反叛逆又画了一个圆圈。

在古代中国，个性主义这条春蚕永远爬不出蚕室——司马迁受宫刑后住过的那种蚕室，而所谓朝纲越振就越是"蚕室密布"。

譬如，唐寅有幸生在明中叶而不是所谓"文治武功全盛"的清代中叶，所以，唐寅要比吴敬梓活得轻松、潇洒得多，也比吴敬梓任其潇洒的杜少卿浪漫得多。这倒不是两个具体的人个性不同的问题，而是两代同类型士子的不同风格问题，而这两种不同风格又主要由于文化大气候的不同。

唐寅其人、其艺体现出了一种亵渎美，而《儒林外史》中的奇人们却并没有潇洒地亵渎起来。根据马克思主义的经典论述，任何新生事物都表现为对旧的神圣的东西的亵渎。我们是否可以认为：亵渎之所以能构成一种真正的美，原因也正在这里？

当然，唐寅绝不是最优秀的"士"，但唐寅的活法不失为那个时代中一种最佳的士子活法。士只要有足够的才情，是自然而然的，别闹景兰江们那种酸而陋的笑话即可。

而且，真正消解那个沉重教条传统的不是真儒，而是唐寅、景兰江们。当我们沿用古典原则抨击景兰江们时，还是处在"道德化批判"的惯性中。若以社会效果为标准，则绝不能忽视这股瓦解之力。只是由于杜慎卿走通了"异路功名"之路，景兰江又缺乏足够的才具，我们才不得不借用唐寅这一知名度颇高的真名士来补足前论并兼接下文。

更为发人深省的是明代出真名士，而清代却偏出假名士。当然，指责明代名士为伪妄者的人也颇多；然而，似乎有两种情形，一种是李贽骂伪学道、冯梦龙"发名教之伪药"的那种斥伪；另一种则是骂李贽一脉的人为伪妄。这又为两种情况：一是官僚伪道学的骂，二是倡实学之真道学的骂。两种情况盘根错节，但"人以伪显，学以伪传，才以伪举，文以伪售"（王源《居业堂文集》卷十七）这种现象毫无疑问是个大问题。不过，明代毕竟有那么多真名士：何心隐、李贽、徐渭，以及以唐寅为首的吴中四杰，公安三袁，钟、谭之竟陵派……李泽厚曾如此概括："这不是一两个人，而是一批人，不是一个短时期，而是迁延百余年的一种潮流和倾向。如果要讲中国文艺思潮，这些就确乎够得上是一种具有近代解放气息的浪漫主义的时代思潮。"（李泽厚《美的历程》）然而，"作为资本主义新因素的下层市民文艺和上层浪漫思潮，在明季发展到极致后，遭受了本不应有的挫折。历史必然远非直线，而略一弯曲却又可以是百十年。李自成的失败带来了清王朝的建立，随之接受和强制推行保守、反动的经济、政治、文化政策。资本主义因素在清初被全面打了下去，在那几位所谓'雄才大略'的君主的漫长统治时期，巩固封建小农经济，压抑商品生产，全面闭关自守的儒家正统理论，成了明确的国家指导思想。毫不奇怪，从社会氛围、思想状貌、观念心理到文艺各个领域，都相当清楚地反射出这种倒退性的严重变易。与明代那种突破传统的解放潮流相反，清代盛极一时的是全面的复古主义、禁欲主义、伪古典主义"（李泽厚《美的历程》）。这是对清代名士多伪的社会根源和意识背景的颇为透辟的解释。史书上见姓名的大名士卖假药当大官，小说中的假名士则撞骗混饭走江湖。罗宗强先生《玄学与魏晋士人心态》中《正证据与士无特操》一节论述士子两栖游窜的情形颇精彩。其实，越到后来，随着专制主义的全面加强，士子越加两栖游窜和无特操了。而且还不只是个有无特操的问题，而是一个有无主体的问题。周、范二进有何主体性可言？杜慎卿、景兰江有了那么一点主体性，却内薄外窘，心无定则，随波逐流。欲求不当假士，则须以放弃人世幸福为代价。杜慎卿不赞许方孝孺与其说是史识政见不同，毋宁说是方圆之别、呆乖之异。至少在《儒林外史》中，名士之真假、才情之高低还不是关键的标准（只要不要实低却自以为高即可），关键是看认真不认真。这当然也是个主观性的标准，也从而是个内在的标准，因为本是个"活法"问题，用大字眼便是"人生道路""精神前途"的问题。

《儒林外史》是描写封建时期读书人人生道路的大书。如同列夫·托尔斯泰为19世纪俄罗斯贵族寻找出路一样，吴敬梓为18世纪中国读书人探索着精神出路。这部大书中，贯穿着一代读书人的反省，既执着又真挚，其中醒目的线索就是人应该怎样生，路应该怎样行。恪守科举途者迂腐不堪，以名士自居而沽名钓誉者俗不可耐，这在吴敬梓和今天的读者看来都是毫无意义的。那么，什么才是文人生命的原则呢？

吴敬梓特标举出杜少卿这位风流倜傥、潇洒自若的人来。他纯挚如赤子，不但敬父爱妻，也能超越俗世贵贱尊卑的形式，真心爱护童稚故旧，实为《儒林外史》中最特殊的人物。而且，他还能超越世俗利害关系，不为形式所拘，领受了行其所愿行的自由之乐，自有一份从容浪漫的凛凛风姿。这正是吴敬梓理想中的人物，是灌注着他全部的人生感受、映现他全部的感性情趣的形象。杜少卿是在那个被彻底扭曲被异化的社会中能够坚持人道主义及理性自觉原则的、与假名士相对照的真名士，统摄市井四奇人的大奇人。如果也用简括的字眼来概括杜少卿的气质，可以说，与杜慎卿的矫情的酸气正相反，浑身洋溢着豪放的"侠气"。"千秋快士""古今第一奇人"是小说中所有有识见人士对杜少卿的一致评论。

　　杜少卿不是以自己的历史主动性和英勇行为揭开新时代序幕的急进的知识者，也不是那种以自己的雷鸣闪电的言论鼓动新潮、动摇旧世界的启蒙思想者，在他身上弥漫着那处于已经沦陷的状态而又不甘心沉沦的知识分子的苦闷的"空气"。他不是少数论者所说的"新人"形象，而是有着文化学意义上的"多余人"的象征：不安于旧有的，又找不到合理的新路。来自时代的"生之感受"已使他具有了某种叛逆冲动，逸出了封建主义的常轨，一只脚已跨出正统规范的门槛。贤人可以成为整个社会的雅谈对象，道学家也好，奇人也好，都肯定之。而"自古及今难得一个奇人"的杜少卿却被真、假道学们同视为洪水野兽，遭致许多诽谤和谩骂。杜少卿的卓异之处就在他能傲视庸众的物议，勇敢地走自己的路，这条路的名字叫"探索"。他仿佛是乱石间的一泓水那么清澈，流得那样深曲、艰涩，但"烦闷的究竟是什么？不知道！"这因为既想为社会也想为个人，可是，社会放逐了他，自己又找不到自己要干的事情。千金散尽之后尽管无怨无悔，然而及至秦淮河上卖文度日时，那又是一代奇人一份怎样的酸苦！

　　因此，杜少卿只能以狂狷的形式，捕捉、占有、享受着生动的感性自由。这感性自由赋予他豪放的侠气，要求冲破封建束缚，敢于对封建权威的礼俗提出大胆的挑战。在文字狱大盛之时，他敢驳钦定的理论标准——朱注。这不是在追寻一点微小的学究式的胜利，而是通过批驳道学来表达自己的生活信念。他解说《诗经》，也是从理论上寻求人应该怎样生、路应该怎么行的依据。他依据自己的人生哲学，说"《溱洧》只是夫妇同游，并非淫乱"。杜少卿对《女曰鸡鸣》的评论正是充满人生经验的赏析，渲染着一种独立自主、怡然自乐的生活境界，也是在彰扬着一种生命体验和人生哲学。在实际生活中，也努力兑现它。吴敬梓在《儒林外史》第二十三回写杜少卿搬至秦淮河房之后，众人来贺，"到上昼时分，客已到齐，将河房窗子打开了。众客散坐，或凭栏看水，或啜茗闲谈，或据案观书，或箕踞自适，各随其便"。主雅客贤，逍遥自在。杜少卿与妻携手同游清凉山，使道学先生痛心疾首，世俗社会也为之侧目，"心玄神摇"。杜少卿却在满不在乎的沉醉意态中获得了最能引为满足的情感体验，似乎在公开宣布：应当解放被狭窄可厌的道德圈子剥夺去了的个性。他的价值标准已与那个社会的钦定规范发生了历史性的偏差和对抗。

这些俗人不能知的"文雅风流之举"（虞博士评杜少卿语），使杜少卿成为明清"以情反理"的痴狂典型群中最重要的成员。杜少卿的痴狂不像婴宁、贾宝玉那样带有任性的"幼儿症"特点，而是一种理性自觉，一种千锤百炼出来的人生态度——当然，成人的理性色彩也使杜少卿不如他们天真烂漫和新颖丰盈。杜少卿历经正反各种刺激之后，终于坚定了一种人生信念："逍遥自在，做些自己的事。"杜少卿虽不像宝玉那么"无事忙"，但也一样，不想做按钦定标准规定的什么"正经事"。皇恩浩荡的征辟大典，杜少卿装病辞之。杜少卿已看透了那个社会："走出去做不出什么事业。"在世人趋之若鹜的豪富面前，他富也不喜，贫亦不悲，又与逆来顺受、随遇而安的奴性人格相反，这是一种"通脱""豪放"，一种以超拔的不为外物所囿的始终以主体为本体的道德境界、人生境界。他在这通脱豪放中体验着自己的真实的生命。就像其原型——吴敬梓本人"文章大好人大怪"一样，杜少卿的特异性格几乎是不期然地冒犯了那个时代通行的原则规范，嘲弄了庸众的普遍信念，背离了

"从来如此"的生活方式。

杜少卿有理由谴责："这学里的秀才未见得好似奴才！"这不只是对那个"专储制举才"制度的批判，也是一种道德批判。这种唾骂既显示着他的"快士"风格，又是一种为被贬抑的人类尊严复仇的快举。他蔑视那条"治者"指示的道路，厌恶制造奴才、匪类的"仕途经济"道路，但是他又实在没有什么切实的路可走。他那份理性自觉不可能高度发展，因为那理性本身就是有先天缺陷的。

除了那些明显的挑战行为外，杜少卿的豪放行为方式又几乎全都可以组装在古已有之的传统形式之中。他遇贫即施的"豪举"，当然显示着一种平等爱人的精神；不过，可以被正儒的"仁者爱人"的古训囊括。贤人们以道德教化挽救颓风，赢得了杜少卿的敬重，热心参与了他们大祭泰伯祠的活动，他本人更是别无良策来挽回颓败的世道人心。杜少卿与贤人们相依为命，既说明了他的社会责任感、思想上的入世性质，也说明了他被旧时体制限死了的命定的悲剧性软弱。他探索新秩序、新状态，但离开贤人又觉得无所依归。他既告别了旧秩序中固有的位置，又找不到新的位置。生存在"过渡时代"乃至一切时代的人们，都可以说在某种意义上是"站在中间的人""在进化的链上，一切都是中间物"（鲁迅语）。杜少卿领先站在"中间"，又无力地跨在两个时代之间的门槛上，进退失据。他的痛苦正是那个时代真正的知识者的痛苦，但他身上出现的痛苦反思、不能实现理想的内心折磨，乃至自我麻醉，本有近代色彩的特质，却被消融在海外新儒家目为"灿若桃花"的东方古典型理性平衡、和谐整一的总体特征之中。中国的古老文化再加上"束身于名教之中"，使杜少卿永远失去了这样的荣誉：他的名字本应该成为挑战的标志、进攻的嚆矢、"林中的响箭、进军的第一步"。然而，人总不能超越时代。他只能在"现存秩序"中，全无算计地捧出一掬赤心，又有些有意无意地贤否不分。他身上的近代民主气息，还是"天然"的、朦胧的。他高度赞美沈琼枝的反抗精神，不是廉价的怜悯，而是理解和尊重，也显示出他本人的个性和人格水平。然而，他却无能为力，眼见着她落入差人之手。面对全社会在实际的斗争中，他是那么举止无措。他的"猖傲"并没有包含着多少事实性的雄强。这位由大家公子落入社会底层贫病交侵的一群后，经虞博士的介绍，代人作些诗文挣钱糊口，同时也在零碎地出售着自己的生命。杜少卿有思想的余裕，但那个社会却没有给他提供发挥才力的机会，他终于还是陷入消耗性的悲剧之中。

杜少卿原本就不该指望有更好的命运，似乎也不那么思虑自己的命运。他富有真诚而饱满的同情与爱，却活在广阔的"五河县"般势利的情冷心阴的世界中，他的豪放也拖着柔和的忧郁长影。正是没有彻底的悲观，读书人也很难滋生真正意义上的"怀疑主义"，而更容易走到对怀疑的怀疑，这难以成就精神上的深刻。当杜少卿与虞博士洒泪而别，倾诉"小侄从此无所依归"的悲情时，早已失去了走完自己道路的信心。这份"凄切的孤独"是领了风气之先的知识者处在变动缓慢的生活方式中感到的孤独，一种先觉者为麻木、蒙昧所包围的经验着的孤独，一种没有更新的精神桥梁时不能不体味到的孤独。对贤人（而不是什么新的社会力量）如此倚重，最后杜少卿真追随虞博士到了浙江，有些让人泄气；然而，正是这孤独感里震响着历史冲突在个人的精神世界中撞出的回声，堪称"时代矛盾在具体人物那里的心灵映象"。对杜少卿来说，这里有自怜，但不是骄矜，更不是宣泄，而是真正的无家可归、无路可走的感伤，是精神漂泊者的悲音。或许也能尝到些许微甘，但吴敬梓的理想人物最终并没有得到生命的乐趣。其中悲而深的理想破产的感伤情怀、精神上的彷徨无依获得了超时代的美学—文化哲学的深度。

吴敬梓在展现社会的伪妄时，用的是分析笔法；而在叙写真情与真人时，就有了他再也控制不住的同情笔调，笔下的文字理所当然是沉重的。这种沉重感与刻画伪妄时的轻松感是两种精神现象，对于预兆一个失去合理性的既成秩序的不可避免的破亡，共同显示着"极限状态"。

《儒林外史》令人心悸的不是吴敬梓明晰可闻的控诉，而是杜少卿那种所体现出来的挣扎不出来的呼喊。

围城意识

　　身不由己的无可奈何，是专制社会古国中人的宿命。这种浩叹从《诗经》到《红楼梦》，真可谓地久天长、代无绝期：

　　"大道如青天，我独不得出。"

——李白《行路难·其二》

　　"出门即有碍，谁谓天地宽。"

——孟郊《赠别崔纯亮》

　　"志士仁人莫怨嗟，古来材大难为用。"

——杜甫《古柏行》

　　"笔底明珠无处卖，闲抛闲掷野藤中。"

——徐渭《题〈墨葡萄图〉》

　　夏志清说贾宝玉承受的一切形成了这样一个两难：要么对苦难无可奈何，徒表同情；要么就变成青峰埂下的顽石。《儒林外史》的感叹可能还具体一点，因为它已揭出了一个以无为"本"的世界：

　　圣贤教化——无效；英雄事业——无功；八股腐儒——无智；假名士——无聊；真名士——无家。

　　沿着这条基线加以抽象引申，便是：

文化功能——无用；价值世界——无标准；对所处的世界——无奈。

总而言之，活在这个社会中的真知识者因苦闷都觉得无聊，而那些"有聊"的人又无耻。无耻的人是自觉得活得有劲、行已有能的人。想有耻并葆一点童心的，又偏偏活得悲壮又悲凉。不但"功名富贵没凭据"，道德伦理又何曾有真标准？社会何曾有序、世界何曾有准？西方言荒诞，似乎多倚重阴暗的心理，而最反荒诞、有着浓重"秩序情结"的所有正经事无不在荒诞中（"做事如做戏，做戏如做事"），魏晋名士的"任诞"至其末流也只是"任诞"而已。真正的"诞"或"达"只有自觉到主体存在的实在性者才能做到，如同不痛苦只靠非生存才能实现一样。

专制古国这座城堡，才是真正的"围城"："一无可进的进口，一无可去的去处。"（钱锺书《围城》）。

无路可走，又不能就地成仙，一直处于主流意识形态地位的儒家文化，再也保存不住那种极端乐观主义的派头了（此可参看《赵南星集》及李清《三垣笔记》）。不但先秦儒那"天人合一"的价值源头再也流不出活水来，宋儒的"天理"、明儒的"良知"也都丧失了"范式"的真价值。八股业的兴旺发达、主子博大恶辣的"南面"之术，非但未遏止文化传统的消解，事实上是在帮助着愚昧、盲目、混乱、无聊、无耻、非理性等既反礼乐又反人性的东西泛滥成灾。

历代志在兼济的儒者可以说多少都有一种忧患意识，从孔子到王夫之都是如此。这种忧患实际是任重道远之自信心的别名。有时尽管大势已去，但大道不废，兴亡继绝尤显弘毅。然而，这主要是发生在国破"家"亡之时。在金瓯无缺之秋，八股儒即是理直气壮的大儒，而真贤人却无奈奉旨当闲人或"鼓吹修明"去了。应鸿博科被录用的杭世骏，因上书要求消除满汉界限，被发落回原籍。乾隆南巡，问："怎么杭世骏还没死？"见杭世骏在做生意，便羞辱性地亲题"专卖废铜烂铁"，杭世骏于是"奉旨"而专卖。在这士子"奉旨"大贬值的时代，士子不可能以道义高自标榜，那种自信的忧患意识彻底地变了质：痛苦与无奈不但成了主要的体验方式，还成了一个"主题"。

贤人的风流、贤人政治的流产，都象征性地表达了那个世界已丧失了主流文化，与前面论及的八股、假名士等现象合起来，则可以说：那个世界已是一个没有理性和信仰的世界了。杜少卿对于这传统理性的呼唤与寻觅是一种建设性的确立，及至其无奈地叹惜"小侄无所归依"时，倒像成了文明社会的弃儿。此处借用钱锺书在《围城》中对方鸿渐的一段哲理性很强的心理描写来形容，当是相得益彰的：

> （方鸿渐的）心里仿佛黑牢里的禁囚摸索着一根火柴，刚划亮，火柴就熄了。眼前没看清的一片又滑回黑暗里。譬如夜里两条船相遥擦过，一个在这条船上，瞥见对面船舱的灯光里正是自己梦寐不忘的脸，没来得及叫唤，彼此随船早离得远了。这一刹那的接近，反见得晬隔的渺茫。

这种失落是文化精英唯我独尊的自信心的残破与陨落，显示着一种根本的缺失：主流文化走向破碎、衰亡，寻找精神价值的头脑无所适从。因为旧的范式已经失效，新的范式尚未形成。这种时代是失去了时代中心的时代。直到龚自珍还是无所适从，高声喟叹的仍是"出门何茫茫"与"无步不限哉"。

不过,这个"无所适从",还需证明有个主体。周、范二进绝没有这种无所适从之感,更无什么危机感、忧患感,他们中举以后,便认为世界再也没有这么美好。

上文论及,庄征君的那份难受比起杜少卿来,则是站立云端之上了,是古往今来最幸运的"势与道合"者。因为结构既定,是必然地难以自择的,偶然的是"君"与"时":

> 是以古之君子不患弘道难,患遭时难;遭时匪难,遇君难。故有道无时,孟子所以咨嗟;有时无君,贾生(谊)所以垂泣。夫万岁一期,有生之通途;千载一遇,贤智之嘉会。遇之不能无欣,丧之何能无慨!
>
> ——袁宏《三国名臣序赞》

"万岁一期""千载一遇"相对成文,可谓"遭时遇君"之难,难于上青天。所遇之"期",全在兵燹之际,汉初三杰,传为佳话,袁宏做《三国名臣序赞》,写的是战火之中的壮丽多彩的士人群相。缘此便知,何以少年人总是渴望战争。他们哪知道"一将功成万骨枯"的道理,哪知道以暴易暴的历史循环论?

当杜少卿说"出去也做不成什么事"时,不仅是对自己失望(非经济之才,只能充词臣),更包含着对世道的睿智洞见——"损之又损,众妙之门"。他不得不用王龙溪说的那种"减担法"以空致通,得将息于"空城"之中。无奈云云,实为蚕室之中的自作茧,他那点侠气仅供其自耗了。

法国启蒙大师狄德罗这个秉持着古典理性的人,早已发现人的行动与自我之间往往有一道鸿沟。那个老幻想着做"文人共和国""独立自主的伟大的英才社会"的主持者的伏尔泰，其文化策略却是首先自我限定，与其追求一种不可及的真理，还不如追求一种美，确切点说，追求一种趣味。由于这种趣味，人类达到了他所能达到的微妙的良知的顶峰（参见《哲学通信》）。在攀高比方的意义上是《儒林外史》四奇人形象有点这种意思了。杜少卿那种说不出的难受，是提出了这样一个问题：在一个外在的规定性已经变得过于沉重，从而使人的内在动力对于现实世界无济于事，人的可能性是什么呢？周围的世界突然自己关闭，世界变成了无可逃遁的陷阱。

举凡人文精神都有着泛存在主义的气氛。不是我们生拉硬扯，只是"中国人"早熟不老也长不大。《庄子》、古诗十九首、魏晋人的生命情调，是多么精彩的"存在主义文学读本"？《儒林外史》只是在作者也惶惑时才流溢出这种情调，这还是吴敬梓的感性对其理性的胜利。然而，吴敬梓一旦寻找到了"理性结构"，便又回到古典的和谐中去了，是为悖论。

精彩的围城实则是一座不战而胜的空城。这里每天都上演着"空城计"，呈现同心圆状的中国古代史，其基本精神模式更是天变道亦不变的"沧桑正道"。任何正宗或叛逆的形态，都有个古已有之的原型、范式，让所有人都觉得"从来如此"。一直到鲁迅先生，才发人深思地发出疑问：从来如此，就对吗？

沈琼枝并非娜拉

现在文学运动中有的论者将《儒林外史》中的沈琼枝称作"中国的娜拉",是为了给中国的妇女解放壮声势,多少有些夸张的成分在。

儒家那一套理想主义、英雄主义的规范,只有不计个人得失、不避生死的侠士才能约略践履。真去落实儒家教义,没有侠气是绝不可能的。其中道理,我们论述萧云仙时曾经谈到,但已凭侠而官了。杜少卿洒脱地广施仁义、力图超越功名富贵、心魂自守等靠的都是一种浪漫而全无算计的侠气。真正凭自身侠气走出了新的风光的是沈琼枝。而且,似乎只有她获得过了一次胜利。

一部《儒林外史》几乎是一个"博喻"。用不同姓名、不同个性人的不同人生历程,反复地譬喻一个中心。许多人物都可以说是其"中心"的比喻性人物,他们既有鲜明的个性色彩,又在很大程度上代表了社会普遍性。如二进、马二、鲁氏父女都是映照揭发八股举业的"喻像"。并非喜剧形象的迟衡山、庄绍兴、虞育德等贤人"互见而相赅",共同表达了吴敬梓的贤人政治的理想,是这个理想的中心"喻像"。三大名士集团更是自成段落,沽誉邀名,表现出寄生者生存的荒谬感。诸喻群像之间又"激射回击,旁见侧出,以完作者考镜之意"(刘咸炘《小说裁论》)。唯独沈琼枝是奇花独放。

卧闲老人说:"云仙,豪杰也;琼枝,亦豪杰也。云仙之屈处于下僚,琼枝之陷身于伧父,境虽不同,而歌泣之情怀则一。作者直欲收两副泪眼,而作同声之一哭矣。"(卧闲草堂本评语)这样解释吴敬梓倾注的感情是准确而深刻的,不过沈与萧并不是"器等"的人,形象的蕴含没有相似之处。或曰:"凤与沈,类也。"(刘咸炘《小说裁论》)将凤四与沈琼枝并举,这当然的养眼于他们的侠士伸手和风骨。于是,便有新说:沈琼枝乃中国之娜拉。评价可谓极高,然而因高得难以置信而成为挤出来的夸张。论者责备吴敬梓没将这个形象写足,使中国的娜拉逊了色。其实,中国当时根本就没有出现娜拉的社会土壤,吴敬梓能写出个沈琼枝,已是一个有相当民主思想的先觉者了。

隐身叙述人吴敬梓,对沈琼枝来说又是叙述代言人的杜少卿,合力实现了这个发现:"盐商富贵奢华,多少士大夫见了就销魂夺魄;你一个弱女子,视如土芥,这就可敬极了!"尽管她自觉到的、理性地标举的还是"张耳之妻"之类正名分的既成观念,但她身上包裹着一团她自己也不知道的争取人格与独立自由的意志。她不是因财产、家政等琐屑的具体形而下原因"使气斗狠"逃出家中,而是因为明白了受骗为妾的事实,不肯降格迁就,才出走的。这与她的"衣冠人家"出身很可能有关系,但"衣冠人家"的女子却罕有那种心理、那种形式的逃婚之举。同是逃婚,甚或同是因为不甘为妾而逃婚,但因个性不同、行为方式不一,其中所含的文化内涵就大不相同了。

沈琼枝的出逃是对"才女嫁俗商"这一不公平的命运的反抗和矫正,她最不能接受的当是才女与俗商间的人生旨趣的抵牾。假如她遇上杜少卿那样的"豪杰",也许就不那么计较"老大""老二"的名分了。她事先是否知道"扬州宋府"是盐商，吴敬梓语焉不详，我们也不宜作推测。吴敬梓明白清楚地交代了沈琼枝对宋为富情趣、修养的蔑视："这样极幽雅的所在，料想彼人也不会赏鉴，且让我在此消遣几天。"不能忽视其间所蕴含的消息：正是如此，小妾的身份才使她从观念到情感都感到这是不能忍受的人格侮辱。尤可为贵的是，她通过自己的奋斗、努力，冒险扭转"乾坤"，当她被幽闭起来时，勇毅坦然地承受一切，就是不肯屈服！

沈琼枝不是一个"犯勿校"的儒者，可以说，她几乎有点孙悟空式的"以战为戏"的脾气。侠者的性格就是在此刻不知下刻命的境遇中，依然活得从容镇定。沈琼枝与那些有着内在冲突的悲剧性格太为不同了。她既不空虚，像无智又无聊的人那样；也不虚无，像有智而无路可走的人那样。她不是怯于行动、懒于行动、安于做一个听天由命的懦夫。夸张一点说，她走出了这样一个士人已习惯了的思维怪圈：由于愈来愈深切地感受到人生的虚无、命运之偶然及非理性无可把握，便索性放弃了对自身命运的自觉探求。

沈琼枝毫不回避自我承担、自我创造的责任，是个真正勇敢的人。说来也奇怪，《儒林外史》中除了骗子、侠客外，看不见什么有真勇气一类的素质。骗子有行诈作恶的勇气，侠客多是助人，唯沈琼枝是用于自救，并且其行为更有哲理意味：那社会根本不存在什么公道、普遍的道义原则，个人所能有的只是一种不畏虚无而敢于自决自为的勇气，夸张一点说也就是"自己裁判，自己执行"。这也是真儒乃至侠士的隐秘之所在。孔子讲"为仁由己"正是要求这种自决自为的勇气。

超越功名富贵的引诱、羁縻，只能靠这种自决自为的勇气。具体的道路无非是两条，一条是隐了去，如王冕隐于山林、虞博士隐于宦海、庄征君隐于湖上、杜少卿及四奇人隐于市井；另一条路就是"闯"进去，像沈琼枝这样，用寻找偶然性的方式，靠奇行侠骨去闯着瞧的探索姿态，改变那缓慢而均匀的"常规"压迫，那一彪男子——隐君子与现实的矛盾停居在观念形态上，并没有多少具体的摩擦与危险量，只要他们有了那种人生追求，就可以自得其乐地贯彻到底。而沈琼枝却需要进行激烈的斗争才能保全自己的"贞素"，兑现其追求。那帮有头脑的士人只是"静观人生"，不静观者则不是爬愚人山，就是撞骗混饭，真干了点正经实事的，首先是萧云仙，其次就是沈琼枝。

因为沈琼枝与鲁小姐是《儒林外史》中"唯二"的知识女性，都在"仕女"之属，故稍作比较：

首先就二人的命运提出一个问题：是顺应社会，穿上流行色的"命服"呢，还是反抗社会，走入险象环生、明天就是今天的意外的生活？

回答自然因人而异。鲁小姐若看见沈琼枝被拘捕，会发出庆幸的冷笑；沈琼枝若看见鲁小姐打发日子的方式（刻苦攻读《闱墨持运》之类），一定会叹其未死先埋。

其次，鲁小姐是无血色的花；沈琼枝则在无所希望中奋然前行，自己对自己负起责任，不再做"菟丝女"。她们都有知识，但没有拥得"知识的权力"。沈琼枝因有知识反而有了对痛苦的较清醒的自我意识；鲁小姐的心态则印证了一则格言：甘心，就是失望。

"出"与"处"的不同结局

　　贤人都有隐逸气，如果他们算隐君子的话，那大小奇人算隐奇人。虞博士以笔代耕，杜少卿卖诗文为生，书末四奇人都能自食其力而已。由于专制政体不把人当人，而把人非人化，所以要想做人，而不是做官，似乎就必须以隐为前提。"邦有道则显，邦无道则隐"（《论语》），而专制、反智的政体，何尝一日有"道"过？《晋书·谢万传》记谢万："叙渔父、屈原、季主、贾谊、楚老、龚胜、孙登、嵇康四隐四显为八贤，论其旨以处者为优，出者为劣。"为什么会形成这种绝对化的判断？从政治学角度来说，这是个世道不佳、制度扭曲人的问题；从哲学角度来说，这则是个静观人生与行动人生的问题。儒家始祖的经典界说也是能行大道，则明道救世；我道不行，就持道自重——讲一点相对性、灵活性，不像道家那样彻底地一元。道相通，相通于"超越"。但儒之隐是存身待命，待价而沽；道家之隐则超越了这种功利思想，仅求内足自全。

　　如果我们说在专制社会，士要想成为正身之士，是否非隐不可呢？即使身不隐，也得心隐。这是一个个人与社会、个体与总体的"矛盾"，在"大同"世界之前，这个矛盾将永远存在。

　　《后汉书·逸民传序》分析隐逸之士的动机说："或隐居以求其志，或回避以全其道，或静己以镇其躁，或去危以图其安，或垢俗以动其慨，或疵物以激其清。"

沈约《七贤论》解释竹林名士以酒为漫行之具的理由，其实却道出了上智难容于衰世这个"时命之大谬"的根源："嵇生是上智之人，值无妄之日，神才高杰，故为世道所莫容。风貌挺特，荫映于天下；言理吐论，一时所莫能参。属马氏执国，欲以上智谋皇祚，诛锄胜己，靡或有遗。玄伯太初之徒，并出嵇生之流，咸已就戮。嵇审于此时非自免之运。若登朝进仕，映迈与时，则受祸之速，过于旋踵。自非霓裳羽带，无用自全，故始以饵术黄精，终于假涂讬化。阮公才器宏广，亦非衰世所容……故毁形废礼，以秽其德；崎岖人世，仅能后全。"在一个标举以礼教治国的朝代，却须"毁形废礼"方能苟全。礼（理）在周公、孔子、朱子手中或许是仁器，在像司马氏一类的独裁者手中却是凶器。而道与势的分途、主义与事实的差距，即使开明君主秉政尚且难以尽如人意，更何况遭逢博大恶辣凶残之"职业皇帝"为多，则"肥遁无不利"了。

堂堂孔子只能将满腔宏愿寄托于天，浩叹："知我者，其天乎！"对隐遁之道颇为同情。子曰："贤者辟世，其次辟地，其次辟色，其次辟言。"带有胡适说"先儒"之"柔顺取容"的本色。只是"辟色""辟言"与"乡愿"需要分辨。这是不可避免的"理论代价"，就理论本身而言是相当精辟的。春秋战国像今日之"独联体"，避地是可能的。秦以后则唯能"辟色""辟言"，因为有时你即使"甘心畎亩之中，憔悴江海之上"，亦不敢也。你敢明确宣布：我不合作？你不给主子一点面子，主子就更不给你面子。阮籍不敢拒聘、不臧否人物、不露喜慢之色，终于能"辟色""辟言"而得全；嵇康不合作、不给面子，想学阮籍不臧否人物又学不成，终蹈刃而绝，欲求"无用自全"而不得。像嵇康这样的文士又有多少？只要不随波逐流、不趋炎附势，就不会有好结果。在倾轧永恒相伴的专制政体中，势亦有变易，所以趋炎附势有时也是速死之途。

总而言之，士人永远是防御性的被决定的角色。"百年苦乐由他人"，"辟世"遂成为"自高尚"的最佳道路了。从大道理上责难隐者，不是不动心思，就是太忠君报国了。

《儒林外史》以四奇人收束，而不是以类似东林君子的群体横放特出，除了时代的原因（即前人所述的朝纲愈振、愈摧残文明有术）外，还有就是吴敬梓个人的情志了。他既愤慨冠履倒施的现实，又深知难以改变，结果只能是"走自己的路"吧。心迹自知，"英雄退路作神仙"，这符合中国历代英雄少圣贤多的传统。个人自由的前提是虚无，虚无到什么程度才可能得到什么程度的自由。

《庄子·刻意》说得较为显明、完备：

> 刻意尚行，离世异俗。高论怨诽，为亢而已矣。此山谷之士，非世之人，枯槁赴渊者之所好也……就薮泽，处闲旷，钓鱼闲处，无为而已矣。此江海之士，避世之人，闲暇者之所好也。吹呴呼吸，吐故纳新，熊经鸟申，为寿而已矣。此道引之士……无不忘也，无不有也。淡然无极而众美从之。此天地之道，圣人之德也。故曰：夫恬惔寂寞，虚无无为，此天地之平而道德之质也。故曰：圣人休休焉则平易矣，平易则恬惔矣。平易恬惔，则忧患不能入，邪气不能袭，故其德全而神不亏……虚无恬惔，乃合天德。故曰：悲乐者，德之邪也；喜怒者，道之过也；好恶者，德之失也。故心不忧乐，德之至也；一而不变，静之至也；无所于忤，虚之至也；不与物交，惔之至也；无

所于逆，粹之至也……纯素之道，惟神是守。守而勿失，
与神与一。

达到了"纯素"水平，便成"真人"了（"能体纯素，谓之真
人"）。它补充了儒家"内转"之线路，或曰，庄子启发了倡导"内
转"的宋儒。就是隐士，后来的也远远没有魏晋时的风光旖旎了。
士的外路狭隘、内路枯瘠，明初不及宋元，清中叶以后尚不如明。
像《明夷待访录》那样的作品成了漫漫古史上的绝响。至谭嗣同
起，才续上余韵。本书不敢将《儒林外史》中的名士、奇人与魏晋
名士正面比较，盖因不成比例。这里只说一点，是加强一种印象：
就连隐了去，也不是肥遁，而只是枯瘠之遁。

"丧己于物，失性于俗者，谓之倒置之民"（《庄子·缮性》）。
然终日以恬养知、以知养恬，就算实现了神圣完全的生命吗？就个
体而言，就个体相对循环的历史而言，大略如此。倘能如此，倒胜
"倒置之民"得多，一如贤人、奇人胜过八股士、假名士，然而，社
会不得改善、进步，每个人能好得了么？就算避来避去、知交相养，
最佳设计效果，还不是个"仅免刑惧而已"（《庄子》）？

《儒林外史》写诸色士等写绝了，但那个土壤和气候中并无新
的士种出现，以四奇人煞尾的长篇，并没有展布出走出怪圈的蹊
径、新意向。士人复归本性的根据地则是在市井之中当有教养、有
艺术细胞的细民而已。

道与德相配合的"情绪"，在中国士子身上烙印太深了，已成了
这个类的"集体无意识"。细看历代高中名士，没有一个真正适性
得意的，包括陶潜、唐寅。人性中的理性，与这种道与德相配的观
念，使志智之士永远当了自了汉，袁宏道、周作人均不行。

道性高、学养高的严肃隐者，固然少几分战士的威严，但他们更多远离了奴性。帝制中的士子，奴性是第一致命伤。《儒林外史》这四奇人自是朴素、单调，没有魏晋人那种"志远而疏，心旷而放"的心态，没有了那份"游目骋怀""极视听之娱"的豪迈与"托运遇于际会，寄余命于寸阴"的悲凉，但也少了几分"观念幻觉"的晕眩，少了几分对"命悬君手"的恐慌，他们毕竟是市井细民，而不是政治旋涡中的宦者。如甘心于市井生活中心魂相守的雅士一般，所有的士子都能如此，八股法羁络士子的阴谋就破产了。从这个意义上说，四奇人的活法和选择具有指示道路的意义。

第七章 余 论

受害感

一、文人有厄

元明清文学，要从总体上出现一股突出且强烈的根本情绪，即受害感，可举几部家喻户晓的小说为例：

《三国演义》：天下大乱，生灵涂炭；

《水浒传》：天道不彰，逼上梁山；

《儒林外史》：士子沦落，漂泊无依；

《红楼梦》：个个悲剧，酸辛满纸。

宋末元初、元末明初、明末清初，都有家国大恨，受害者遍及天下，自不待言。清初开始悲剧喟叹，就其大势而言，已一泄到底了。《长生殿》《桃花扇》都是借离合之情写兴亡之感，《长生殿》还借安禄山喻清兵，一律是奸臣误国的主题。美学上所谓的悲剧感，从社会心理角度看，恰是受害意识。

《儒林外史》中的"一代文人有厄"，则是对士人受害境遇的自觉的明确宣达。若从悲喜交融角度审视《儒林外史》，便对吴敬梓的公心、深邃的人道主义情怀有了新的理解。从最人道主义的立场看，被腐化的腐儒、被毒化的变质青年，固然都是有悲剧性的，但主体应负哪份责任？吴敬梓最痛心的就是：八股士、假名士们为什么就不讲究一点"文行出处"？

那么，怎样才能让不讲究出处的人讲究起来？用文行出处以外的东西能激励出文行出处吗？

二、学制之学

吴敬梓很茫然，才有结尾的"变徵之音"。

在一个名曰德治实乃人治乃至于"一人治"的政体中，人才的确是政事之本，学术则为人才之本。下面粗略胪列一则学制度化的大纲。

扬雄《解嘲》用汉赋特有的夸饰笔墨胪举了战国时期"得士者富，失士者贫"一路演变到汉代独孝廉方式才可业显的史实：

> 昔三仁去而殷墟，二老归而周炽，子胥死而吴亡，种、蠡存而越霸，五羖入而秦喜，乐毅出而燕惧。范雎以折摺而危穰侯，蔡泽以噤吟而笑唐举。故当其有事也，非萧、曹、子房、平、勃、樊、霍，则不能安；当其无事也，章句之徒相与坐而守之，亦无所患。故世乱，则圣哲驰骛而不足；世治，则庸夫高枕而有余。夫上世之士，或解缚而相，或释褐而傅；或倚夷门而笑，或横江潭而渔；或七十说而不遇，或立谈间而封侯；或枉千乘于陋巷（齐桓公见小臣稷），或拥帚彗而先驱。是以士颇得其信其舌而奋其笔，窒隙蹈瑕而无所诎也。当今县令不请士，郡守不迎师，群卿不揖客，将相不俛眉。言奇者见疑，行殊者得辟，是以欲谈者宛舌而固声，欲行者拟足而投迹。向使上世之士处乎今，策非甲科，行非孝廉，举非方正，独可抗

疏，时道是非，高得待诏，下触闻罢，又安得青紫？

这和马二写给匡超人讲的"道理"一模一样，马二说今天再讲言寡尤行寡悔哪个给你官人做？就是扬雄说的这个"安得青紫"？人们喜得唐代科举之盛，细看"指标"少得可怜：

> 史言开元以后，四海晏清，士无贤不肖，耻不以文章达。其应诏而举者，多则二千人，少犹不减千人，所收百才有一。《文献通考》：唐时所放进士，每岁不过二三十人，士之及第者，未便解褐入仕，尚有试吏部一关。韩文公三试于吏部，无成，则十年犹布衣。且有出身二十年不获禄者。
>
> ——《日知录》卷十七

但这并不给人淹滞的印象。除了国运兴旺这个大气候外，主要是所开科目门类齐全，而且"九流百家之士"亦得其养：

> 唐时凡九流百家之士，并附诸国学，而授之以经。《六典》：有国子祭酒、司业之职，掌邦国儒学训导之政令。有六学焉，一曰国子，二曰太学，三曰四门，四曰律学，五曰书学，六曰算学……其余法家、墨家、书家、算家，术业以明，亦自其馆没阶云来，即席鳞差，攒弁如星，连襟成帷，观此可见当日养士之制宽，而教士之权一，是以人才盛而艺术修，经学广而师儒重。今则一切接诸桥门之外，而其亦人自弃，不复名其业。于是道器两亡，而

行能俱废，世教之日衰，有由然也！

——《日知录》卷十七

这个"善"主要是没有戕害了个性、创造情吧？个中隐秘是学术自由的问题。对于精神性、创造性的"知识生产"行业来说，没有学术自由，事实上便取消了这个门类存在和发展的最基本前提。在行政上再不给别的人身自由，事实上也便取消了这一类生产力的劳动价格。"道器两亡，行能俱废"，这士自身的毁灭对皇权来说，有两种可能的反应：一是窃喜，二是漠然。除了战国时期、战乱时期是行士者昌、失士者亡外，平时便如扬雄所言："乘雁集不为之多，双凫飞不为之少。"

论者常责汉独尊儒术，造成思想文化上的大一统。这是事实。但当初独尊儒术时，颇有以雅化俗、以经度史之伟功：

> 汉武帝从公孙弘之议，下至郡太守、卒、史，皆用通一艺以上者。唐高宗总章初，诏诸司令史考满者，限试一经。昔王粲作《儒吏论》，以为先王博陈其教、辅和民性，使刀笔之吏皆服雅训，竹帛之儒亦通文法……然则昔之为吏者，皆曾执经问世之徒，心术正而名节修，其舞文以害政者寡矣。

——《日知录》卷十七

通经政用遂成后学之圭臬，经世致用也极深入人心。还是以利导义，通经有官做，经术遂大明于天下。然而，有利必有弊。关于这一点，本书前面曾作引申，故不赘述。要之，以经学为干禄之阶，禄是目的，经只是敲门砖。这块砖千锤百炼终于成经久耐用、物美价廉、普度众生的八股文。"道器两亡，行能俱废"，至八股大昌而极。

康、雍、乾三个朝代，一面大兴文字狱，一面提倡理学与八股，"武备不修，赏罚不明……因循日盛，畏葸日多"（汪士铎《乙丙日记》）。宰相以"多磕头，少说话"为秘诀，士大夫以"莫谈时事逞英雄"为座右铭（《暝庵杂识》卷三），就连经学本身也成了危险品。为什么没有人敢谈义理，不再走理学之路，而一窝蜂地去"搞"朴学？纯学术固然永远有价值，那些钻入学术象牙塔的士人，可借用顾炎武两句话来形容："今之学者，明用《孟子》之良知，暗用《庄子》之真知。"（《日知录》卷十八）经世实学，变成传世实学。

三、学术杀人

关于受害意识，冯梦龙有过一句名言："学术杀人。"其实这句话是任何人可以说、任何学说的。法家、道家对儒家的攻击都归其罪到祸乱天下的地步。韩愈诋佛学也是上升到对世道人心的危害。范武子说王弼、何晏二人之罪深于桀、纣，以为一世之患轻，历代之害重，自丧之恶小，迷众之罪大。这些都是学说杀人胜过屠刀的意思。苏东坡说李斯乱天下，至于焚书坑儒，皆出于其师荀卿高谈异论而不顾。顾炎武也诋心学、骂李贽，以为明亡于空谈心性。

奇怪的是，士人攻击异宗异派者夥，反思制度本身者则极少见。指责制度亦无非是指责资格陷人、八股害经之类，立意均在补天。敢于非具体之君的，尚有人在，敢于否定君权则是千年只一个。魏晋有"无君论"出、明清之际有《明夷待访录》出，尔后有唐甄的《室语》，再后便是谭嗣同的《仁学》了。是不是那些大师、二师们也在打诨：张扬不主要之点，反而保护了大病根？这中间有认识问题，也有品质问题。

所以受害意识，只是在"善美感性"（罗素语，意谓只抒情不研究制度，见其《西方哲学史》下册）的圈子里打转。这是其柔弱无力、徒然煽情的不足之处。然而，这已是"感性对理性"的胜利了。清际的先进思想首先不在思想界，而在文学中即是缘于此因，《儒林外史》虽未能解决什么问题，但毕竟提出了深邃的问题，或谓提出问题比解决什么问题的功劳还大。好像也是，吴敬梓都自感他的救弊措施苍白无力，又哪有什么回天之术？《儒林外史》揭示的存在状态，是与日俱增、愈演愈烈的。

尽管如此，表达出了受害意识的伟大作品，还是对人生存在状况的了不起的发现，是在将人的混沌存在转化为价值存在。《儒林外史》功不可没。

"其实作者之意为醒世计，非为骂世也"（黄小田《〈儒林外史〉序》）。若士人文化群体都能意识到受害，则是走出怪圈的第一步，可惜能够超越功名富贵的德智之士百不获一。

勿媚俗

　　《儒林外史》告诫世人的中心语，简直就是"勿媚俗"。这倒不是滥用米兰·昆德拉的概念，吴敬梓与昆德拉的"发现"相当一致，昆德拉的语言比吴敬梓的刺激，故借用之。这里且借用昆德拉的两句格言：

　　　　媚俗是所有政客的美学理想，也是所有政客党派和
　　政治活动的美学理想。
　　　　媚俗是一道为掩盖死亡而关起来的屏障。
　　　　在媚俗作态的极权统治王国里，所有的答案都是预
　　先给定的。对任何问题都有效。因此，媚俗极权统治的
　　真正死敌就是爱提问题的人。一个问题就像一把刀，会
　　划破舞台上的景幕，让我们看到藏在后面的东西。
　　　　　　　　　　　　　　　　　　——《生命中不能承受之轻》

　　若将"政客"换成"清客"，则贴切至极。封建时期的古中国，有幕僚、有清客，奴才性足，政治劲小，打秋风而已。不但去媚俗，而且媚极俗极。唐三痰之流人物，除两腿无毛外，还有什么？
　　吴敬梓就是上述语义中的那个"爱提问题的人"。当他问功名

富贵有何凭据时，布景就被划开了。当然还问了许多，如以八股取士到底要干什么？士子到底是什么？金和《儒林外史》跋言："读书先生是书而不愧且悔，与读纪文达公《阅微草堂笔记》而不惧且戒者同。"

《儒林外史》的社会学意味较浓，不像《红楼梦》那么哲理化。《红楼梦》的视境已不只是士，而是生命本身了，但士的意识"很强烈"，如那块石头：

> 本是补天之石，其使命感，其先天的选择的可能性亦大矣，却落了个"众石俱得补天，独自己无材不堪入选，遂自怨自艾，日夜悲号惭愧"的下场！呜呼！怀才不遇，失意文人，用现代话叫充满了"失落感"，真是千古文人的悲剧！虽说是"自怨自愧"，实际并不服输。因为来历不凡（是女娲氏锻炼出来的），抱负不凡（意在补天从政），身手不凡（"灵性已通，自去自来，可大可小"——这锻炼二字令人抚今思昔，一唱三叹）。又失落又自负，又是"灵物"，又"没有实在的好处"，这真是中国千古文人的悲剧心态！
>
> ——王蒙《〈红楼梦〉的写实与其他》

中国的士子主要是文士，中国的文学除了民间创作就是文士创作。虽是"灵物"却又"没有实在的好处"，成了文士宿命式的考语。无材补天，打入红尘，古今同叹。士人大面积媚俗，制度上的原因便是社会停滞不前。

《儒林外史》第五十六回久被视为蛇足，判为别人妄添，几成定评。金和虽斥其"陋劣可哂，今宜芟之以还其旧"，但他认为"其诏表皆割先生集中骈语襞积而成"，认为这大致也是吴敬梓思想的连缀。"幽榜"虽"陋劣"，但与全书之意识链条这个软线索大体还是有关联的。

社会停滞，行政只是因循。"作为无益"，积惰难振，人人都活在"诽谤"中。奇人智者苦恼无限，于是媚俗之风不可遏。群趋八股、争为名士即是最大的媚俗。媚颜俗骨让人活得舒服，活得幽怨呜咽是上幽榜活法；社会压抑、心理压抑均被缓解，是上了真正的"幽榜"。则这才虽生犹死。

当然，"作者"或补作者却是要以这种旌表的方式使压抑的"智魂"死得其所，以"追认"的方式宣布那份迟到的社会承认。没去补天，却上了封神榜，够滑稽的。而且整年不上朝却自称"宵旰竞竞""不遑暇食"的皇帝，居然相信可以用这种方式禳灾去怨。而且对那些已不需要"资格"，"资格"也限不住的"沉冤抑塞之士"，才特旨"不拘资格"，真是"骗鬼"的"鬼话"。这段文字即使不出自吴敬梓之手，但其皮里阳秋的讥刺意味本身还是有一定分量的。

当然，受淹滞的亦有不媚俗者，这便是那几个"内省的个人主义者"，前文曾批内省之无结果，但相对于媚俗而言，内省便是上上了，不能内省只有沉沦。当然，在淹滞的社会中，内省也只是心路历程，并没有现实的路可走。既然区别只在内省与否，于是真假名士，只有寸心知。以《易》为经的中国文化传统，不但会立象尽意，犹会察象悟意，闻言辨道，所以吴敬梓虽然没有那么注重心理分析，用的是直书其事、判断自思的笔法，读者依然能分辨出媚俗之士与内省之士的低高与浊清。

"内省的个人主义"算是帝制中士子的高级精神状态了，所以本书对隐士评价较高，尤其是王冕与四奇人不仅保持着道德的纯洁性、艺术的敏感性，尤能保持悲剧的严肃性。他们是拥有"认真状态"的士子，用内省意识超越了媚俗的群体。所以，同是被淹滞的一群，但阵线仍很分明：拥有内省意向，便自逐为荒原狼；只能苟且媚俗者，遂为家兔子。而变成家兔子意味着丧失了所有的力量，虚弱卑微。再转败为胜，闭门成王，则永无清醒、超升之日。这也是愚昧随着人类一起成长的原因之一。

　　余英时先生精辟地分析过旧时中国始终存在着"反智"的政治传统（《反智论与中国政治传统》收入《中国思想传统的现代诠释》）。环视士林，能不入媚俗套子的能有几个？从那边看是有厄，从这边看是媚俗，内省也只能使人"静"下来。

两难路

《儒林外史》对能在卑微的环境中始终保持诚实和正直的次要角色情有独钟。奇而不怪的是这些人差不多都是"道德老人"。他们的临终遗言，几乎是《儒林外史》主题的自白。

王冕母嘱其子：你体性高傲，别去做官，去做官没有好下场。

匡太公嘱匡二：将来日子过得顺利了，别添势利见识。

牛老儿嘱牛浦郎：朴实过日，勿钻狗洞。

娄焕文嘱杜少卿：分辨贤否，学先辈的德行，将年幼聪慧的孩子抚养成个正经人物。

讲究道德性者叹人心不古，迷醉生命者倡感性复苏。旧道德扼杀新生命。然感性本能大发动，则又是一屋活地狱。

所以，中国思想史上三十年"理学"兴，三十年"心学"盛。甚至一个人往往青年时期是心学信徒，中年以后又自命理学中坚。这里，"理学"与"心学"只是强调秩序还是强调冲动、强调集体还是强调个人的代称。汉儒的风格属于这里说的理学，晋人风流属于这里说的心学。《儒林外史》中贤人近于理学，名士近于心学。（尽管唐寅曾大骂王守仁）。宗师不能保证后徒是纯种，哲学主张也不对被文学变形负责任。丹尼斯·哈伊用"生活风格"作《意大利文艺复兴的历史背景》一书的焦点是个"参活句"的方法。本书虽沿用

《儒林外史》研究界对这部长篇中士子种类的划分法，但我们对八股士、名士、贤人、奇人的生活风格倾注了超学术的兴趣，正是为了获得对中国士子生活风格较为直接真切的了解。

贤人、奇人力图保存人性的尊严，也的确"内省"地保存住了。然而他们坚持的道德原则既给他们带来了尊严，也给他们带来了痛苦。乐感文化传统是要想办法打发痛苦的，于是又一个怪圈出现了：坚持道德纯洁性的士子本是替伪妄昧暗的同胞来受精神煎熬的，但贤人们打着"内足自娱"的太极拳，改良人生的力量便只有那几则圣贤格言，没有实在的社会功能和力量。奇人基本上是沉湎于自我表现，也无力肩起作为社会良心、人类理性的重担。社会的实际情况成了"浊享福，清享名，造化如斯"（《桃花扇·余韵》）的大集贸市场了。

进与退、总体与个体、理性与感性，这类问题是中国士子从来没有解决了的。这里还举一个杰出作家与史学大师合二为一的张岱为例。无论是周作人，还是李泽厚，都将张岱视为一位进步思潮的代表性作家。其实，张岱也是一位与清代感伤思潮大有关系的"绝代的散文家"。他自撰《自为墓志铭》，自谓"人与文俱不佳，辍笔者再。虽然，第言吾之癖错，则亦可传也已"：

> 常自评之，有七不可解。向以布衣上拟公侯，今以世家而下同乞丐，如此则贵贱紊矣，不可解一；产不及中人，而欲齐驱金谷，世颇多捷径，而独株守于陵，如此则贫富舛矣，不可解二；以书生而践戎马之场，以将军而翻文章之府，如此则文武错矣，不可解三；上陪玉皇大帝而不谄，下陪悲院乞儿而不骄，如此则尊卑溷矣，不可解

四；弱则唾面而肯自干，强则单骑而能赴敌，如此则宽猛背矣，不可解五；夺利争名，甘居人后，观场游戏，肯让人先？如此则缓急谬矣，不可解六；博弈摴蒲，则不知胜负，啜茶尝水，则能辨渑淄，如此则智愚杂色，不可解七。有此七不可解，自且不解，安望人解？故称之以富贵人可，称之以贫贱人亦可；称之以智慧人可，称之以愚蠢人亦可；称之以卞急人可，称之以柔弱人亦可；称之以强项人可，称之以懒散人亦可。学书不成，学剑不成，学节义不成，学文章不成，学仙、学佛、学农、学圃俱不成，任世人呼之为败家子，为废物，为顽民，为钝秀才，为瞌睡汉，为死老魅而已矣。

"既不能觅死，又不能聊生"。张岱为"责任"，在米炊不继的情况下，五易其稿完成了体大思精的《石匮书》，来探讨历史兴亡之因及人生的价值。除了直接感受了甲申巨创外，张岱余皆与吴敬梓相同：从外迹上说，同是世家大族子弟堕入贫民，"少为纨绔子弟，极爱繁华，好精舍……"跌落之后，"破床碎灶，折鼎病琴，与残书数帙、缺砚一方而已。布衣蔬食，常至断炊"（《琅嬛文集》）。又何其相似乃尔。从内质上说，同是性灵与"史学"相互发明、相得益彰的大家。张岱写《石匮书》是作正史，吴敬梓写《儒林外史》是作别传。"欲明大道，必得通史"（龚自珍《尊史》），非史书不足明道救世且传世，这是传统见识。吴敬梓的《儒林外史》虽是"稗史"（"我为斯人悲，竟以稗史传"），但对于丰富和提高人类的自我意识发挥了许多高文典册不可及的作用。胡适当年评价说：

我们安徽的第一个大文豪，不是方苞，不是刘大櫆，也不是姚鼐，是全椒县的吴敬梓……只有《儒林外史》流传世间，为近世中国文学的一部杰作……我们只能用《儒林外史》来作他的传的材料。

这（指荆元的宣言）是真自由，真平等——这是我们安徽的一个大文豪吴敬梓想要造成的社会心理。

——《胡适文存·吴敬梓传》

被朝廷抛弃了的"多余人"反而来为朝廷"养气"，朝廷养着的那些文臣秀才却去做奴才，但是奴才活得"家国一体"、感性与理性统一、七情六欲洽调，而张岱、吴敬梓他们活得"既不能觅死，又不能聊生"，深愧"一事无成""癖错难当"。

这种"难受"远远高于"道德老人"的信条，说白了就是上章讨论的"难受"。

柏格森说："理智的特征是天生没有能力理解生命。""道德老人"是以礼释仁，这是"仁——礼"关系的实际。以仁释礼，只是理论。清白真正的"道德老人"真诚地如此，"治者"或"假道学"则别有用心地如此，人们都匍匐在礼的重轭之下，于是有了各种各样的"难受"。

吴敬梓心爱的人物那点超越意识完全是通过内省而获得的，而内省的基座及理路却是"礼"，大概直到龚自珍，才意识到这是"内桎梏"。

内桎梏

　　除了社会制度、生产关系这些"外桎梏"外，"内桎梏"也使无数仁人智者、英雄豪杰只能永远在旧范式中发生点甘苦自知的衍变。具体的心灵风暴不管多么狂飙横起，到头来，还是旧活法。每一代启蒙、变革者都呼吁重新做起，然而悲凉的是都得恢复如初，如鲁迅那个苍蝇的比喻：从瓶口走出，飞了一圈又绕回来了。

　　明乎此，我们就可以明白《儒林外史》中人物何以均无结果，不是什么好就是了，了就是好，而是不了了之。这是多么朴素的又真切的哲学感悟。《儒林外史》的结构，正是那个世界的结构本身。

　　内桎梏还有一个怪圈，就是空谈心性的虚实固然导致假名士的泛滥，崇尚事功的实学也同样难有好下场。虚易滥，实易堕，务虚是不学、不行动。"不学，则借一贯之言以文其陋。无行，则逃之性命之乡，以使人不可结"。此脉自然为害不浅，而务实又极易走向实用，与好虚骈体孪生，"实用有利"是颇为传统的一大习惯。四书、五经等本也是一个完整的大体系，将其简化、缩小的却是务实之人，如王安石不以经义取士，他如"五经博士"只通一经即可，再因循人情，求便利，连一经也未必全通，会背语录即可实用，如《日知录》卷十六"史学"条载：

> 自宋以来，史书烦碎冗长，但问政理成败所因其人物损益关于当代者，其余一切不问。
>
> 史言薛昂为大司成，寡学术。士子有用《史记》西汉语，辄黜之。在哲宗时，尝请黜史学，哲宗斥为俗佞。吁！何近世俗佞之多乎！（汝成案：昂，元丰进士，始主王氏学，后又依附蔡京，至举家为京讳。昂尝误及，即自批其颊。谄鄙至是，奚止俗佞，其谈史学，宜矣。）

这种实用理性给内桎梏弥了缝。

不了了之是那个既在的世界，士子的内心世界是颇能自了的。尤其是吴敬梓为心仪的贤人们，他们以不变应万变，以自了应不了了之。他们德感充盈、安详自在。以有"大美而不言"的自信蔑视着功名富贵及受诱惑的混乱的蜕变、进化而言，他们又是最"退化"的。因为他那自足自逸、悠然绝代的派头既取消了矛盾痛苦，也取消了"否定之否定"的辩证进化行程。有了这个法门，士群体在"独善其身"的德感、乐感中安息着。又因其具有无可挑剔的正确性，至少理论上是够理想化的，所以反而以"深度模式"取消了裂变生长的动力。这种来自理论内部的"养害一体"与制度上的"养害一体"有持久的安顿作用，化成项链的桎梏是美妙的。这条德感自足、乐感自娱的路线，也使儒家走向"法自然"、羽化登仙的自然主义，与农业文明模式中制度、生活方式浑然一体，和谐畅通。

士群体自身就如此内耗、自缠、破绽百出，何以堪承担四民之首的"精英"重任？除了死谏、教化，他们是怎样维护人类基本价值的？当然有"文史纵横自一家"的思想者，但他们是绝对的少数，尽管是"创造少数"，仍无补大厦之颓圮。而这"创造少数"中又有多少鲁迅称为脖子系着铃铛的"头羊"？又有多少被鲁迅指为"以鸣鞭为唯一业绩"的"奴隶总管"？

历代志士仁人都考虑过"士何事"的问题。孔曰弘道、孟曰尚志、荀曰成君子……总而言之，"以天下为己任"。宋前之士"气"大于"节"，宋后"节"大于"气"，迨至清季，终于一嘶两气，成了《儒林外史》的主角。

反讽：一个主题级的宏观特征

"反讽"在《儒林外史》中绝不只是一种手法，而是一个主题级的宏观特征，一种基本的思想方式和哲学态度，隐含着吴敬梓对整个人生的基本看法。笼统地说，其构成至少有两个要件：一是循名责实的思维传统，二是一种"嘲弄趣"。

"必也正名乎！"社会的不公与倒错，颇与名、实混乱相关。面对士的堕落，从思想角度去清理，首要之务就是正名：实和名必须相应；名和实必须相当。徐干说："仲尼之所以贵者，名实之名也。"（《中论·考伪》）贵名是为了贵实，《政论》中讲："夫名不正，则其事错矣。……王者必正名以督其实，……行不美则名不得称，称必实所以然。效其所以成，故实无不称于名，名无不当于实。""综核名实"在中国思想史上已不只是一个朴素的认识论或普通的认知习惯问题，而是个防伪辨奸、正本清源的重大道德、人事、政治问题。《颜氏家训·名实》几乎就是《儒林外史》的创作纲领：

> 名之与实，犹形之与影也。德艺周厚，则名必善焉；容色姝丽，则影必美焉。今不修身而求令名于世者，犹貌甚恶而责妍影于镜也。上士忘名，中士立名，下士窃名。忘名者，体道合德，享鬼神之福祐，非所求名也。立名

者，修身慎行，惧荣观之不显，非所以让名也。窃名者，
厚貌深奸，干浮华之虚称，非所以得名也。

此番议论，除了"享鬼神之福祐"语涉虚幻，余皆确凿无疑、中
的之论。《儒林外史》中贤人如虞育德、庄尚志是忘名者，迟衡山、
余特等是立名者，在上士、中士之属，而假名士诚下士辈，其全部
行止一言以蔽之，窃名而已。窃名又是为了获利，于是入纯种利益
动物群，与弘道之士已不相连属。此乃吴敬梓"尤嫉名士"之所由。
明清进步的思想家、文学家大都为如何肃清士风动了大脑筋：李贽
终日以"伪"为敌，顾炎武主张严格考试，尚实学，力求多一实际有
用之士，少一虚浮窃名之徒等。效果最大的还是《儒林外史》，通过
大众化的传播媒介，"铸鼎象物，魑魅魍魉毕现尺幅"，取得了"慎
勿读《儒林外史》，读之乃觉身世酬应之间，无往而非《儒林外史》"
(《齐省堂本〈增订儒林外史〉》序)的醒世效果。

将各种形式的，如鉴赏的、总结手法的等关于《儒林外史》讽刺
的研究厝置于这种思想背景之上，是否还能再拓宽加深景观？反讽
得以成立的根源正在讽刺对象自身之名实相悖。吴敬梓并非闲来无
事，玩玩讽刺，而实有深广忧愤。欲疗救，必确诊；欲确诊，必"综核
名实"。

当然，《儒林外史》不是在作论文，用逻辑法去循名责实、辨名
析理，而是在运用艺术形式进行文学创作，故必须有形式感、有趣
味。悲愤欲绝的失望与愤慨必须变成一种形式感很强的"趣"后，
才成为"文"，如果言而无文，便行而不远。

"嘲弄"在《儒林外史》中，是对名实混乱之士风、世风的一种
批判性反应，也是作者在精神失范的混乱现实中的一种自我确立。

这种嘲弄，正是一种最健康的理性，尤有指向未来的信息。"嘲弄趣"在《儒林外史》中是一种精神力量，能摆脱柔弱和伤感，也有效地治疗着士子的流行病：自恋与媚俗。因为，别看吴敬梓有着坚定的综核名实的自信，但嘲弄的底部是怀疑哲学，趣味也只能产生于一定程度的超脱心境。这是士人最难得的一份清醒。

当然，爱心是人性内涵的一个最噬心的注解。纵观中国古代文人心理，怀疑始终斗不过也代替不了眷恋爱人。当这份爱心变成一种道德意志时，古老的循环又开始了：坚信由人性的内涵自身就可达超越，凭着超越这种心理能力，就可以改变生存境遇、人生景观。这种乌托邦理想固然有益于人性，但它也高尚地消解了进取精神，正应了尼采的讥诮："人性的，太人性了。"自知者，自缚、自我消解；庸俗者，更无足论。且看《儒林外史》的尾声处的"安魂曲"：

"今已矣！把衣冠蝉蜕，濯足沧浪。"

附　录

误解与反讽

——略论《儒林外史》所揭示的文化与现状的矛盾

摘要： 文化记忆与文化现状的矛盾撑起《儒林外史》这部"精神遭遇"的大故事。无论是体现着文化记忆的人还是代表着文化现状的人都生活在各自的误解中，吴敬梓是用反讽这把两刃剑一举挑开文化与现状、制度与人性两方面的症结：所有的路都是让人走的，也都是捉弄人的。吴敬梓用抑制高潮的叙述策略，"具体写实、总体象征"的白描手法不仅恰到好处地实现了反讽意图，更昭示出在一个文化腐败的时代，人人都是失败者，唯有理性自量、道德自救这一叶方舟了。

吴敬梓的出现意味着文人作为真正的叙事人（而不是代言人）出现在中国小说史上：文人以文人的视界、价值标准来打量这个世界，用文人的语言、叙述策略来描写"故事"并反思故事本身。这种文人自觉言述的话语活动使中国小说走出了帝王将相、朴刀杆棒、才子佳人、发迹变泰等媚俗的窠臼，也因此，他所写下的《儒林外史》这部伟大的奇书才是有着浓厚的"三国气""水浒气"的国人读不懂，不想读的（鲁迅那句"伟大也要有人懂"的名言就是为《儒林外史》抱不平的）。《儒林外史》的取境和立意绝不跟着居于正统地位的意识形态或民间流行的市井心理走，而正是来"反思"这地久天长的活法的依据并追问其合理性的，而且除了《红楼梦》，没有哪部古代小说富有《儒林外史》这样的——人性的尊严、明白的理性、深切的疑问。

一

《儒林外史》是一部找准了18世纪士人及国人情绪的大书，用平实而自然的手法来写一串一串的人物及他们的相逢与离散，勾画出一个可以名之曰"精神遭遇"的大故事。支撑这个大故事的基本冲突是文化记忆与文化现状的矛盾，再简化一下便是"文化与现状"的矛盾，全面展示了人文精神的遮蔽与失落，整部长篇的内在张力是称得上社会良心、人类理性的知识者处在汪洋大海一般的"流行文化"包围中那挣扎不出来的呐喊

在彼时的中国，"流行文化"是丑不忍睹的称谓：一是八股，二是假名士，三是全民皆兵般的趋炎附势的势利见识。在没有现代化的传播媒介还靠口耳相传构成声气的古代社会，这三类流行色以铺天盖地的普遍性构成令吴敬梓痛心疾首的文化现状。所谓文化记忆，主要是对原儒风范的记忆，对纯正礼乐文化传统的记忆，对所谓"处则不失为真儒，出则可以为王佐"的理想士子的追忆。之所以说是记忆、是追忆，就是因为吴敬梓环顾神州士林，到处讲究的是揣摩逢迎的考校、升迁调降的官场，试看今日之域中，竟是纱帽之天下！

八股文化大昌天下，盖因为纱帽召唤着那些八股士，他们舍生忘死地去挤那一条独木桥，竞相比赛"揣摩"功夫，以举业为生命

的终极停泊地，成为被八股吸魂器吸干了气血的空心人（如著名的周进、范进），封建统治阶级却以三场得手两榜出生者为真才。吴敬梓指出：这其实是场双向误解，士子误以八股举业为安身立命的基地，为飞黄腾达、实现自我的津梁，是一部"舒服的误解"，发过、中了的自然舒服透顶，就是不中、未发的或做馆（如王德、王仁）或操选政（如马二），都有献身不朽之盛业的"崇高感"，马二先生总以为自己在起草政府文件（《儒林外史》第十三回），卫体善、随岑庵则宣布他们的评选标准才是真正的文章标准，单是中了还不行（《儒林外史》第十八回）。马二太虔诚、误解了八股的属性，卫、随二人则是在自欺欺人。他们都不可能反思这种圣贤复出反而考不上的"代圣贤立言"的考试到底是个什么东西！封建统治阶级以利导义，施行功令教育，确实推动着一代又一代的青年人来研经制艺。然而八股文本来只是一种便于打分的文体，它的好处在于操作简便，可以使"踩分点"趋于量化，然而一旦用它来一锤定音（列为头场的"四书"八股文一旦成为落卷二三场的考试往往便白干了），便出现了许多怪现象，小而言之许多真才落榜，大而言之使儒学原典变成文字游戏，从而彻底扭曲了原教旨、遮蔽了儒学的真血脉，使广大读书人大面积地遗忘了文化传统。无论怎么说，这都是文化的"胜利的失败"！

假名士则是"空头文学家"一类人物，他们是这个古老国家语文传统的寄生者。那个语文传统供给他们"精神资源"，让他们编织"诗"是一切的幻觉景观。他们本是玩感觉的闲人，却当起了相当活跃的文化明星，互相封赠大名士的称号，满怀着天下谁人不识我的良好感觉，欣欣然以为名士比进士享名多矣（《儒林外史》第十七回），然而他们一旦走出误解，便七宝楼台塌陷、一无所有。追求仿古的湖州名士看清了所谓的人头原来是猪头后归于沉寂(《儒林外史》第十三回）。扬州那批斗方文豪的名士气焰被"盐捕分府"的一条链子一索而光(《儒林外史》第十八回）。南京以杜慎卿为领袖的名士搞了一个选美大会便各奔前程,他们的诗性、浪漫性等只是种"玩"性,一种有多大本钱做多大买卖的把戏而已。那个淹滞的社会既没有给这类文化闲人保留什么惬意的高位,也没有淘汰他们的机制,他们可以在官场和乡村之外的"社区"——有"文化生活"的城市中自我陶醉、尽情地靠着想象力来转败为胜。

古代中国的组织结构如一块夹心饼干。名义上,士为四民之首,其实却只是官—民这两大片饼干所夹的那一小点"心"。不管士林堕落与否,都不是表率乡里的真正的乡绅,如果他们既无权又无钱的话。实际情形却是谁有权势、谁有钱财便是真正的乡绅。士人竞奔纱帽,围着权转已成传统,已不值得大惊小怪,问题在于八股举业这根指挥棒驱遣士子群体性地去钻那既已搭成的积木框架中,尤令吴敬梓愤怒的是士人居然围着商人转、当他们的干簇片,被金钱所左右"非方不心、非彭不口",致使神州沦陷为一个"五河县",吴敬梓便按捺不住,变小说为杂文,直接出面来唾骂了(《儒林外史》第四十七回）。

这个现状事实上已宣布了当时是个文化溃败的时代,颓波已成颓心难挽,尽管每一代人文主义者都有"人心不古"自古而然的发现、同时又有"于今为烈"的浩叹,但是吴敬梓这次写出了令人绝望的"发现":人人都活在误解中,人人都是失败者。人们在忙忙碌碌追逐价格的同时背弃了价值,各种莫名其妙的误解使其陷入物质与精神的双重障碍中、陷入人与社会的双重脱节中,好坏正误都失去差别,荒谬无益的伪妄、铺天盖地的实利、实用主义,使得阴暗隐晦的价值虚无主义突然全面开花，空前通行又畅销，像过了明路一样的理直气壮。

用斯宾格勒的话说：一个失去了文化的民族已不成其为一个民族，只是"一堆人口"。

二

对付扭曲，最富杀伤力的办法就是反讽。反讽的定义多矣，但其基本属性在于它是把两刃剑，能一棍子打两拨人。面对文化与现状的双重问题，制度与人性两方面的毛病，反讽便成为贯穿长篇的一个基本态度、基本手法。

若用简单的二分法来处理，则沉沦在现状中的文化人是伪妄的愚人或奸人，而沉湎于文化记忆中的便是高人、高士了。吴敬梓以清醒的现实主义笔力写出了个中未必然。最典型的具有本体象征魅力的是杨执中一案。二娄作为今不如古、城不如乡、官不如民的专职清谈家，本应该受到寻找、重建文化记忆的吴敬梓的礼赞，他们的人生姿态与风格的"原型"，还有着吴敬梓本人的一些影子呢，但吴敬梓对他们照"讽"不误，他俩与杨执中那场"误中缘"，甚至可以视为吴敬梓在隐喻、讽刺着包括自己在内的迷古的一代对文化传统的误解心态。二娄有一而再、再而三的证据确认杨执中为旷世高人，正是自己要追觅的那种文化状态的体现者，扬执中把自己耽于读书、以无用为高的脾性当成古典文化的真脉遗存，这是一种有益的误解、从而很可能是一种故意的误解，因为这样一来，扬执中便可以反败为胜、有理有据地活下去了。杨执中还能将权勿用由一个时文士劝说为仿古士，足见"文化记忆"在荒村野店中犹有余热，然而他们那"管乐的经纶，程朱的学问"却对付不了五百钱惹出来的麻烦（《儒林外史》第十二回），冲虚古拙的高人既在现实面前一筹莫展、更不能指示什么文化前途，应该说杨执中比扬州那帮假名士更像传统文人，他身上还残存着传统文人的风骨，哪怕这仅仅因为他身上还有乡土气的缘故。当然他只是个把犬儒当真儒、反朴未必归了真的待沽而不得售的废物，犹如他手中那把无用的铜炉。

显然，被杨执中"记"住的文化传统完不成"为末世之一救"的使命。这一脉传统固然讲究超越势力风习、并蔑视商业性活动，但一味崇虚养、贱实务、以幻想为生，也太"形而上学猖獗"了。最终成为高不起来的高人自不待言，就是封建统治者发给薪水、资金鼓励他们尽其所能去"高"又能有多高？又能高到哪里去？这个蹈虚的传统不但无法抵御争名逐利、趋炎附势的势和风习，反而恰恰为这种风习畅通无阻让开了跑道。当然，这只是我们的遐想，吴敬梓什么也没说，只是从容蕴藉地用那种"具体写实、总体象征"的笔法来写"故事"。"不着一字，尽得风流"，二娄三顾扬氏草庐的故事理当成为世界级的反讽经典。反讽水平可以与杨执中一案等量齐观的还有马二一案、杜慎卿一案，马二这条亢龙难以跳出枯窘的境地，杜慎卿才情过人、追求喝彩，然而只是以风雅的庸俗代替平凡的庸俗，在那精彩的追求不俗的动作背后是最平庸的媚俗情志。他们身上的"文化"就是"现状"。

就是为反抗观状而矗立出来的"思想的雕像"——贤人和奇人也同样肩负着反讽，而且还是连环套一般的反讽。首先，遍布华林的势利风习、在朝在野的八股士、假名士大军把他们推为"孤岛"在这个对比中被讽刺的是那些名利的奴才、道德上的残疾人，而不是他们，吴敬梓也正是要让他们形击那些虚妄小人。然而不幸的是，那帮无耻、无聊的丑类活得蓬勃昂扬，而他们却活得很无奈，那份心明眼亮的内省精神也只够让他们无奈而已。这对他们是个不大不小的玩笑。其次，他们担荷着势与道的对立、现状与文化的矛盾，这本是人文主义者的宿命，即使失败了也虽败犹荣，至少当个悲剧的主角，然而他们却并没有成为挑战的标志、进攻的嚆矢、失败的凯歌。大贤虞博士像孔子一样"穷讲究"，却没有了孔子内圣外王的内在张力，只剩下了一团暮气沉沉的"古老性"，"千秋快士"杜少卿有侠客一样的"不在乎"的豪气，却没有也不可能有实际作为，吴敬梓绝对没有讽刺他们的立意，然而却写出了他们被讽刺的命运。最后，如果说"势"开"道"的玩笑固然让人气闷还不至于让人绝望的话，那"道"本身让人泄气便是"最后一枪"了。我们不得不承认贤人、奇人所共同持有的"基于礼的超越意识"，只是一种合情合理合法的逃逸而已，贤人对古代礼乐文化的复辟意欲本是一种"传统的误解"，太相信道德理想主义的教化功能了。他们并不是盲目乐观的热病患者，他们像几乎自知失败是不可避免一样，无论搞大祭，还是应征辟都是一副"无可无不可"的派头。吴敬梓表面上在颂美他们的"通脱"，实际上却在描述着他们的逃逸冲动。虞博士是一派游世的逃逸，庄征君则是享有特权的无路可走就地成仙者，杜少卿以浪掷家产为代价从天长逃到南京，摆脱了食客却又入了词客的包围圈，最后又终于从南京逃走，沈琼枝主动出击却成了一个坐实了的逃犯。最后所添的琴棋书画四客，本是作为理想精神薪尽火传神不灭的象征人物出现的，也是吴敬梓能想起来的最好的人生姿态，然而却是连事业也不追求的极度解脱者，可名之曰消极防御的逃犯。这最后的"苍凉手势"深切地宣布了：文化已从社会舞台退位，变成仅由个体生命呵养的气功了。

三

　　文化失败的一个直接后果便是语言的贬值。而一部《儒林外史》又是一部儒林内外的人在说话的"史"。像那些电视剧只是在磨磨叽叽地说话一样，《儒林外史》中人也"什么鸟儿出什么声儿"般地在那里嚷嚷，而且正是那此起彼伏的"聚谈"支撑起这个"精神遭遇"的大故事的。可以在不尽准确的意义上借用一句现代大话：语言就是世界观。我们区分贤人、奇人、八股士、假名士的一个重要依据就是他们的言述品质，因为在那个谁也没有什么正经事可干的生活圈里，几乎唯有言述品质体现其文化品格了。

　　战国时期，策士们的四处游说是一种"话语的权力"。两汉清议、明末礼堂中的党人议论别是一种"话语的权力"，就是魏晋名士的清谈、也是"微言一克"，偏偏《儒林外史》中的士子们，除了贤人偶有正声、奇人发些高论，剩下的都是"废话一吨"、吹牛撒谎、胡枝扯叶，除了俗气入骨的恶谈就是无聊的闲谈，总之都是瞎扯淡。这醒目的退化大势至少昭示了士子从中心到边缘这样一个不可驳回的失败命运。

　　策士那一言兴邦一言亡国的政治威力早已消失了，秦始皇统一中国后宰相以下都是只准给"一姓"来打工的打工仔，但清议始终是士子干城卫国的用武之地。但清廷文化专制手段之博大与恶辣是空前的，《儒林外史》中士人之萎缩也是被"治"成的，就是品地最高的贤人、奇人也发不出什么石破天惊的"革命"大声音。最惦记着要"替朝廷做些正经事"的迟衡山提议"讲学问的只讲学问，不必问功名；讲功名的只讲功名，不必问学问"，算是最嘹亮的士人宣言了（《儒林外史》第四十九回）。他们只能以明哲保身、儒者爱身的态度来躲着走，走所谓自己的路。庄征君劝告卢信侯别再收求高青邱文集素来被认为是披露文化恐怖气氛的着力之笔。呜呼，他们观不感兴趣，面对流逝的生命与生活，吴敬梓便干脆来个"流水账"。情节结构无高潮、人物命运无高潮、叙述意向无高潮，叙述语调除了极少例外都是低调，这在古代长篇小说中是独一无二的奇迹。素被视为全书高潮的大祭泰伯祠其实并不是高潮，不比三起名士大会写得好自不待言，而且也不比它们高且大，而且大祭刚完，同回之中即迅速转入琐碎的日常生活。他似乎故意在瓦解任何可能成为高潮的东西，这也许是吴敬梓摆脱流行文化、主流文化，从大面积文化异化占领区中逃逸出来的对策，当然也是他的思想倾向、艺术修养水到渠成的结果（这倒颇能与标举"小说等于反激情的诗"的昆德拉说到一块去）。吴敬梓认为人这个类的基本境遇便是"多歧路""无凭据""知何处"（《儒林外史》第一回），所有的路都是让人蹚的，也都是捉弄人的，一切都是个匆匆而过，一切都是个不了了之。

　　而且人物一茬一茬地换届，但事儿还是那些，所有的老问题因不了了之反而都存在，而且流行的成了主流的、主流的成了流行的。士种不但相对古代在退化，就是书中人物也以递进的趋势在退化，贤人一代不如一代，假名士一鳖不如一鳖。人如过河之鲫，那河床却是不动的，《儒林外史》时间跨度很长：百年，非但不是一日长于百年，反无是百年恍如一日。横跨数省的地理幅面也没有拓宽生存空间：任何地方的人都背着权与钱这两块枷板，乡下人还是那样的乡下人，老例还是那样的老例。他们那万变不离其宗的把戏把他们变成了被游戏的东西，角色乏味的命运能唤醒人们对现实和自身起一种"反讽"的惊愕吧？

如果说还有那么几个人幸免反讽的洗礼，便是那一组做人水平极高的老人了：泰老、卜老爹、牛老儿、于老者等，他们既不会做八股文，也不会诌诗文，也不懂什么经史上的学问，但他们比高翰林、范学道、景诗人（景兰江）都更"文化"、更理性、更有人性的尊严和人性的温馨。《儒林外史》中流淌着一束可以称为"老辈人口气"的语调，还不说那贯穿全篇的"世纪老人"俯瞰顽童的口气，且只说那几篇当视为全书眼目的"临终遗嘱"：王冕母叮嘱儿子不要当官，当官没有好下场，匡太公告诫匡超人将来日子顺利了切莫增添势利见识，娄焕文劝告杜少卿凡事都要学其父亲……

　　当然，吴敬梓绝无凡老皆好、建构老人乌托邦的用意，严贡生、钱麻子、成老爹都是丑陋至极的"老妖精"，胡屠户教范进、牛玉圃敦牛浦郎，都是教唆犯那种教，是臭不可闻的行径。周进、范进那黏滞的作风只能使本已逼仄的河床淤泥更深。吴敬梓对这号老人有着本能的厌恶、不可调和的憎恨。

　　但是，就像偏向文化记忆而蔑视文化现状一样，吴敬梓在面对前赴后继的向往城市、追求实现自我欲望的时髦心理时，偏爱乡村化的道德哲学。他也许并不明白只有文明进步，才会建构起合理的道德，他也许对"道德老人"过于敬重，以至于想用这种情愫来抗衡文化现状。令人同情的是，文木老人（吴敬梓）只有理性自赎、道德自救这一张底牌了。

敢于绝望、为个性和创造性而斗争的吴敬梓

> 讲学问的只讲学问，不必问功名；
> 讲功名的只讲功名，不必问学问。
>
> ——《儒林外史》第四十八回

吴敬梓成为《儒林外史》的作者，其要义在：敢于绝望、为个性和创造性而斗争。《儒林外史》的要义在：吁请将追求功名与追求学问分开——这才是知识分子的真正出路。吴敬梓那"闲适自恣"的气质得益于学术与艺术的双重支撑，也就是理性与感性相得益彰才成其大。吴敬梓的一生及《儒林外史》的主题浓缩成一句话就是：反奴性、反对任何奴役之路，尤其反对虚无主义的实用主义之思想奴役——因为它能生产、扩大再生产持续增长的无耻。

敢于绝望是个"光辉的起点"，没有这个起点就不会看透"功名富贵"是奴役人性的天罗地网，就不会看透那条"荣身之路"正是奴役之路、一个伟大的文化传统正因"秀才"变成了"奴才"而在全面坍塌，就不会看透那些"斗方名士""七律诗翁"正在打劫文化，还冒充文化英雄……

再天才也不是"天赐绝望"者，也得一路滚打下来，因为世界是不确定的，真理不是现成的，体验是不能代偿满足的。能确定的

世界只能是乌托邦，现成的真理只能是教条，代偿的体验只能是假设。吴敬梓先从富贵世界"翻了跟头"成了赤贫，又从功名世界退出身来成了"自由民"，在将近"不惑"的年头，对所有充满诱惑的奴役人的东西绝了望，才有了"闲居日对钟山坐，赢得《儒林外史》详"。跟头比他栽得狠得多了去了，而天壤之间只有一部《儒林外史》，根子在他"敢于"绝望——哲学（文化神学）意义上的绝望：觉悟的绝望、绝望的觉悟，不是周进撞号板式的迷妄。

敢于绝望的勇气是精神贵族路线上的，大而言之如佛教——《儒林外史》最后一行文字是："从今后，伴药炉经卷，自礼空王。"《儒林外史》都有着一副"以无住为住处""无所住而生其心"的空感和禅意；小到具体人身上，与吴敬梓可以相互发明的古有庄周、今有鲁迅，这三个在敢于绝望因而特别能"看透"上，是国人中无与伦比的。庄周以绝望为美，鲁迅"反抗绝望"，吴敬梓在他俩之间，既不以之为美，也不以之为苦，无可无不可，因为吴敬梓比他俩"空"。在为个性和创造性而斗争这一点上他们分别是中华上古、近古、现代的顶尖大师。若要加中古的代表就是吴敬梓和鲁迅都心仪的阮籍、嵇康。

敢于绝望的勇气在西方一直是最高贵的精神特征，从柏拉图到尼采、卡夫卡、萨特这激进一系的是如此，基督教及近世的文化神学一系的就更不用说了，只要不是以追求"幸福"为目的的庸俗的体系，都从"绝望"来发掘人之为人的灵魂力量。为了节省篇幅，此处节选美国作家蒂利希的《存在的勇气》中译者序概括原著很精当的一段现成话："敢于把无意义这一最具毁灭性的焦虑纳入自身的最高的勇气，可称为'敢于绝望的勇气'。勇气所表现的是人被'存在—本身'的力量所攫住时的存在状态。存在状态也即是生命状态，所以绝望仍是一种生命行为，是否定中的肯定，是以否定的形式来肯定存在本身。敢于绝望，是大勇的表现；盲目乐观，则是生命力屡弱的征兆。绝望的勇气是每一种勇气中的勇气，是超越每一种勇气的勇气，是存在的勇气所能达到的边界"。

因为绝望的勇气接通了"神性"，蒂利希在第五章的一段话可以直接移赠给吴敬梓："他还有足够的人的气概，能够把对人性的践踏体验为绝望而他不知出路何在，但他试图通过说明局势的无出路来挽救他的人性。他对此的反应中表现出绝望的勇气，是一种自己承担绝望的勇气，也是用作为自我而存在的勇气去抗拒非存在所包含的巨大威胁的勇气。"——这不是关于吴敬梓乃至《儒林外史》主题的最好概括吗？

吴敬梓是用一己之勇来对抗铺天盖地的虚无主义和实用主义。这两种东西是交互为用的：他起初几乎用的是"肉体轰炸"法，世人都是"钱癖宝精"，他便偏大捧大捧地白送人。还不仅是"遇贫即施"的问题，而是跟钱有仇似的，"急施予"（金和语），在赤贫之后，依然不以钱财为意，已经不食二日矣，得到了周济，"则饮酒歌口奴，未尝为来日计"（程晋芳《文木先生传》）。程晋芳说："余平生交友，莫贫于敏轩。抵淮访余，检其囊，笔砚都无，余曰：'此吾辈所倚以生，可暂离耶？'敏轩笑曰：'吾胸中自具笔墨，不烦是也。'""不为来日计"是敢于绝望的典型症候。

敢于绝望之"敢于"是孔子"知耻近乎勇"的那个"勇"了，也就是说，知耻是存在勇气的起点。同样，《儒林外史》中百般丑态的起点是无耻、无耻到了不知耻之为耻，从而才活得那么愚昧可怜，他们因丧失了存在的勇气而丧失了生命的尊严。敢于绝望才有了海德格尔说的那个"决断"：一种打开的动作，打开一切遮蔽人性良知的东西，从而获得敞亮，大写的人得以行动。清人冯班的一首著名的《猛虎行》嘲笑猛虎不敢破樊出笼而甘心被人当猴儿耍是"不智""不武"。功名富贵是"天网"，敢于破樊而出者几稀。人生天地间，谁能跑到哪里去？关键的关键是态度，与钱有仇的吴敬梓也在天天用钱，只是他那态度使他破樊出笼去写《儒林外史》，而没有成为《儒林外史》中的猴儿。若无两次大的心灵震惊，冯班的态度也难以臻达吴敬梓的境界。

若没有那场族人争夺财产的"家难"，吴敬梓即使在科名上没有成功，也会是个幸福的照样才华横溢的有"六代情"的词赋家，说不准还能写出第二部《世说新语》，他的个性是家难这样发生而不那样发生的一个原因，他的个性更是他采用"移家"出走的方式而不是别的方式来应对的原因。文化就是面对生存压力的反应。吴敬梓在豪华世家中是"另类"，那个家族的物质条件满足了他"笙簧六艺，渔猎百家"的精神漫游之自由，给了他庄周式的逍遥的学养和心气，也给了他"性耽挥霍"的公子习性，"然后"却又将他推到秦淮河畔沦为无业游民、卖文为生，这个落差大得能发电，就因吴敬梓的平民意识、对底层人道德的敬重，于是有了《儒林外史》对牛老儿、卜老爹等底层老人道德的高度赞美和期许，以及奇人出于市井的礼赞。鲁迅从小康堕入贫困看清了世人的真面孔，吴敬梓由豪华堕入贫困，则是看清了"功名富贵无凭据"，尤其看清了"富贵"的外在于人的真面孔。李贽的大悟，由于他的一场大病，病后悟透五十年来活得像一条狗，一直在追逐外物。吴敬梓的大悟还需要加把火，也算天助自助者吧，偶然也必然地让他经历了那场光荣而无奈的博学鸿辞特荐的触及灵魂的大"教育"。

对于吴敬梓这种名士派文人来说，这种特科是加入主流的最后机遇。吴敬梓虽然抱有六代情怀，但并不是烟霞之士，像阮籍、嵇康一样要的是真名教。如果这特聘能够成功，无论从高处说还是从低处说他都会一试到底，哪怕是将来做个词臣，吴敬梓所自负的礼乐兵农、贤人政治的治国方略原本是周公以降的"宪法"，是历朝都要说着的，说这些也是词臣的活计。他无由到朝堂去说，在稗说中也要宣示一通。换过来说，他在稗说中尚且自说自话，到了朝堂更是左不过如此。所以他的"因出去也做不成什么事情，不过是做个词臣，所以就不必出去了"的解释（参见顾云《盋山志·吴敬梓传》）是"自我安慰"性的文饰。吴敬梓让庄征君得到"御赐玄武湖，以鼓吹休明"的待遇，纯是他的"过瘾"之笔，是他的"我有这个梦想"！问题的真正症结在于，他确实想去，却又意识到真去参加廷试也肯定考不上，他的应试能力低于吴青然、程廷祚，而且举子三千，中第的能有几人！事实上当时已经名满天下的大名士都"铩羽而归"。窃以为"闲逸自恣""高自期许"的吴敬梓是直觉到即使了去也考不上，才小病"变成"大病的。他之"因病不能就道"主要是心病，不是"装病说"表述的不想去，而是想去却"不宜"去。因为他想去，以被特荐为荣，才会在《文木山房集》中收入试帖作品并一一注明，并在《金陵景物图诗》首页题自己"身份"时，首列"乾隆丙辰荐举博学鸿辞"，若他根本就看不上这一套，就不会有一个秀才以被特荐为光荣的心理了。是吴青然他们虽然被作弄而归还依然夸示朝廷美景的态度刺激了吴敬梓，他也悟出朝廷只是在作局作弄，并无选才诚意，才对这场把戏及参加把戏的双方都彻底的绝了望："自缘薄命辞征币，那敢逢人怨蹇修？""归来细说深宫事，村女如何敢止看！"（《贫女行》）还有《美女篇》中的"歌舞君不顾，低头独长吁。""奇缘千载无。"——从而确证了不去的英明，遂于觉悟后在小说中"建构"了最佳姿态：主动却聘。这与其说在美化自己，不如说是"升华"了自己，但更重要的是他想向社会推广这种以却聘为美的心理，而且用庄征君进京后的遭遇，来辅证却聘是种"大明白"。

这场教育来得正是时候，早了，吴敬梓也不会获此大明白；晚了，他也许已滑到别的道儿上去了。这正是"天意君须会，人间要好诗"的巧安排。他从此从"功名"世界中也解脱出来了，《文木山房集》的最后一篇 39 岁生日时所作的《内家娇》词如此慨叹："壮不如人，难求富贵；老之将至，羞梦公卿。"结尾时，吴敬梓下了决心，也是总结——休说功名。特荐案发生在吴敬梓 36 岁那一年，《儒林外史》正式开写约在决心"休说功名"时。

"休说功名"就是自觉的"不入局"了。这种不入局有似于"为人进出的门紧锁着，为狗爬出的洞敞开着"那种严峻的归属选择、如何活怎样活的生存选择。因为"入局"是以整个人生为抵押的。但对于有品位的知识分子来说，放弃富贵容易，放弃功名难。"君子疾没世而名不称"的高级功名心，是孔子以降的任何志士仁人都解不开的一个理念大结。经世致用是真儒的天职，行道是传教般的义务。"出，为道行；处，为道尊。"《儒林外史》呕心呼吁的"文行出处"是接着这条天道的。但是唯吴敬梓看透了"功名"已将天下读书人变成了"乞食者"，不摆脱功名的作弄，读书人永远难以站起来。所以，吴敬梓才在《儒林外史》中响亮地提出："讲学问的只讲学问，不必问功名；讲功名的只讲功名，不必同学问。"并在结尾提出"自食其力"的道路问题。

吴敬梓写作《儒林外史》正是行道传教的高级功名心的发用，也因此而获得了旷世"功名"。推荐他参加博学鸿辞科考试的江宁府学教授唐时琳在为《文木山房集》作序时安慰他说："古人不得志于今，必有所传于后……窃恐庙堂珥笔之君子，有不及子著名者矣。"唐时琳这种安慰话的依据是吴敬梓"学优才赡"，研究六经之文会有传世价值，会胜过八股文章仅有"一日之知"——他是沿用传统的价值预期来推定吴敬梓的文化建树。当时，吴敬梓的知音们也许包括吴敬梓本人都没想到他竟会因一部雅士不屑为之的小说而永垂不朽。程晋芳的浩叹是有代表性的："吾为斯人悲，竟以稗说传！"

吴敬梓于33岁移家南京，作《移家赋》时曾这样"自我肯定"："千户之侯，百工之技，天不予梓也，而独文梓焉。"他此时所自负的"文"还是主流的文，他还没有断灭了加入主流的幻想。他此时的生存勇气还是"作为部分而存在的勇气"，而成了秦淮寓公落差发的电与"休说功名"的翻身旋转得到的"场"，使他有了直接行道尊道的作为自我而存在的勇气，这就是遵循个性和创造性执笔写作《儒林外史》和《诗说》，也是他学术、艺术两种天赋的平衡释放。吴敬梓说写作《诗说》是他的"人生立命处"，也没想到偏偏"竟以稗说传"。

吴敬梓若不选择小说这种新的大众化的文体，只会成为隐士学者队伍中的新兵，而且以他"性不耐久"的作风，不会成为一流大师的。他对于官定的和民间的学术规范有着天才的叛逆精神，现存的说《诗》的意见有思想价值，没有官方学术规范认可的学术价值自不待言，就连民间的学术眼光也以为那是"山鬼忽调笑，野狐来说禅"（程晋芳《怀人诗》）。他那"独文梓焉"的直觉是领会了天意的，只是这文是"小说"。这是他敢于绝望的勇气的一个成果，也只有敢于绝望才能吻合那虽不神秘也难巧遇的"道"；这也是他艺术气质的一次胜利。

吴敬梓的艺术气质使他成为一个败家子，也使他成为一个名士。他当得起那句俗话"真名士自风流"，他本人和书中的杜少卿才是真正的名士，只因那些假名士将这个名头弄得太脏了，我们才不得不改称为奇人（真假名士的差别难以量化评定）。在正统派眼里这些艺术品质都是些没出息的行径，就像小说中高翰林骂杜少卿那样。其实，那些正统派反而是假正统，吴敬梓和杜少卿反而是真正统，在明清时期，异端发展正统已成规律。这当然是另外的话题。吴敬梓在文学这一脉上的艺术气质，最为根本最为重要，然而已不必赘言矣。在他的兄弟朋友的诗笔勾勒下，他是个"琴棋书画"样样爱好精通的游戏大王。金榘说"敏轩善弈"（原诗有具体描写），金两铭说他"生小心情爱吟弄，红牙学歌类薛谭"，程晋芳说他"好为稗说"。这种性情、品行在"专储制举才"的社会中则是走向了一条"悖时"的路线，不会"时中"，而恰是要"时不中"的，关汉卿因此走向戏剧，吴敬梓因此走向小说。吴敬梓是诗礼簪缨的豪门子弟，又恰逢那被正史夸赞为千古难求的康乾盛世，却如此"自趋下流"，真是没有敢于绝望的勇气决难以办到。曹雪芹成了破落户是由于"抄家"，吴敬梓成了破落户却是由于"移家"，一个被动，一个主动，用从古至今的市民哲学看吴敬梓更为"犯傻"，这"犯傻"是一种合并着自然主义、浪漫主义、放纵主义的勇气，是自己拿自己冒险的"平居豪举"。这豪举的正果就是他因此写出了可以与《红楼梦》媲美的《儒林外史》。因为吴敬梓对上流社会彻底绝望，才选择了小说这种平民的文体，以期向所有男男女女直接说话。

　　吴敬梓是个"传统心肠的先锋派"，在《儒林外史》中发现了那么多否定性的生活方式和态度，发掘的肯定性的生活方式和态度却只有老辈人的道德态度和琴棋书画的艺术化的生活方式——这也是他的个性气质的大致内容了，而他的学术品质则给了理性的平静的叙述语调，再加上他那现代派的孤独（他整日呼朋引类的歌吟纵酒正是在努力摆脱这致命的孤独）使他的小说完全是在讲述别人的故事，尽管小说几乎都是他本人和身边人的真实事情，以至探查"原型"的工作成了富有魅力的事情。他"才大眼高而心细"（吴湘皋语）、"小事聊糊涂，大度乃滑稽"（金兆燕语），而且疾恶不仇人，才有了那"戚而能谐，婉而多讽"（鲁迅语）的永恒的魅力。而琴棋书画是吴敬梓"能想起来"——也就是从传统那里所能"认领"到的最好的生存姿态了。用张爱玲的话说，这也是"最后一个苍凉的手势"。

以琴棋书画为精神寄托的四奇人的含义，说白了是以艺术化的活法为"得道"、为不白活——这是吴敬梓看透一切功利追求均无谓之后的最后一项坚持，也是他本人的真实选择。这中间包含着无限的高超和无奈，让今日文人尤为心酸的是：这几乎是坚守知识分子"德行"的最后底线了，也是文人不想与世浮沉、做一点有安身立命价值的事情所必须坚守的"活法"。否则随念流浪、架空度日、追逐外物，自缠自陷，虽生犹死。这里揭示的根本问题又回到了是"向内转"，还是"向外转"这个思想道路问题。孤立地看，向内转没出息，向外转容易出问题。其实关键是"转了"以后干什么。内转、外转都有变成行尸走肉的可能性。做人与作文一样是得失寸心知的事情。唤醒这感知得失的良知是文学乃至所有人文学科的"天职"。吴敬梓也正因空前深入地揭示了其中的复杂和微妙，而成为伟大的作家。

在我知道的伟人、名人当中，最和吴敬梓好有一比的要数斯宾诺莎了：斯宾诺莎宁静地以磨镜片为生，以更好的思考哲学问题，并且为了独立思考哲学反而不去当什么哲学教授，最终完成了他那几何学格式的《伦理学》。这种自食其力才是吴敬梓要标举的知识分子要自食其力的含义。个性的生命力在创造性，保护个性是要保护创造性，没有创造性的个性是假名士的个性。斯宾诺莎的哲学成就凸显了"磨镜片"的意义，《儒林外史》的诞生同样凸显了吴敬梓"辞却爵禄之縻""灌园葆贞素"的意义，当然还有马克思不当资本家的赚钱机器、萨特拒绝一切来自官方的荣誉。这些现代哲人自然比吴敬梓和斯宾诺莎复杂，但原则是一样的，用孔子的话说，这叫作"君子不器"。

　　"琴棋书画"与"功名富贵"是讲求内在生活与追求外在辉煌的两条不同的道路。"现代社会"是要求任何人都得向外转的，但人们都向外转后，立即出现了人生的价值和意义究竟何在的问题。这也是我们今天重读《儒林外史》格外亲切的原因。如今几乎所有的文学艺术行当——尤其以影视业为最，都在变本加厉的"重复"着假名士的生存方式和"工作模式"。吴敬梓式的见识高贵而意态沉着的精神贵族气质，像没有污染的空气一样日渐稀薄了。爱因斯坦说的——我们之所以需要古典文学就是为了知道除了现行的活法之外，还有别的活法，从而对抗流行的俗气——其实就是在呼吁这种精神贵族气质。这种精神气质的要害在于"知耻"、敢于放弃，尤其要放弃加入"主流"（主流往往就是末流），放弃"功名富贵"。我们若要想成为有良知的创造者，就得学习吴敬梓那敢于绝望的存在勇气！